蚕豆花儿香啊，麦苗儿鲜

王善余／著

北方联合出版传媒（集团）股份有限公司
春风文艺出版社
·沈阳·

图书在版编目（CIP）数据

蚕豆花儿香啊，麦苗儿鲜 / 王善余著．— 沈阳 ：春风文艺出版社，2022.1

ISBN 978-7-5313-6059-9

Ⅰ．①蚕… Ⅱ．①王… Ⅲ．①短篇小说—小说集—中国—当代 Ⅳ．①I247.7

中国版本图书馆 CIP 数据核字（2021）第 158661 号

北方联合出版传媒（集团）股份有限公司
春风文艺出版社出版发行
http://www.chunfengwenyi.com
沈阳市和平区十一纬路 25 号　　邮编：110003
三河市嵩川印刷有限公司印刷

责任编辑：韩　喆　　助理编辑：平青立
装帧设计：四川悟阅文化传播有限公司　　责任校对：陈　杰
字　　数：221 千字　　幅面尺寸：145mm × 210mm
版　　次：2022 年 1 月第 1 版　　印　　次：2022 年 1 月第 1 次
印　　张：8.5　　书　　号：ISBN 978-7-5313-6059-9
定　　价：49.80 元

目　录

古井街

小城卧在古运河的臂弯里，听了古运河几百年的涛声。小城的文化滋养了古运河的每一朵浪花。运河水日夜不息地流淌，守望着小城的古老与沧桑。

城北有条南北走向的街道，从明代万历年间延伸过来，延伸了四百多年；昔日的人声鼎沸、繁华街景，被时光一一抹去，但一条街的文化踪迹清晰可寻。临街处有口古井，除了一个传说，无人考证这口古井掘于何年何月，出自何人之手。这条街本无名无姓，有了古井，当地的住户给它拾取个名字叫古井街。古井街像小城身体上的重要部位，外地人或乡下人进城，总要到这里走一走，看一看，或做些买卖。

商贸上的风生水起，让一些商家名流在古井街安营扎寨。以古井街为中轴线，两旁店铺一字排开，店铺背后建起了青砖黑瓦的住房，随着岁月的延伸，向外围顽强地拓展。幽深的小巷纵横其间，不仅将街道与民居彼此勾连起来，还向人们诉说这里历史的久远与时光的深邃。古井街周围分布着极乐律院、火神楼、灶君庙、财神庙等古式建筑，给古井街平添一份古典与厚重。

古井街口和小巷深处，炸油条的、烧豆浆的、卖豆腐脑的、摆大碗茶的，无不齐备，氤氲着清香，弥漫着吆喝。手艺人也来了，他们的店面不在古井街上，多隐在小巷深处。有刻章的、画像的、修手表的、配钥匙的，当然也不乏秃顶长须的根雕师和把酒对月热泪盈眶的诗人。

刘饿是古井街的土著，从祖父到父亲到本人，均以卖豆腐脑为生，手艺传了三代，人称豆腐脑世家。抗战时期，日军进了小城。祖父在日本人的刀光里经营着豆腐脑，不久，死于附近的灶君庙前。父亲重操豆腐脑营生。“文革”中，因受运动冲击，刘家手艺一度荒废。到了刘饿手上，已是二十世纪八十年代，豆腐脑再度复出，成了古井街一道美食。刘饿轻度智障，语言表达简单笨拙，一句整话都说不出，却是个制作和经营豆腐脑的天才。一木桶嫩生生、晃悠悠的豆腐脑，撒上青红分明的配料，顷刻间被食客一扫而空。

刘氏豆腐脑的名声不胫而走，乡下人披着星光早早进城，除了买卖，还有一个不为人知的奔头，吃上一碗刘氏豆腐脑。这还不够，还要用塑料袋装上一份，带给家里的女人和孩子吃。年轻人谈恋爱，男的总要挽着恋人到古井街尝尝刘氏豆腐脑，一碗豆腐脑下肚，女的像触到了男的柔润的心，心中的情爱又滋长一分。

生意为啥这么好呢？刘饿父亲认为不是祖传手艺与众不同，而是归于灶君庙里的灶君保佑。有灶君保佑，天下就太平，天下一太平，日月就风调雨顺，再无兵荒马乱，再无打砸抢掠。你爷爷用条命保住了灶君庙，我用了一只手保住了灶君像，不然怎么能有咱家的今天？父亲说。去，盛碗豆腐脑给灶王爷送去。每天豆腐脑一出锅，刘饿就端碗豆腐脑搁在灶君像前的案桌上，晚上再端回来。二十年雷打不动。

三十岁上，刘饿娶了一个乡下女人。女人叫六月，眉目清秀，举止端庄。这桩城乡结合的婚姻，像笔买卖，公平合理。古井街的人说，一个有残缺的卖豆腐脑的城里人，娶个俏呱呱的乡下女人，两不亏。但大姐刘玉对这桩婚姻并不看好。

太阳刚从古运河那边射过来一缕红光，刘饿的两张方桌前已围满了人。刘饿用含混不清的短话配合着手势安排顾客就座，顺手抓起抹布把桌子抹一圈。六月一根油条粗的长辫子绕在肩上，笑盈盈地弯着腰，一摞蓝花海碗一溜排开，盛上豆腐脑，三根指头捏起少许葱花香菜蒜末，挨个撒上，浇上佐料，滴了香油。顾客们热气腾腾地吃着的时候，六月方能直起身宽宽地喘口气。

饿，给姐盛碗豆腐脑。一个女人过来了。

大姐你坐，我给你盛去。六月说。

大姐刘玉没拿正眼去看六月。她对这个乡下来的弟媳妇心存质疑——她这不是奔城里的房子来的吗？一次午饭间，趁着六月出门提水的空儿，刘玉正吃着饭，忽然腾出嘴对刘饿说，饿，六月是乡下来的，心里藏着什么谁也说不准——不然，怎么二话不说就跟了你？咱要防着点。饿，是吧？姐是为你好……

刘饿指着刘玉手里的碗说，吃……吃……

父亲听了这话，对女儿摆着一只残手说，不要多嘴多舌，六月里外都看不出什么问题，就是个过日子的人。还说有了六月帮衬，豆腐脑生意越做越火，省得做父母的跟着操心。

刘玉住在城南，多年来一直下岗无业，除了出租几间偏房，家里没别的经济来源。所在片区拆迁改造后，在凤凰小区买套房子，三十多万购房款全是刘饿给的，自己的旧房征收款分文未动。刘玉嘴上说了刘饿的好，心里却并不领情。给咱三十万也没亏了他，将来老宅房子拆迁，刘饿两口子到手的远远不止三十万。刘玉对古井街的人说。

刘玉吃了两碗豆腐脑，又提走了一份。刘饿指指刘玉的背，又指指纸盒里的钱，摆摆手说，不给，她不给……六月明白刘饿的意思，说，你姐买房子的钱你都出了，还在乎几碗豆腐脑的钱吗？

根雕师落座时，桶里的豆腐脑已所剩无几。根雕师的工作室离刘饿的豆腐脑摊点不远，从古井处穿过一条小巷，拐两个弯就到了。根雕师是这里的常客，几乎每天早上都要到这里来吃一碗豆腐脑，如果过了时辰根雕师没来，刘饿就端一碗豆腐脑送过去。根雕师的工作室摆满了各种各样的根雕。刘饿每次送豆腐脑过去，都会捧起一件根雕赏玩一番。其中一件“霸王举鼎”更让刘饿爱不释手。刘饿对着根雕竖起了拇指，不知是称赞这位出自小城的古代英雄，还是称赞根雕师的技艺。

根雕师也是古井街的人。在县城读高中的时候，正值“文革”。班主任是南京下放来的，据说早年毕业于中央美院，师从国内知名雕塑大师。班主任穷困潦倒的时候，隔三岔五到根雕师家里吃饭。根雕师父母往往拿最好的饭食招待这位没落的文人。一次，班主任盯着院角处的一块树根全神贯注，好像发现了宝物，啊地叫出了声。班主任把树根带回去，两天后又拿回来，根雕师父母看到的不再是树根了，而是一只开屏的孔雀。这不是化腐朽为神奇吗，不是一件精致的艺术品吗？根雕师父母让班主任把手艺教给儿子，将来或许有用。

漫长的假期里，班主任把根雕师带到寝室，拿出收集来的树根给他看，从理论到创作，无不费尽心力。班主任回城后，古井街没出大学生，却出了一个根雕师。

根雕师的作品参加过国内大型根雕展，作品被日本、韩国等国家和台湾地区的友人收藏。当地媒体闻风而动，根雕师成了古井街巷子里的名流。根雕师所在的巷子被命名为根雕巷，给古井街增添了几分文化色彩。

吃完豆腐脑，根雕师起身要走，刘饿拉住了他。六月扬扬脸，示意刘饿让根雕师走，别耽误人家的事。刘饿把根雕师拉到板凳上坐下，从衣兜里掏出一张发黄的黑白照片，指着照片对根雕师说，爷，爷托梦……

根雕师说，爷爷说什么？

刘饿伸出手对周围的房子指了一圈，拆，政府要拆，火神楼，灶君庙，财神庙，都拆。

根雕师眼神忧郁，我早有耳闻。你爷爷在天有灵啊。你看，周边的高层建筑已兵临城下，向古井街包抄过来，古井街时日不长啦。

刘饿打着手势说，拆了，你走了，根雕也走了，我看不到了。

刘饿的话让根雕师心里生起伤感，眼里像浮了一层雾。他抬眼看看古井街一片青砖黑瓦的房子，有些惆怅地说，我和画像师讲过，古井街是这座城里最后一条老街了，拆了它，就等于断了历史。火神楼、灶君庙、财神庙……哪个不是这座城市的老者？

六月说，是人是物都有个命，古井街要拆，是命里注定的事，命里有的，躲也躲不过。

刘饿不善与人交流，心里却藏着很多话。这些话不和人说，只跟鸟说。听刘饿说话的不是鹦鹉，也不是画眉，而是一群鸽子。黑瓦檐下、泡桐树上，安着小木盒、洋铁筒，这是鸽子的住处。清早，刘饿看着鸽子呼啦啦地飞去，一片黑影淡在深空，方着手烧制豆腐脑；临黑，鸽子回来了，像远征的队伍回到了营地。刘饿用眼神和手势和鸽子说话，鸽子咕咕咕地回话。鸽子在这里住了许多年，算是古井街颇有资历的住户，也知道古井街一些人和事。纵使小城冒出陌生的楼群，鸽子也是老马识途，认得自己的住处。

刘饿蹬着三轮车，车上放着条桌板凳和两木桶豆腐脑。六月在后面推着。巷子好像还没醒，睡在梦一样的沉寂里。经过古井时，刘饿停下了。六月从车上取出系着长绳的小木桶，跨上井台，从井里提出一桶水。平日，古井街的居民洗衣做饭用古井里的水，刘家磨豆浆、烧豆腐脑，也用古井里的水。人说刘家的豆腐脑好吃，大抵因为古井水甘洌爽口的缘故。古井不仅让古井街有了名，还让刘家沾了光，发了财。念及此，六月心里盈满感激和敬重，又是怯怯的，那是欠了古井的情。

没到自家的摊位跟前，刘饿就老远瞅见画像师身着马褂，背着手，站在那里。刘饿向画像师歉意地笑笑，手脚麻利地摆好桌凳，让画像师坐了。六月排出海碗，一一在井水里过了一遍，擦净，用木勺舀了一碗豆腐脑，撒上配料，端到画像师面前，说，您老慢吃，别烫着。

吃完豆腐脑，画像师仍坐着，捻着长须看刘饿和六月忙碌。刘饿知道画像师要给他和顾客们讲故事了。

古井街上，画像师给故去的人画像堪称一绝。他用一支炭笔和一张画纸，借助一枚放大镜，参照一张褪色的老照片，把逝去的老人的相貌固定在家里的供桌上；没有照片的，老人行将就木了，子女们把画像师请到家里去画。画像师往往在画像的局部用尽功夫，把慈祥和神采注入眼睛。进入二十世纪九十年代，照相馆取代了画像，灵堂里的遗像已不再是画像师的作品。画像师没怎么失落。古井街没有失落的人。

古井街上，几乎没人知道画像师的历史，就像没人真正知道古井的来历。画像师说父亲上过黄埔军校，做过胡宗南的部下，1948 年去了台湾，此后与家人失联，杳无音信。为了生计，母亲携儿子投奔这座小城的亲戚，后在古井街落了户。母亲临终叫着父亲的名字，似乎看不到父亲就咽不了最后一口气。画像师凭记忆给父亲画了张像。母亲摩挲着画像才闭了眼。

腾出工夫，刘饿紧挨画像师坐着，桌边的食客支起耳朵。

听说过吗？这地方历史上多次遭遇洪灾，黄河侵泗夺淮入海，骆马湖一片汪洋。古运河盛不下啦，水漫了出来，像猛兽一样直扑城里……咦？你猜怎么着？冲进古井街的洪水没了。水哪里去啦？让古井给收了。就这么水桶粗的一口井，收了那么多洪水，水面离井口还有一大截哩。这口古井，让一城人保住了性命。

井里有神？六月感到惊奇。

有哇。画像师不容置疑。

刘饿举着拇指，说，好，好，井是好人，古井街的人都是好人，要不都得死。

一点不假。画像师说，据考证，乾隆爷下江南路过此地，县太爷陪他察看古井街，把古井收了古运河漫进来的洪水，让小城百姓化险为夷的事说给了乾隆爷。乾隆爷连击三掌，仰面大笑，赞曰古井乃一口神井，必是苍天赐福庶民，功德无量。乃差人拿来纸笔，当场题诗一首。乾隆爷回宫，县太爷命人在井台处立块石碑，将诗刻于其上。

那块石碑呢？有人问。

唉，让红卫兵砸了。画像师叹息说。

这口古井究竟是怎么来的呢？又有人问。

画像师似乎有些口渴，伸出舌头舔舔嘴。刘饿忙让六月倒碗茶端给画像师。画像师抿了一口，就给众人讲古井的来历——

那是明末清初，一年大旱，运河几乎见了底。古井街被太阳拧干了，每张嘴都在找水。一日午后，一蓬头垢面的老者背着褡裢，提着拐杖，在巷子里游走。老者饥渴难忍，实在走不动了，摇响一户人家的门环。一老妇人开门，见是一个讨饭的，回身拿一块饼子给他。老者摇摇头说，给点水喝吧，哪怕一口也成。老妇人略一踌躇，舀半碗水端给老者，说，天要绝人了，运河都见底啦。屋里就剩这么点水了，你喝吧。

老者咕咚一口，抹抹嘴说，莫愁，好心人莫愁，明早你到门前的水井里取水吧。老妇人心里说，这人怕是渴疯了，大晌午的说什么疯话，咱这里哪来的水井。回过神，老者却不知去向。老妇人心里嘀咕，莫不是遇到了仙人？次日一早出了门，顺巷子没走几步，果然看到一口井。井水清澈，如一面镜子照着妇人。井台处很快围满了人，都说是老妇人的善心感动了神仙，赐一口井给她。

画像师捏捏下巴说，据说那个老者是个云游四方的仙人，见这里遭遇大旱，心生怜悯，就化成乞丐到街巷里找水喝。碰巧遇上善人，才有了我们古井街这口老井。

刘饿从记事起就听古井的传说，那是母亲讲的。母亲说，仙人为啥赐一口水井给咱们？还不是遇到了善人。那个老妇人就是个善人，她给古井街的人带来了福气呀。听说老妇人活了八十二岁。积德行善，必有福报。这话你要记着。

卖豆腐脑时，常有拉胡琴卖唱的夫妇光顾。刘饿让他们歇着，盛两碗豆腐脑给他们吃，又给了零钱。有年春，刘饿的门前出现一个裸体女人，是个智障者。女人一丝不挂地在小巷里来回走动，引得路人驻足围观。刘饿不忍去看，让母亲拿了衣服给女人穿上……

画像师临走时说，听说古井街的房子马上要拆了，已经纳入政府老城区改造计划。看来，我怕吃不上刘家豆腐脑了。古井街的诗人李酒这些日子一个劲写诗，说要用诗记录古井街，保留古井街的文化记忆，还说要出一本有关古井街的诗集呢。

刘饿和六月在巷子里碰到了诗人李酒。李酒说前些日子在外地参加笔会，心里一直惦记着豆腐脑。刘饿让李酒到豆腐脑摊上去吃。

李酒知道刘饿不懂诗，但还是喜欢念自己的诗给他听。刘饿竖起拇指说好，跟着满满一碗豆腐脑就端到李酒的手里。李酒常跟刘饿谈及往事，高考落榜，当车间工人，做晚报记者，与文友在古井街饮酒吟诗……往事历历在目，像围墙上的凌霄花，在记忆中摇曳。每念及此，李酒都会双眼潮湿，一脸忧伤。

我有预感，刘饿，这里将不再属于你我。李酒说，我们的古井街和它的历史将一并拆除。没办法呀，城市发展锐不可当，管你老街新街统统让路。没了古井街，你卖不成豆腐脑，我写不了诗。刘饿目光幽怨地望着远方。

刘饿和李酒正说着话，根雕师和画像师来了。古井街上几位人物差不多都到了，刘饿一手拉一个，安排他们坐了。六月为他们端来豆腐脑，分量比往常要多些。根雕师说，不瞒各位，上天我给市长写封信，希望政府对古井街改造要从长计议。市长回信说，古井街改造是大势所趋，但改造中会兼顾对古井街历史文化的挖掘和保护，政府绝不会为了老城区改造而毁了历史文化。根雕师的话像一阵微风从众人的脸上走过，画像师一脸凝重被这阵风吹散了。李酒扬起宽大的手掌按桌上一拍，喉咙里滚出巨大的声音：好！根雕师、画像师等人有理由认定，李酒是为市长回信中的那句话喝彩。

几人约定，政府如不能有诺必行，给再多的钱，他们也拒绝拆迁。数日后，工程队进驻古井街。大姐刘玉对刘饿说，饿，我已在协议上签了字，补偿八十万哩。刘饿愕然。

古井街改造前夕，画像师寿终正寝，享年八十六岁。刘饿从画像师的枕头下发现一张画像，上面画着房子、古井、火神庙、财神庙、灶君庙。一处瓦檐上攀爬着凌霄花。刘饿忽然明白，这是画像师给古井街画的遗像。去了根雕师和李酒家，均是人去屋空，一片萧索。

画像师辞世不到半个月，古井街破旧的民房华丽转身，成了直指云端的高层建筑。

古井、火神庙、财神庙、灶君庙不但毫发未损，又经过一番修葺和装饰，古朴中焕发出时代气息，像一群历尽沧桑的老者，仰望着气势磅礴的楼丛。刘饿用旧房换回一套三居室楼房。一时找不到合适的门面继续经营豆腐脑，刘饿开始谋划新的营生。

这天早上，刘饿拉着六月的手说，走，我带你……看……看……老庙吧，这些……年，你还不……晓得……它们啥……样哩。

回来的路上，六月手捂着嘴忍俊不禁了，刘饿问她笑什么。六月说，刚才你给财神爷磕头，我就琢磨出一个生财的道道来。刘饿把头伸过来，支起耳朵。六月说，你在财神庙里的头没白磕，财神爷会让咱家发财的。听说没，这里马上要建成景区了，和南边的项王景区一样，会招来很多游客呢。到那时，我做绣花鞋卖——是俺娘传给俺的手艺，这可是稀罕物哩。刘饿目光直直地看着六月，伸出手，把六月的手牵过来，按在胸前，眼里漾着潮湿的光泽。

刘饿来到画像师墓前，点了一炷香，又洒了酒，对着墓碑俯首作揖，嚅动着嘴唇。一阵风起，刘饿颇感欣慰，他知道，这是画像师在回应他捎来的消息。

（原发《湖海》2019 年 3 期）

我本书生

一

董六决定办这件事绝非蓄谋已久。

准确说，是梳头的时候梳出了一个念头。须臾，那念头变成一条狗，龇着牙扑上来。董六身子一收，绷直两腿，强行稳住手里的木梳。

慌啥？慌啥？这还没正式出场就慌，能成事吗？董六怒视着镜子里的人。梳完头，喷了定型胶，这颇有气质的发型提醒董六：你不要心虚，夹着包，一派风光的文化人的发型大抵如此。

皮壳本上别支钢笔，装进手提袋，董六踌躇满志地出门了。走出房门，穿过院子，刚抬脚要跨出院门，被扯草回屋的母亲堵住了。

要死的，大清早出门做什么？母亲鼓着眼，把肩上捆草的绳子往手里紧了紧。

去办事，这事跟扯草不能相提并论。董六用文化人的口吻跟母亲说。

办……事？你这孩子啥都想做，就是不能让娘省心。母亲拉下脸，勾着头，目光在手提袋里寻找。

母亲说得也是。读高中那阵，听说儿子很用功，书念得风生水起，母亲就激动得不行，认为董家的祖坟冒烟了，庄户人家要出人才啦。每次出门，母亲要备足微笑和感谢的话，回赠对儿子的未来有诸多设想的人们。临近高考，董六出了意外被迫停学，像庄稼人走进麦田，面对辽阔的金黄，却忽然闪了腰。

母亲担心儿子又出去惹事，堵住院门不让董六走。

我又不是犯人！

董六伸手把母亲拨拉过去，下手重了，母亲像陀螺一样转了半圈。

二

六子，妈给你做牛做马你也要把书念成了，有文化才有奔头，听见没？你哥你姐也想念书，这哪成？家里七八张嘴要吃要喝，我和你爸拼死拼活也喂不饱一家人，不狠狠心把你哥你姐当劳力使，一家老少就得喝西北风。

六年前，那个雪花簇拥的黄昏，董六背对着塞了稻草的墙缝，在光亮微弱的煤油灯底下，歪头琢磨数学题，母亲从洗碗盆里提出两只湿淋淋的手说。

做牛做马，母亲咬着牙说出这句话，是不大合适，却是发了狠心的。往常，董六在家温习功课，母亲就会过来插句话，像挑去灯捻上的灯花，让儿子把前程看得更亮些。董六虚着眼看母亲一眼，又回到数学题上去了。母亲笑笑，知道董六掂出她话里的分量了。

想想母亲裹着风雪，在冰面上砸出一个盆口大的窟窿，在里面洗红薯，在灶门口揉着不曾干过的眼睛，董六就横下心，不念成书，不是他董六不争气，就是老天瞎了眼。十二岁的孩子就显得老成，眉宇间藏着冷峻，像要把世间的事情当数学题演算一番。班主任看出董六身上的潜质，打算挖一挖。对董六说，董六同学，听说你老子不是本地人，同学们常取笑你是外来户，有这事吧？你不要怕，用心念书，让成绩给你撑腰，看谁还敢欺负你。

董六回家跟母亲一说，母亲很生气，说老师真是哪壶不开提哪壶，哪有这样教育学生的。既然老师漏了嘴，母亲没必要再掖着藏着——也不是家丑。

父亲是外乡人，离这儿有几十里地，那地方穷，没几家能吃饱饭的，经人介绍入赘到母亲门上。这地方地广人稀，靠近沂河。一开春，沂河边的麦田里小蒜长得有点喧宾夺主，十分招眼。小蒜是野生蔬菜，而不是杂草，所以庄稼人对小蒜的长势并不生气，心里反倒揣着窃喜。春风浩荡里，沂河边麦田里起伏着黑压压的人头，那是庄稼人在挖小蒜。母亲也身在其中，把整筐的小蒜背回家，作为口粮之外的补给。

母亲说得并不沉重，眼里是笑着的，像追忆一桩有趣的往事。

难不成，父亲是慕小蒜之名投奔母亲的？

家里的瓦缸、瓦盆、菜坛子里，都盛满除去根须洗净了的小蒜，上面覆了一层盐腌着，能吃到腊月。那时节，教室里充斥着刺鼻的蒜味，老师不得不把教本贴着鼻子讲课。董六同桌是个女生，面对董六身上一浪一浪扑过来的蒜味，缩着头，手捏住鼻子，这还不够，又拿一摞书在课桌中间竖起一面墙。

这一举动像一条蛇在挑衅田鼠。不仅如此，这女生还伙同其他女生唱儿歌一样地喊他“外来户”。班主任说得对，用成绩为自己撑腰。董六决计靠成绩开道，让尊严突破重围。每次考完试，试卷发下来，教室里空前肃穆，老师板着脸，像盘点一场战争。瞥到女生试卷上猥琐的分数，再瞅瞅自己试卷上红彤彤的满分，董六的笑声在鼻孔里流窜。这不是幸灾乐祸吗？那女生由怒而悲，由悲而泣。

清明，祭扫烈士陵园回来的路上，两边绿油油的麦苗，用摇曳的腰身回应春风的抚摸。这样的意境里，女生觉得有点表示才是，从书包里抓出一把松子，摊开手心，对董六说，这个给你，我掐的，可香了。董六红了脸说，你给别人吧，我是外来户。女生气得直跺脚，还记人家仇哇？以后谁再说你外来户谁是狗。

三

镇中学西首原是块荒滩，杂草丛生，灌木交错，散落着几座孤寂的坟包。二十世纪七十年代这里做过刑场，枪毙过当地一个强奸犯。

几十亩的荒滩闲置未免可惜，又无人垦荒耕种，政府就出面了，让一个人称孔麻子的人领头创办砖瓦厂。庄稼人腰里殷实了，纷纷咬牙推翻土坯房建造砖瓦房。房子革命让砖瓦产业如日中天。做了厂长的孔麻子，作为乡镇企业家的典型，在报纸电视上，粉墨登场了。孔麻子给一个贫困户送过扶贫砖，户主感动得老泪纵横，差点给孔麻子跪下了。县里的电视新闻里，孔麻子站在贫困户扭曲的土坯房前讲话，身后是一头驴和一驴车红砖。虽是几分钟的电视新闻，人们像看一部电视剧那样全神贯注。董六母亲抹着热乎乎的眼睛说，这家子哪炷香烧来了这个神仙？真是走了大运啦。听母亲说起这事，董六对素不相识的孔厂长肃然起敬。要是一名记者就好了。已升入高中的董六就有了将来大学毕业当记者的想法。这一想法像一轮红日，照亮了董六未来人生辽阔的海面。

现在，董六提前让自己做了记者，尽管这一身份尚未得到官方确认。

董六采访的人是孔麻子。

进了砖瓦厂的门，穿过一截坑坑洼洼的道路，董六看到路东盘着一座三孔砖窑，窑顶上竖起一根直指蓝天的巍峨的烟囱，像这个乡镇企业崛起的标志；路西是两排砖房，在阳光下正襟危坐，厂长办公室就在那里。正是新砖出窑的时候，几个瘦骨嶙峋的汉子，裸着油光闪烁的黝黑的上身，从窑里往外拉砖。汗水在他们的身上游走，高温切割着他们每一寸肌肤。砖坯制作现场，几个女人俯首弯腰，手捧光滑的砖坯如捧着年糕。她们不时抬起胳膊肘揩去额上的汗水。

孔厂长办公桌上搁着一套茶具、一本电话簿和一部电话。董六进门的时候，孔厂长仰躺在藤椅里，两只脚交叉着架在办公桌上，正捧着茶壶，将壶嘴插进嘴里吮吸。旁边的落地扇源源不断地向孔厂长输送着清凉。

咱们厂是需要宣传宣传，当然了，都是同志们干出来的，也不是我个人的功劳。孔厂长笑得十分谦和。

董六用颇为得体的笑容拥抱孔厂长的谦和。

来两口？孔厂长示意董六喝茶。

董六忘了回应，从手提袋里取出皮壳本放在大腿上，照着拟好的采访提纲发问：厂里每年生产多少砖？

大概五千多方吧。

每年纯利润？

十六万。

孔厂长踱着步子，眼里盈满笑意。他坚信这位记者的文章很快见报，他的事迹将再度在舆论界掀起涟漪，像春风一样吹暖人心。

问完几个问题，董六心里空了，不知再问什么，就说起以前的新闻，说孔厂长你不仅是一位企业家，还是一位慈善家。你给贫困户送过砖，电视里看过你和驴站在一起。

孔厂长像胳肢窝让人挠了一下，笑得有些失态，脸上的麻子兴奋地舒展着，小事，小事嘛，不值一提。你们读书人真会讲话。

董六又转了话题，问及孔厂长创业历程。孔厂长对这一话题颇感兴趣，深情而伤感地追忆往事，甚至有流泪的冲动。最后感叹说，咱是个粗人，没念几天书，办个窑厂还凑合，成不了大器。还是你们记者行啊，舞文弄墨的，出息着哩。

说了会儿闲话，孔厂长扭着下身，对董六笑笑，说出去方便一下。董六随手翻翻桌上的电话簿，看到一张照片，就手装进手提袋。

时近晌午，董六收起皮壳本要走，孔厂长不让走，说上面来人厂里都要留饭，是老规矩。董六说回去写稿子，孔厂长沉下脸，怎么，老弟要破我的老规矩吗？

四

董六在房间里收拾凌乱的书籍，都是高中时的课本和复习资料。每本书都与董六耳鬓厮磨，每个章节董六都那么熟悉。那时，这些书，就是一块肥沃的庄稼地，董六已然看到了摇曳着的沉甸甸的谷穗。

全县高三模拟会考，董六以全县第一的成绩震撼了校园，像沉寂的夜空滚过一阵响雷。这所不被人们看重的，在历次高考中全军覆没的乡村高中，董六横空出世了，他为全校师生举起了火炬，要不了多久，他将改写母校被剃光头的历史，用成绩为母校雪耻。正因如此，学校对董六格外器重。一次，一个学生拿错了董六的饭盒，二人起了争执。校方得知后，那学生被责令在全体学生会上公开检讨，检讨书张贴在校务公开栏里，还挨了处分。学校的祖护如一声鞭响，董六奋蹄驰骋。

在家，母亲弓腰把饭端到董六手里，像女佣伺候一个少爷。伸过来的碗里卧着雪白的鸡蛋，热气袅袅。趁热吃了它，六子。母亲柔声说。看书的时候，母亲做事总是蹑手蹑脚，像怕惊醒熟睡的婴儿。临睡时分，董六自顾看书，母亲让董七给董六端盆热水洗脚，董七撇着嘴没动。母亲扬起手要劈下来，说，你个小畜生，给你六哥端洗脚水屈了你？你要有你六哥那本事，我替你端尿盆都成。旁边为董六缝制布鞋的大姐冲董七努努嘴，还不快去！

董六拿起一本让灯火深度毁容的课本，他想起了高二那年冬天的火情。

子夜，同学们都进入梦境，有的锉着牙，有的说着梦话。董六点着罩灯，侧卧在床上看书。困倦扯着眼皮，睡着了。手里的书碰翻了灯罩，忽地着了火。董六跳将起来，用枕头扑灭火，那书被烧了一半，被子也惨遭株连。

这是一个不小的新闻，在师生中引起巨大骚动。

一个同学说，董六你娘的不要命啦？你读书读疯了，火真的烧起来，一宿舍的人都得为你陪葬。

班主任不这么看。在惜时如金的当口儿，班主任在晨会上动用三十分钟的时间对董六挑灯夜读精神进行总结和提炼。董六同学虽然差点酿成火灾，但如醉如痴的深夜苦读，是对古人头悬梁锥刺股精神的传承，是对读书改变命运这一人生箴言的彻悟。

班主任的话像下了咒语，还有这些书，在高考前夕，腰斩了董六日渐成型的希冀。咔嚓一声，一根可以奏出美妙乐音的琴弦断了。

董六离开了校园。像一棵参天大树被连根拔起，校园里留下一个巨大的深坑，坑里装满着惆怅。

董六把那本被油灯致残的书摔在地上，提起脚，那脚携带着愤怒，在书上拧了一圈，似乎要把仇家置于死地。脑子里依稀浮出那可怕的一瞬，那令人瞠目的举动，像醉酒者做下了荒唐的事。离开学校后，董六作为精神病人随母亲到几家医院诊治。班主任几次上门，说董六是用脑过度，只要安心休养一段时间照样可以复学。

窝在家里，又无所事事，听着母亲制造的锅碗瓢勺的交响，猪圈里饥饿者的嚎叫，董六莫名地烦躁。四面似有幽深的围墙，潜伏着警惕的眼睛。一有动静，母亲会气喘吁吁地冲进来，寻思着董六是不是神经发作。

我没上吊！董六咆哮着。

母亲退出去。

董六如一只断翅的鸟，落寞地遥望深远的天空。

书像心怀叵测的引路者，把董六搁在半道上就撒手不管了。这是一种残忍的遗弃。董六飞起一脚把书踢翻。而且，几次擦燃火柴伸向书，但捏着火柴的手哆嗦了，火焰在泪光里跳跃。

愤怒之下，董六忽然想起了孔麻子设下的酒宴。像一个埋伏。酒，诱敌深入，让一个冒牌记者的真实面目暴露无遗。

镇上的酒馆包间里，董六坐在上首，孔麻子和分管乡镇企业的副镇长坐其左右。桌上菜肴丰盛，酒香浓郁，一道道不知名目的菜让董六长了见识。孔厂长率领众人轮番敬酒，俨然群星拱月。杯杯下肚，董六顿感头大舌短，绵软无力。在烈酒的折腾下，董六犹如一脚踩空从高处坠落的人，脑子成了一个阴风呼啸的洞穴。

不知何种力量的唆使，董六摇晃着站起来，醉眼蒙眬中，一张张脸也不甚分明。

起身敬酒的孔麻子以为这位年轻记者要拿他的事迹给各位助兴，笑眯眯地坐下了。

孔……厂长，今天喝你的酒，甚为感谢。但我有几句不客气的话要说。平时都是这样招待记者的吗？……这也太奢侈了。砖瓦厂，是刚刚起步的乡镇企业，需要加大投入，扩大规模。像这样的吃法，对蒸蒸日上的砖瓦厂来说，不是釜底抽薪吗？如果不开源节流，毫无节制地挥霍，砖瓦厂将无疾而终。

董六端起一杯酒，目光挨着食客走了一圈，这是酒吗？这……不是酒，是血，是老百姓的血。

现场像被掐了脖子，哑然无声。

……现在，还有多少人在贫困中挣扎，你们却过着钟鸣鼎食的贵族生活。读过范仲淹的《岳阳楼记》吗？先天下之忧而忧，后天下之乐而乐。我希望为官者，还有企业家，要把它作为座右铭。

义愤填膺的董六又把话题转向记者。他说，记者是时代和社会的代言人。我是慕名前来采访孔厂长，不是混吃溜喝来的，但孔厂长盛情难却，我就来了。作为记者，我会用事实说话，绝不会给任何人涂脂抹粉，否则，就是对记者这一身份的亵渎。

副镇长坐不住了，勃然大怒地弹起身，指着董六问孔麻子，他是哪路来的神仙？看过他的记者证吗？……看看，这是记者说的话吗？真不像话！

董六还有话要说，让人七手八脚架了出去。

五

头回冒充记者就捅了娄子，人家不会说你是惩恶扬善，也不认为那是醉话——本来就没喝多少酒，何醉之有？那只能是精神出了问题。董六绝不怀疑孔麻子他们的判断力。这就不好了，这不是暴露病史吗，不是原形毕露吗？董六像无意中碰着了马蜂窝，缩在家里不敢露头。

母亲几次想问问董六采访的是哪个高人，见他丢了魂似的枯坐房间，生怕惹恼了他，话到嘴边又滑回去了。这样待在家里也好，只要不出乱子，就算烧了高香啦。做娘的宽慰着自己。

几天过去了，外边没什么动静，这意味着孔麻子事后没有深挖董六的底细和来路。董六稍稍松了口气。

外面风平浪静，董六就来了精神。

这精神指向了那天从孔麻子办公桌上带回的一张照片。

这是孔麻子和一个女人的合影照，他们背后是宿北大战革命烈士纪念塔。纪念塔上金黄的题词，在阳光下熠熠生辉。孔麻子那张星罗棋布的脸也在阳光下熠熠生辉，粗壮的胳膊搁在女人的肩上。女人一脸娇羞，笑得恬静而妩媚，像古代的仕女。这不是孔麻子的女人，年龄的悬殊和相貌的反差告诉了董六。谁知道呢，就看那么一眼，董六的心就让女人的清丽攫取了。他心仪的女人和照片上的女人在形象气质上不谋而合，他关于理想化女人的缥缈的想象终于有了清晰准确的现实参照。董六悄悄把照片揣进了口袋。

这天早上，董六又从不同角度，对照片上的女人审视一番，想象着和女人交往的种种情形，还想到和女人的对话。

人家都说你成绩好，是学校里的尖子。女人扇动着黑亮的睫毛。

算是吧……你说，种地人家出身的人，不用心读书还不是种地？我不想种地，种地人命苦，辛劳一辈子也没个出头之日，活得像牲口。古人就说过，书中自有颜如玉，书中自有黄金屋。

董六摊开五指在床沿游走，像抚摸女人的脸。

想不到男人念书就为了这个……

女人知道颜如玉指的是什么，哧地笑了。

和女人正说着话，就听到院子里有人粗着嗓门跟母亲说话。说话的人是村干部。他说，我上天到镇上开会，听了个笑话，说有个年轻人长得白白净净的，冒充记者采访砖瓦厂孔麻子，人家当真了，好生招待他，他不识抬举，酒桌上把人痛骂一顿。孔麻子说这人脑子有病，竟然骗到他头上来了，若再让他撞上，非叫他爬着走。

母亲心里一哆嗦，赔着笑脸说，还有这事？真是无法无天啦。——哎，你该不会怀疑俺家六子吧？

村干部干咳一声，诡异地看着天，你家董六脑子咋样你心里没数？能改组村民委员会，为啥不能冒充记者？

你……你这是当干部说的话吗？嘴上没边没沿的，你凭啥怀疑俺家董六？你说他脑子有病，砸你家锅了，还是烧你家房子了？

好，好，没病，没病，早晚出事你就晓得了。

董六从房间冲出来，抡起粪勺，哪个说我脑子有病？我劈了他！

母亲赶紧挡住董六，村干部的目光戳过来，风一样溜出院门。

母亲夺下粪勺，哀声说，六子，我的祖宗，你跟妈说实话，你上天是不是去砖瓦厂了？那事不能干，是要坐牢的……

董六拧着脖子，我没坑蒙拐骗，谁让我坐牢？

母亲眼里有泪，撩起围裙擦擦眼说，六子呀，全家都指望你念成书，将来有个好前程……可眼下，你把书念成这个样子，让全村人笑话不说，还让家里人成天提心吊胆的，万一出了事，哪个能帮你扛着呀。这都是命，天给的命，只有认，怨不了谁。

灯下，董六看着照片，他目光如刀，锋利地插入那张布满麻子的脸，那张在电视里出现过的，被公家的油水养育着的饱满结实的脸。而这张脸却被另一张脸偎依着，亲近着。莫非，这就是母亲所说的命运？董六心里噗地着了火，又生出对先人的悲哀——现实无情地颠覆了他们那句书中自有颜如玉的古话。

从笔记本上扯下一张纸，在灯下奋笔疾书。董六把信折好打算明天寄出去。又拿出那张照片，不屑地瞟一眼，如释重负地喘出一口气。

六

董六要去镇中学任代课教师了。

这出乎意料的好事，类似于天上掉了馅儿饼，让董六接着了。

一旦说给母亲，母亲定会喜极而泣。这么一想，董六心里像吹进了四月的暖风。

跟母亲一说，母亲以为儿子又犯病说胡话，一把扯住董六说，咋？你要当教书先生？真是越说越不靠谱了。

母亲的反应让董六大失所望，他想不到母亲也把他当成废人，终日窝在家里吃闲饭的废人。休学以来，母亲对他的期望大幅度下降，只希望他吃好睡好，养好精神，不要出门惹是生非。董六不这么看，他承认那次袭击老师纯属鬼使神差，断不是有意为之。那时，如噩梦一场；现在，梦醒了，他走失的神智已经返回。

你以为我是去杀人放火吗？村里人说我读书读疯了，我要让他们看看到底是谁疯了。我就不信我董六这辈子成了吃家里喝家里的剥削者。

董六咬着牙，每个字像吐出的枣核，坚硬地弹向母亲。

不能再往下说了，这孩子经不起刺激，随时都会变成一头砍人牛也说不准。母亲警告自己。

董六手里收拾着行囊，嘴里吹着口哨。像面对一个入室抢劫者，母亲被吓着了，眼睁睁地看着，气都喘得节制。

是孔麻子给介绍的工作。孔麻子对这个冒犯自己的年轻人不但不予计较，还为董六指了一条道。

那天，村干部一番旁敲侧击，董六认为是孔麻子在拿那次采访和酒桌疯话制造舆论，这不是糟践年轻人的声誉吗？董六写信的本意不是敲诈、恐吓，更无其他非分之想，是警告孔麻子不要再提采访一事，给年轻人留个面子，同时也提醒孔麻子要坚守做人底线，不要拈花惹草，不要给公家脸上抹黑。否则，就把照片复印几张，贴到电线杆上——那会比寻人启事或不孕不育治疗广告更引人注目。

这是一步险棋，董六无法预测此信寄出后会引出怎样的后果，弄不好会栽在孔麻子的手里——人家毕竟是有头有脸的人，水深着呢。

仿佛等着一场灾难的来临，董六魂不守舍地在院子里走来走去，见狗踢狗，见猫踩猫。

母亲看不下去了，把忧愤压在心底，嘟哝着，你这孩子又发疯了不是？猫狗都碍你事，家里盛不下你啦，作死哩，我看早晚你把我也踢出门。

几天后，董六收到一封信，拆开，是女人的笔迹。信上让董六去砖瓦厂一趟，孔厂长有事商量。有事商量？信在手里哆嗦，董六想到圈套、陷阱之类的计谋，心中腾起风萧萧兮易水寒的悲壮。

像是一次亲切的会晤，孔麻子是笑着的，褶皱里嵌着慈祥，像个老妇。小董啊，你性格耿直，年轻有为，还有好口才，你去镇中学做代课教师吧。孔麻子打着长者的手势说。这一深入人心的举动让董六如在梦中。董六隐约听到血液奔涌的回声。董六努力睁大眼，试图鉴别眼前的中年人是孔麻子还是梦中人。

一周后，董六从孔麻子手里拿到介绍信，上面有镇里某位领导龙飞凤舞的签名。董六把介绍信贴在胸口，他想象着那个书香弥漫的校园，那个塑造梦想的地方，有可能，他还会碰上一个牵手一生的女人——这是孔麻子给董六提供的又一契机。

七

走在镇中学校园里，董六像漂泊已久重返故里的游子，眼睛潮湿，目光温润。挺拔在校园中心道路两侧的梧桐树，根深叶茂，给校园增添几分庄重与肃穆，算得上校园草木家族中的老者，当年学生刻上去的名字都长实了；桂花树风情万种，像春心荡漾的少妇对每个人喷吐着浓郁的香气；鸟在梧桐树梢上穿梭，捏着嗓子传递某种消息。

钟声响了，那是激越的号角，学生捧着课本在校园里奔跑，脸上充满朝气和期许。

我来了，母校。

我坍塌的风帆再度升起，希望之舟将在这里起航……

董六心里即兴朗诵这样的诗句。他像一只鸟，对着旭日白云振翅欲飞。

这是蝉声茂盛的秋日，董六在讲解《敕勒川》。这是一首西北游牧民族的民歌。诗中广袤的天空，辽阔的草原，奔涌的牛羊，牧民们浪漫的游牧生活，深深地感染着这名精神垂危的年轻人，他沉醉般地朗诵着，眼里噙着泪。泪光闪烁中，静心聆听的学生幻化成电影《牧马人》中的画面：在祁连山下，许灵均骑着骏马，挥鞭吆喝，驱赶着浩大的马群……

天苍苍，

野茫茫，

风吹草低见……

读到这里，董六忽然停了，翘着嘴唇，像被施了法术，定在讲台前。的确，董六看到一个女教师腋下夹着课本从教室门前款款走过，灵巧的步态，柔韧的腰身，生生把董六的目光牵了去。

教室响起起哄声，还有几声尖厉的口哨。董六赶紧收回目光，讪笑着，忽又觉得遭到取笑，教鞭猛一敲讲桌，笑什么？笑什么？爱美之心人皆有之。

下课铃声一响，学生拥过来把董六围住。

一个男生说，老师你刚才怎么了？

一个女生插嘴说，刚才打门前经过的是秦老师，对不对，董老师？

嗯？秦小娟！董六没有接女生的话，心里却在兴奋地念着秦小娟的名字。

到学校半个多月了，董六不失时机地寻找着秦小娟，始终不见其踪影，虽然没见过她，但董六看过照片上的女人。董六把照片交给孔麻子并对那个女人表示好感的时候，孔麻子说，她的妹妹秦小娟就在镇中学教英语，姊妹俩长得像一个模子倒出来的。

要是有心，可以接触一下嘛。孔麻子拍拍董六的肩膀，意味深长地笑了。董六心里动了一下。

私下里打听，秦小娟进修去了。

午饭间，董六看到了秦小娟的正面。秦小娟穿着浅蓝色的连衣裙，裙上缀满细碎的白花，整个人看上去就是一件精美的瓷器。秦小娟双腿并拢，形成一个斜角坐在那里，翘起兰花指，把米饭一点点往嘴里挑。这一颇具东方文化韵味的吃法，把一个知识女性的文雅与高贵表现得淋漓尽致。

董六调整好视角，热切中并没放纵目光。这么一来，目光像牵在手里的牲口，几次强硬扑向丰茂的青草，都被董六拉了回来。

秦小娟的形影像蚕丝，牢牢地绕住了董六，让董六幸福地窒息。怎么接触呢？又不教同一个班级，也不在一起办公，连句话也说不上。董六想到了写信。

六张白纸洋洋洒洒近万字，董六让学生把信交给了秦小娟。

下课了，董六回办公室的时候，发现秦小娟斜着身子堵在门口，一脸冰霜地看着他。

这是你写的？秦小娟举起一卷白纸。

是我写的，秦老师。董六像被起获赃物的盗窃者，口齿支吾。

你谁呀？神经病！秦小娟把信甩到董六的脸上，一口唾沫差点砸着了董六的脚。

可我……认识你姐，不是砖瓦厂的会计吗？孔厂长对你姐很好，说你在这里教书……

不要给我提那个畜生！

你说孔厂长是畜生？

滚！

董六像当众被剥了衣服，丑陋的躯体晾在那里。那卷白纸散落在地，一览无余地泄露了董六藏了多时的隐秘。

首次受挫让董六开始反思：或许信写得不是时候，又是白纸，有点像悼文。这是致命性的错误。军事家指挥作战还有失误，向一个陌生的女人袒露心迹哪能得心应手？董六给自己找个台阶下了，内心也坚硬起来。

一个月夜，董六去了秦小娟的家，来回近四十里的路。董六没有看到秦小娟。秦小娟的父母破口大骂，舞着棍棒驱赶。狗扑上来，扯去董六半截裤脚。仓皇逃离中，董六险些栽进一个粪池。

校园里，人们看到这个新来的代课教师面色苍白，精神萎靡。知情人说，听说董六去过秦老师的家，门都没让进，让家里人拿棍追出了村子，裤脚还让狗扯去一块。

听说没？董六读高中时是个高才生，谁知道呢，临近高考精神却出了问题，抡起板凳打老师。现在休学在家，不知攀了哪根高枝，到学校代课来了。

此人还冒充记者采访过砖瓦厂厂长呢，看不出道业这么深。

八

董六坐在办公室仰脸看着房梁，秦小娟冲进来，一把攥住董六的衣领：你说，我的包是不是你拿的，你敢说你没拿？有人看见了。

董六梗着脖子，像一只鸭子让秦小娟提在手里。

我没拿，你不要欺负人。

我欺负人？说这话也不怕闪了舌头，到底谁欺负谁？秦小娟愤怒得有些扭曲的脸往董六的脸前移了一下，就要贴上去了。谁指使你的？是不是孔麻子，是不是？走，到校长室一块说。

把秦老师的包交给她，要不就去派出所解决问题吧。校长摊开报纸，言简意赅。

秦小娟哭了，擤一把鼻涕甩在校长室的墙上。秦小娟微波荡漾的哭声瓦解了董六的防线。董六说包扔在校园东边的池塘里。

时令已进入深秋，校园里刮着风，携着几分秋凉。

池塘边围着一圈人，像秋风里晃动的篱笆。董六一层层剥去衣服，身上只箍着一件红色短裤，像秋日里的一簇火焰，映照着一脸褶皱的池水。池岸有些陡，董六背对着围观者，贴着陡坡蹲下身，两手抓着枯草慢慢往下滑，样子有点像撑船的渔夫。脚下打滑，身子失去平衡，梭镖似的刺进水里。岸上掀起狂暴的笑声。

董六深一脚浅一脚地往深处走，漂着浮萍的池水吞去他大半个身子。秦小娟两手叉在腰间站在那里，眼前的情形让她又气又恼又有种罪恶感。

董六用脚在淤泥里寻找。踩着了，手伸进水，仰起脖子，身子慢慢斜过去，却够不着。董六一个猛子扎下去，扎进深秋最冷的部位。

董六一手提着秦小娟粘满污泥的坤包，一手牵着岸上伸过来的竹竿，一身浮萍地上岸了。

人群里闪出一个缺口，董六扛着衣服踉跄着走向寝室；身后，是一丛呼啦啦跟过来的目光。

这小子太缺德了！

简直是自作自受！

…………

没人关心这样的评说，人们不约而同地拿目光去找事件的另一当事人——秦小娟。秦小娟已不见踪影。

寝室里，董六横躺在床上，滚雷一样的哭声撞击着门窗。他恨自己卑贱，也恨秦小娟，这个瓷器一样让他为之心动的女人，将他置于众目睽睽之下，惨遭众人目光的蹂躏。那天午饭后，他本想找秦小娟诉苦，可办公室空无一人，只有秦小娟的包在等着他……

也许受凉了，董六打了几个喷嚏，迷迷糊糊睡下了。恍惚中，董六眼前映现出教室里那一幕：数学老师转身在黑板上板书算式，董六眼睛直直地看着黑板前那个佝偻的背影。

他是幽灵，是羁押学生自由的幽灵。一个声音从董六身体某个部位冲出来，又转化成一种不可抗拒的力量，唆使董六抡起板凳，狠狠地砸向那个佝偻的背影……那一瞬间，世界沉睡了，董六不知道身在何方，只在无边的沉寂里漫游。

后来，镇中学传说，秦小娟阻止过姐姐不要跟孔麻子来往，还骂了孔麻子。孔麻子为了免于出丑，以给董六介绍到镇中学代课为条件要回了那张照片，并指使董六纠缠秦小娟，达到一箭双雕的目的。说这是秦小娟亲口说的。

这天早饭后，董六母亲端一摞碗正往屋里走，村干部一脚跨进院门，他说，听说镇中学最近出了一件事，一个代课教师追人家女教师不成，把人家的包扔进池塘，后来当众脱光衣服下水去捞……你说，脑子全乎的人能干这事吗？真是把祖宗八代的脸都丢尽啦。

董六母亲手上一松，碗哗啦一声掉在地上，脸色煞白，身子慢慢塌下去……

董家院子里腾起一簇火焰，所有的书籍成了殉葬品。

董六失踪了。

几天过去了，纸灰还在苦楝树上盘旋，像黑色的精灵，等着书生归来。

秋冬交接口上，村里人回来说，砖瓦厂附近的路上，有个裸着上身的年轻人，手持棍棒练习刺杀，逢人就拦，看上去像是抢劫，但又不像。年轻人逮着男的就揪住人家衣领说，你是孔麻子吗？你不是孔麻子，你脸上没麻子；碰上女的撒腿就跑，包还给你了，秦老师，求求你，放了我……

过了冬至，一场瑞雪说来就来了。砖瓦厂的砖窑在瑞雪里塌了两孔，死了一个窑工。人们在电视新闻里看到砖窑坍塌的现场以及孔麻子哭丧着脸接受采访的画面。

村里有人揣测，听说董六的丑就出在窑厂，砖窑八成是他弄塌的。

有人反驳，董六又不是大力神，这么牢固的砖窑他能给掀了？他不是失踪了吗。

都不要胡扯，照我看，窑厂那地方风水不好，砖窑身下当年不是枪毙过人吗？

风水先生猛抽一口烟，不容置疑地说。

（原发《湖海》2018 年 4 期）

三喜临门

一

石磨起了大早，绕着村子在晨雾里穿梭。后面跟一条狗，狗似乎要弄清楚一向睡到日上三竿才起床的石磨，今日早起究竟是为了什么。要偷东西吗？狗像警察那样，凭着职业的敏感就跟上了石磨，石磨听到后面有轻微的声音，以为碰上了人，心里暗喜，转身一看，是寡妇九月菊家的狗，石磨有些生气，俯身欲捡起坷垃。狗知道石磨要做什么，转身就跑。石磨笑笑，以为狗猜透了他的心思，心里说，我又不是去勾引你家的主人，你跟我干啥。石磨走了几步，狗若即若离地又跟上来了。石磨心里有事，不予理会，他要去找寡妇九月菊，他要告诉九月菊一个重大消息。

石磨来到九月菊的门外，隔着一人高的厕所围墙，收住了脚步，放开嗓子干咳了几声后，等待动静。果然，厕所内立即传出几声女人的咳嗽予以回应，意思是告诉他里面有人。这是梨园村人人都懂的规矩。那时，梨园村的厕所像村民家的房子一样，多是土坯垒砌的，也有不少芦苇或棍棒围起来的简易厕所混杂其间。这样的厕所不分男女。为避免男女“撞车”，有需用者，在如厕前都会先干咳几声，若是里面传出同样的干咳，来人会离开或静等；若是没有回应即可放心进去。

其实，石磨并没有要去厕所的意思，他发出的几声干咳只是试探，他想试探此时的九月菊会不会在厕所里。

得到确切的回应后，石磨索性又亮开嗓门干咳几声，脚故意蹭着地，制造出走路的响动。厕所里的九月菊正吭哧吭哧到了兴头上，听到外面的动静又有点急。她没有再干咳，直接说了话：“叔，您老先等等吧，俺正忙着呢。”

石磨听了，嘎嘎嘎地像鸭子一样笑了起来，说：“你个野菊子，占着茅坑不肯出，喊谁叔呢，喊得怪亲热哩。”

石磨一开口，就把九月菊惹气了：“哎哟哟，是石磨呀，你个不识好歹的东西。”石磨的几声干咳，九月菊误以为是村里的老支书刘北斗呢，因为刘北斗家和她家住的是前后院，有时刘北斗也会用她家的厕所。再说她根本想不到石磨这个懒货会起这么早，这很不正常啊。九月菊想着，就说道：“今天的太阳莫非要从西边出来了，你能起得这么早，真是老母猪上了树，稀奇死个人哩！”

石磨说：“九月菊，我今天起早还不是过来告诉你一个事——这还是一件怪事呢。”九月菊提了裤子，三下五除二用布条勒紧，就问什么事。石磨说：“九月菊你听说没，昨晚村里来了一个啥书记，你说这原本就有刘北斗当着支书，好好的，咋又派来一个书记呢，这不是乱弹琴吗？”

九月菊并不吃惊，反而哧地笑了，斜了石磨一眼说：“咱村里就是来了一百个书记，也挡不了你这个懒鬼睡懒觉哇，老支书都拿你没办法，新来的书记能管得了你？”石磨苦着脸说：“九月菊你知道个啥，新来的书记到底是哪路神仙，谁都不晓得，说不准来了新书记，咱梨园村就变天了。”九月菊没再理他，径直进了院子。

石磨破天荒起了个大早，他关心的并不是村里来了干部，他担心的是自己。他担心自己在村里享受了多年的政府低保会被这位新来的书记取消，这种隐隐的担心几乎让他一夜未眠。

石磨原名叫李成人，大概是他老子在世的时候，希望儿子不成才也要成人，这是庄户人最朴实的愿望。石磨祖父是剃头的，因为“文革”时为工作组一个干部刮胡子，剃须刀走错了方向，削去干部腮上一块皮，出血了，就被以谋害革命干部的罪名拉出去批斗。此后，那副剃头挑子就像一条渡船，荒废了。后来石磨的父亲操起祖业，做豆腐，说干这行安全，豆腐能换来零钱，豆渣能养猪。李成人家一盘石磨吱吱呀呀地转着日月，人们就给李成人的名字动了手脚，叫他石磨。可天有不测风云，就在石磨读高中那年，父母上县城买黄豆，遇到一条河，蹚水过河时，双双让翻涌的河水活生生地吞了。石磨成了孤儿，跟着年迈的奶奶生活。原本成绩优异的他，此后一落千丈，不仅没有考上大学，而且因为参与打架，被拘留过。石磨奶奶死后，他在这世上就没有任何亲人，一个人形单影只，没什么生存技能，又看不上那几亩田地，三十多岁了也没讨上女人。村里的人既可怜他又怕他，也很少有人去招惹他，生怕惹火烧身。老支书刘北斗出于照顾，让他享受了政府低保，这在村里也说得过去，因为按条件，石磨这个单身汉，没啥经济来源，生活拮据，自然该享受低保，就如在矿难中死去男人的寡妇九月菊。

享受多年低保的石磨，早已觉得这是理所当然，反正是政府给的，又不是手伸进别人的饭碗。可就在昨天傍晚，情况发生了变化。老支书刘北斗领着一个陌生男人走进了他家。对此，石磨大为疑惑。刘北斗介绍说，这是新来的张天宇同志，区里旅游局派下来的，任咱梨园村第一书记。现在张书记是来看望你这个低保户的，以后梨园村的干部群众都要听张书记的。石磨脸上没有刘北斗和张书记希望看到的热情，他只是僵硬地伸出手，象征性地和张书记握一下，这哪里是和领导握手，分明是接见下属。刘北斗十分不悦。

张天宇满脸微笑，露出一口洁白的牙齿。他先是在石磨家，从外屋走到里屋，像在寻找什么。刘北斗就跟在他身后，边走边介绍说，这是村里的低保户，单身汉，没啥经济收入，他住的是祖上留下的老屋，年久失修，是村里的危房户。第一书记张天宇不住地点着头。傍晚时分，屋内显得远比屋外阴暗。走进里屋，张天宇看到，阴暗的房屋内，土墙就像患了白癜风，黑一块白一块。地上放着一张床，床上胡乱堆着几条满是污垢的被子。张天宇看到床头放着一本书，拿起来翻翻，笑笑，没说什么话。石磨跟在老支书刘北斗和第一书记张天宇身后，心里琢磨着新书记此行的目的。但石磨不说点什么似乎不行，他说："张书记，你看我这床上的被子，还有身上的衣服，都是政府给的，是刘书记照顾咱，咱感谢党，感谢政府，感谢刘书记！"

第一书记张天宇转了一圈，角角落落都看了一遍，才回到外屋。他坐在一个小矮凳子上，从提包里掏出一个小笔记本，借着微光，开始问石磨的家庭情况。最后问到石磨的年龄和身体情况时，石磨说："三十三了，属猪，身体嘛，没啥毛病，不吃药不打针，能吃能睡，不给政府添麻烦。"

"好一个不给政府添麻烦，既然你四肢健全，年轻力壮，为什么不靠自己的双手去勤劳致富，却依赖着国家低保过日子？你不属于老弱病残，吃国家低保就说不过去。"张天宇的目光冷飕飕的，石磨不敢去看，垂首不语。

张天宇的一番话石磨似懂非懂，但有一点确凿无疑：这新来的书记没老支书刘北斗"厚道"。送走张天宇，老支书刘北斗告诉他，这新来的书记要对梨花村类似石磨这样的低保户做个调查摸底，还说低保是用来救济贫困户的，不是用来养懒汉的。也正是刘北斗的几句话，让石磨一夜都没有睡好。

“谁敢取消老子的低保，老子就让他爬着走。”石磨咬牙切地发着狠。

二

薄雾散去，旭日东升，金色的光芒穿过树梢，唤醒了袅袅炊烟，梨花村的烟囱就开始忙碌了。

石磨迎面遇到了匆匆赶路的王东方。王东方从市技师学院毕业后，在外打了几年工，没什么起色，回村后，在村委会帮忙，前年还入了党，去年村里换届，他又选进了村支委。人们在背后议论说，王东方是老支书刘北斗培养的接班人。

“哟，这一大早碰到你，真是大闺女上轿头一回呀。”王东方打趣说。

石磨本来心里不舒服，但又不能给王东方脸色看，也就顺势奚落道：“我说未来的王支书，你这是忙啥呢？”

“少给我贫嘴，忙啥，忙统计呗。”王东方说着，停顿了一下，他盯着石磨说，“石磨，你做好准备吧，新来的张书记要对你下手呢。”

“下什么手？”石磨愕然。

王东方说：“张书记从你家回来，就发现一个重大问题，这个问题非解决不行。实话告诉你吧，你的低保资格被取消了。这是昨晚连夜开会决定的。”

石磨听了王东方的话，眼珠子都要蹦出来了：“取消我的低保？他敢！这低保是老支书给我的，他算哪路神仙，敢不给老支书面子？”

石磨张口闭口老支书，把老支书当成自己的保护神，王东方觉得石磨愚蠢得可笑。老支书能把你定为低保户，张书记为什么就不能取消你的低保户？这么一想，王东方就没好气地说：“这可是第一书记的决定，老支书也得听第一书记的，人家毕竟是上边派下来的干部。”

看来这隐隐的担心果真要变成现实，石磨感觉憋气，干咳一声，愤怒地向路边的树上吐出一口浓痰，转身去了老支书刘北斗家。

刘北斗有个习惯，从来不抽纸烟，一支半尺长的铜烟杆用了几十年。每天早上，他起床后，第一件事就是坐在门前的石凳上抽旱烟。几袋烟过后，他才会起身，走出家门去上茅房。

刘北斗坐在石凳上刚抽第二袋烟的时候，石磨走了过来。刘北斗没有说话，鼻子里喷着雾，对他摆了摆手，意思是让他随便坐。

“叔，这新来的第一书记算哪根葱，您老好好地当着村支书呢，他来咱村插一杠子干啥，这不是给您老添乱吗，至少是上面对您老不信任。”石磨在老支书面前踱着步，怒气冲冲地说。

刘北斗捏着烟杆，在石凳上磕了两下说：“咋说话呢，新来的张书记，是上级派来咱村扶贫的第一书记。”

石磨摆摆手，不知是驱赶刘北斗吐出来的烟雾，还是驱赶刘北斗的话，“叔，别的俺不管，俺只想问问，取消俺低保的事是真还是假，是您老的意思还是新来书记的意思？”

刘北斗瞟了一下坐在面前的石磨，眼里好像喷着两团火。他说道：“谁告诉你要取消了，这只是一个提议，还没有定下来，你瞎说啥！瞎说啥！”

“我就说嘛，这是咱梨园村，不是桃园村，咱梨园村只有您老说了算，您老就是法律，谁敢不听？”石磨嬉皮笑脸奉承道。

“你小子精着哩，就不要给我戴高帽子了，取不取消你的低保，要支委会研究。这上面的政策我也吃不准。”刘北斗把烟布袋绕在烟杆上，插进裤腰里，对石磨挥挥手说：“有事你就忙去，我还得喂猪呢。”

石磨说：“叔，听你这么一说，我这低保保不住了？哼，他要敢取消我的低保，我就让他爬着走。”

刘北斗一听，猛地顿了下脚，厉声说：“你敢胡来，别说还没有最后决定，就是决定取消了，你也得给我老老实实地服从。”

“服从？叔，在咱村您老说啥我都可以听，让我服从他，除非让他成为我的亲儿子。”石磨说着，起身愤愤地走了。

老支书刘北斗望着远去的石磨，一晃一晃地进了院子。

石磨觉得必须采取行动，必须给这个新来的干部点颜色看看，否则他就不知道马王爷有几只眼。

石磨心事重重地走着，一个人忽然挡着道，石磨稍稍抬头，目光触到了耸起的胸脯。

“看什么看，眼珠子都要掉下来了。大早上就转到俺家茅厕边了，是不是掖着什么宝贝要送给你姐我哩！”九月菊眨巴着眼，笑呵呵地说。

石磨说：“你在这做儿什么。”

九月菊说：“等你。”

石磨说：“等我做什么。”

九月菊说：“你不是有话要对姐说嘛。俗话说，无利不起早。你大早上能不睡懒觉，肯定藏着个天大的好处，说说，到底是啥？”

其实，九月菊说得没错，她确实是在等石磨。从厕所进屋后，这个寡妇就一直在想这个游手好闲的石磨破天荒起了个大早，原因是啥。可她越想越觉得蹊跷，总之，直觉告诉她，这里面肯定有好处，既然有好处，就不能让这家伙独吞，就该分她一些。九月菊想着，就出了门，暗自盯着石磨，先是看他和王东方碰了面，接着进了老支书的家，这更让她坚信自己的判断，这个好处肯定是国家给的，怕是国家又下来救济物资或救济款也说不准。如果真有这么个好事，同样是村里吃低保的贫困户，石磨能捞到，她九月菊也该有份儿，所以她拦住石磨问个究竟。

为了从石磨嘴里掏出实话，九月菊就说："石磨，你说你姐平时对你咋样？"石磨说："好着呢，就是没让我碰着身子。"九月菊眼一翻："连姐的身子你都惦记着？你不怕天打雷劈呀？"

石磨的心思九月菊摸得一清二楚。九月菊比石磨大三岁，不过凭外表看上去，她远比石磨要小得多。这个小个子女人，皮肤白皙不说，从小就是个婴儿肥，今年三十六岁的她，依然如此，就好像"婴儿肥"这三个字专为她造的一样。村里的女人们背后很是羡慕，经常议论说，同样是顶着火辣辣的日头下地，人家都晒得黑不溜秋的，这九月菊就是晒不黑，白皙的身子就像一朵野菊花，一对天真无邪，好像总也沾染不到尘世烟火的大眼睛，盯着你看时就像是一个长不大的孩子。有女人说，如果让九月菊背上一个双肩包，穿上校服，混进中学生的堆里肯定就找不出了。九月菊年轻倒是年轻，命运却是让人叹息。四年前，她的男人矿难去世后，她没有离开婆家再嫁，安安生生地照顾老人，抚养孩子。九月菊的本分，让村里老少一致认可。石磨不这么看。他认为九月菊床上少个男人，夜里肯定睡不着，就想尽办法补上九月菊床上的空缺。但无论石磨软磨还是硬泡，九月菊就是不松口。石磨只能隔着衣服想象那白花花的世界。

石磨挠挠头："菊姐，你睡着都比醒着的人精，咱村里出什么事你真的不知道？"九月菊说："别卖关子了，你说给姐。"

石磨知道这个爱占便宜的女人想知道什么，故意说："确实是个好事，而且这好事是冲着贫困户来的。你要让我告诉你，你就给我睡一回。"

其实，九月菊这个看似没心没肺的小女人也很不容易，算上嫁给矿难死去的男人，她已经结过两次婚。十六岁那年，就嫁给了三棵树村的李苍耳，起因是李苍耳的爹和九月菊的爹算是关系不错的牌友。李家家境殷实，九月菊家的日子捉襟见肘，九月菊的爹就李苍耳的爹达成一桩婚事。婚后第二天，九月菊就哭着跑回家了，娘问什么事，九月菊拿胳膊肘捣娘几下，呜呜咽咽道："他那个不行！"

李苍耳让爹找九月菊的爹说说，爹睁着牛蛋眼说："你个没用的东西，让老子去给你丢人吗？你就是没女人的命！"

九月菊和李苍耳离了婚，独自外出打工，其间结识了老实厚道的赵长生，二人彼此照应，相互取暖，确立了恋爱关系，还收获了一个孩子。九月菊把这事告诉了爹和娘。娘说："生米做成了熟饭，跟男家的说，按老规矩，把事给办了吧。"

婚后不久，赵长生经人介绍去了煤矿采煤，矿井塌了，一条命就填进了矿井。

三

中午，第一书记张天宇吃完饭，走进村委会办公室。他看到桌上放着一封信，打开后一看，发现信封里装着一包老鼠药，还有一张只有几行字的小字条。小字条上写的内容是警告他做事不要太绝，否则这灭鼠药就会放进他喝水的杯子里，让他站着进来，躺着出去。张天宇觉着这句话很熟悉，这不是电影《保密局的枪声》里的台词吗？

张天宇望着灭鼠药，再看看自己的水杯，去吃饭前他刚刚喝过水，盖子还放在一边。他的脸色瞬间煞白，一屁股坐在椅子上。想不到，自己刚到梨园村还不到一个月，就得罪了人，看来这个不足三百口人的村子，居然这样深不可测。当然，这种恐惧来得快消失得也快，他很快起身，走出办公室，询问外面的人，问他们是否看到什么人进过他的办公室，被问者都摇头，说没见过陌生人进过他的办公室。

张天宇决定不去声张，因为对他这个第一书记来说，这件事并非什么好事，如果说出去，必会弄得满城风雨，人心惶惶，也就中了恐吓者的下怀。在机关待了那么多年，见过形形色色的人，张天宇是不惧威胁恐吓的。但是，这包灭鼠药，也让他不得不去重新审视这个他将要在此工作两年的小村庄。什么人对他有如此深仇大恨呢？张天宇在办公室来回踱步，怎么也想不出这个寄信的人到底是谁。

张天宇大学毕业后，考进豫新县政府做了几年秘书。市委、市政府为了实施引湖纳山战略，在骆马湖畔设立了经济开发区，这里依山傍水，自然资源丰富，为发展生态旅游业提供了得天独厚的条件。不久，张天宇调往骆马湖经济开发区，任旅游经济发展局局长。年初，区里选派驻村第一书记时，他绝没有想到自己会入选，最初听说名单中有他的名字时，他极为怀疑，心想自己作为城郊出生长大的孩子，虽说城郊也是农村，但这并不是真正意义上的农村，自己又不曾有农村工作经历，这差事肯定落不到他头上。不过他确实被选中了。他的大学同学吴新华在区组宣部干部科当科长，吴新华打电话给张天宇，让他请客。张天宇一头雾水地说，我请啥客呀，难道是老同学要提拔我？电话里，吴新华笑着说，你是区党工委书记眼里的红人，我还想着托你在书记面前美言几句，咱也好进步进步。张天宇觉得这是老同学在调侃自己，也就顺水推舟和老同学说了几句笑话。吴新华忽然严肃地说，选派“第一书记”，区党工委李书记很重视，入选者由组宣部几次提供名单，李书记一个名字一个名字遴选出来的，坚持的原则就是选派最优秀、最得力、最能干的干部，到最贫困、最艰难、群众最需要的乡村担任驻村第一书记。

虽然感到意外，但张天宇想到这是区党工委李书记的建议，至少说明自己在李书记的眼里还是优秀的，是得力的，也是能干的干部。

临行前，李中奎书记又专门召集他们这些第一书记谈话。书记的意思很明确，态度也很坚定，就是积极响应党中央的号召，打一场脱贫攻坚战，全面奔小康，不能有一村一户拖后腿。这是一项政治任务，必须以更高的政治站位，更强的使命担当，积极投入并强力推进精准扶贫这一重大民生工程。李书记要求，所有驻村干部，不达小康，决不收兵。如果有帮扶“不想不愿”者，开展工作“不严不实”者，驻村职责“不明不白”者，严格追责，绝不姑息。

前往梨园村的路上，透过车窗，张天宇看到平阔的田畴，挺拔的白杨，安静的农舍，顿然想起古诗词里吟咏田园的诗句，心情颇为激动。回想着李书记的临行叮嘱，感觉自己仿佛又回到了大学毕业初进机关时的状态，满腔的热情，仿佛点燃了他整个人。虽说他也明白此行任务之艰巨，也做了充分的估计，但他依然信心十足，想想自己一个在机关工作都能游刃有余的“久经考验”的干部，怎么能驾驭不了一个小小村庄的局面，出色完成“第一书记”的使命？他的初步想法是速战速决，首先拿出最好的成绩向组织汇报。可真正驻村，通过深入调查摸底后，他才深深感到任务之艰巨性和复杂性远远超出了他的想象。

开弓没有回头箭，如果遇到困难就缩手缩脚，一包灭鼠药就摧毁了信心，挡住了去路，那就不是他张天宇的性格。他思考片刻，便从椅子上站了起来，走出门，喊王东方，让通知上午村委要召开一个党员代表会。

四

梨园村位于宿豫新沂交界处，紧邻沂河。这里交通闭塞，土地贫瘠，由于受到旱涝等自然灾害的侵害，庄稼几乎年年歉收，且除了种地，村民基本没有别的经济来源。这个守着贫瘠的土地，在贫困中度日月的乡村，在老支书刘北斗的带领下，二十多年村里没有发生过一起打架斗殴事件，甚至连邻里纠纷都没有，百姓安定，民风淳朴，是乡里和区里挂上号的“和谐村”“文明村”。梨园村老支书刘北斗，因治理有方，走对了和谐稳定这步棋，连年被县乡两级评为“优秀村干部”。虽然梨园村的精神文明建设搞得十分突出，但贫困始终是弱势，村里的人均收入一直处于全县乃至全市最低水平。全村不足一百户，绝对贫困户就达到八十多户，剩下的几户还不在村里，长期在城里打工。每次向上级汇报，刘北斗总是说，梨园村穷就穷在交通不便，资源匮乏。除了种地，没一点别的挣钱路子。想搞点副业吧，一没本钱，二没技术。

多年来，梨园村依靠政府的救助，几乎全村的村民都享受着国家的低保。区里这次之所以选派张天宇这个正科级干部到梨园村做驻村第一书记，也正是考虑到这个小村庄脱贫的艰辛。李书记除了集体谈话外，还单独找张天宇谈话，李书记的意思非常中肯，他对张天宇说，梨园村是经济薄弱村，是全区脱贫攻坚中的重中之重，一定要有能吃苦、善担当的精神和勇气，扑下身子引导和带领村民脱贫奔小康。否则，全区的脱贫攻坚干得再好，也会因为这个小村而拖了后腿。最后，李书记还特意交代张天宇，梨园村有个干了二十年的老支书，很有能力，一定和他搞好关系。

经过详细的入户调查，张天宇发现，梨园村确实是和谐村，也就是因过于和谐而缺乏生机，甚至没有活力。要说村庄的贫困，根源是交通不便，是资源匮乏，确实是一个方面。但另一方面就是村民太安于现状，太不思进取，整个村庄给人感觉就像一个没有睡醒的人。靠着国家低保和政府救济生活，已经成了梨园村人的习惯。村里不少人家，天暖了连被子也不拆洗，冬天就盖又脏又硬的被褥。张天宇问一个妇女，为啥不学会料理家务。那女人歪歪嘴说，能吃上饭就够了，讲什么卫生啊。

任何一件事情的成败，关键在于人。国家给予农村的最低生活保障是救济贫困的，绝不是用来“养懒汉”的。如果一个村庄因为有国家低保和政府救助，有能力的村民也不肯谋致富，这助长的是不思进取、好逸恶劳的不良风气，一些村民赖在家里吃低保，甚至把吃低保当成了理所当然的事，这怎么能行。村庄的脱贫攻坚，绝不是他这个第一书记一头热，需要全村每一个村民都来共同努力才行。如果不扭转这种不良风气，有再好的项目也难以实施。所以，张天宇思来想去，决定在村里首先向“不思进取”宣战，向“懒”宣战，先从单身汉石磨头上开刀，取消他的低保资格。这个人正值壮年，靠着政府救济，终日游手好闲，睡懒觉，简直不像话。

可是，张天宇组织召开了三次村支两委会和一次党员代表会，都没有通过，遇到的阻力很大，几乎是一致反对。为什么要取消身强力壮的单身汉的低保资格就遭到那么多人的反对？这个问题深深困扰着张天宇。

老支书刘北斗每次会议都参加，却在取消石磨低保资格问题上保持沉默。在人人表态的环节上，刘北斗说话了。刘北斗认为，张天宇是上面派下来的干部，他是百分之百地拥护，但是说取消石磨低保资格，他觉得不妥。如果这样做了，一定会影响梨园村的稳定和谐，以毁掉保持了二十多年的“和谐村庄”的牌子去开展工作，代价太大了，村里承受不起。

事情就这样陷入了僵局。晚上，张天宇又去刘北斗家，进一步做他的工作，刘北斗还是那个会上的态度和立场。坚决不同意取消石磨等人的低保。最后，刘北斗居然说：“张书记，你是上面临时派下来的驻村干部，你哪天拍拍屁股走人了，可我是梨园村人哪！所以我必须为全村考虑，为村民的生活考虑，为安定和谐考虑。”

刘北斗的话让张天宇深感委屈，他想，心里装着老百姓，为了维护村庄的和谐稳定，错误地执行国家低保政策的老书记，怎么能理解他的苦衷呢。他想为自己辩驳，甚至想批评刘北斗，但看着他满脸的沧桑，张天宇的心软了。

是夜，月亮很圆，皎洁的月光洒在宁静的村庄，村庄像披着婚纱的新娘，在宁静中品尝着新婚的甜蜜。这是贫穷中的甜蜜，是张天宇不无担忧的甜蜜。张天宇一路走着，反思着，不停地质问自己，你是不是有点急于求成了？刘北斗的话再次提醒了他，不能在这里镀镀金再抬腿奔自己的前程，一定要维护好梨园村安定团结的局面，一定要想尽办法让梨园村的村民脱贫致富，让他们过上靠自己双手创造的幸福生活。而要实现这个愿望，不负重托，不辱使命，就必须从改变村民的思维和习惯入手。

那一夜，张天宇无眠，直到早上 6 点多，他才和衣躺下。迷迷糊糊中刚合上眼，就被一阵大吵声惊醒。他坐了起来，让他怎么也想不到的是，自己的想法不但没有得到推行，反而在村里引发了一场风波。

五

梨园村的早晨，麻雀叽叽喳喳地汇聚在树梢。不晓得是麻雀喊醒了梨园村的黎明，还是黎明唤醒了麻雀，总之麻雀欢叫，梨园村的村民就知道该起床了。

狗显得异常活跃，黑狗白狗瘸腿狗纵横穿梭，叫声连成一片。接着就是一阵脚步声，湿漉漉的晨雾被踏出了水。张天宇以为是在做梦，睁开眼，才知道不是梦。他听到门外有人在破口大骂："你这个不知百姓苦的东西，你给老子出来！给老子出来……"这声骂，让张天宇彻底清醒，穿衣下床，他看到村委会的院子里围了不少村民。为首的是石磨，他挣扎着，被两个村民一人一条胳膊架着，如同一头怪兽，扭动着、咆哮着。

石磨继续骂道："张天宇，老子来了，你今天就取消我的低保给我看看，你快点给我滚出来……"

张天宇这才明白，这头发飙的怪兽是冲着他来的。面对这种人，如果躲，肯定不是上策，不但有失尊严，也会助长对方的嚣张气焰。直面相对，后果是什么，他无法预测。但事已至此，也必须面对，没有退路。张天宇走进人群，对着两眼喷火的石磨厉声道："你想干什么？！"石磨看到张天宇毫不示弱，甚至一点怯懦都没有，反而自己两腿有点哆嗦，怒气消了一半。

老支书刘北斗也赶过来劝阻，骂石磨不识好歹，狗咬吕洞宾。老支书骂骂咧咧挤进人群，人们迅速闪开一条道。

"支书，您老来得正好，俺正想问问，您老干得好好的，上面为啥派来这样一个不懂百姓苦的人来咱村做什么第一书记，这不是给您老添堵吗？"

"放肆！你懂什么？张书记是上级派来帮我们梨园村扶贫的

驻村干部，是为梨园村村民办实事来的，怎么能说他不懂百姓苦哩！”刘北斗瞪着石磨，目光如同铁条戳向石磨。

刘北斗一番话似乎并没有镇住石磨，他吐口唾沫说：“你怕他，老子不怕他，有种把俺绑去毙了。”刘北斗气得浑身哆嗦，让架着石磨的两个村民快把石磨拖回去。

石磨被拖着，两条腿不停地蹬着湿漉漉的地面，嘴里狂叫：“张天宇，有种我们就来决斗一场，我的拳头闲着好久了。你怕了吧，你……”

村民散去后，站在门口的张天宇始终没说一句话。他就像旁观者一样，不动声色地看着石磨被拖走。不过他从围观的村民眼里看到，大家其实是支持石磨的，在矛盾面前，他属于外来者，是孤立的，如果他有一点不当，矛盾很可能会一触即发，反对他的将不是石磨一个人，而是全村的人。

上午十一点驻村第一书记必须参加区里的会。张天宇看看手机，已经九点多了，他必须出发。刘北斗让王东方开车把张天宇直接送到会场。

六

会上，区里领导一个不少全部出席，会议的重要程度不言而喻。

会议由管委会主任吴天主持。吴主任宣布开会后，扫了一眼会场问道，驻村第一书记都来了吧？台下的秘书马上说到齐了。吴主任说今天会议临时增加几个议程，先听听第一书记的工作开展情况，并要求汇报要直奔主题，实事求是，不要掺杂水分，这是李书记的意思。吴主任扭头看看身边的李中奎书记，李书记扭头和他对视，并微微点头。

张天宇听说要汇报，心里有点发慌，因为他没有做任何准备，再说下去不到两个月时间，情况还不完全熟悉，开展工作无从谈起。不过，在他之前汇报的几位驻村第一书记，不仅做了入户调查，项目引进也全面展开，有的脱贫项目已经进入实施阶段。

轮到张天宇汇报的时候，他只是实事求是地汇报了梨园村的实际情况，然后用三个“精”概括了自己的构想：一是入户调查做到了精确完成；二是正在精心谋划，依托梨园探出一条致富新路子；三是正在与交通、水利等部门精准对接，争取获得这些部门支持，改善村庄的基础设施，比如农田灌溉防渗渠、村路建设等。

第一书记汇报完后，主席台就座的领导分别发言，最后李书记做重要讲话。李书记一个小时的讲话，从扶贫的重大现实意义与民生关切开始，既讲了全区的现状，提出了存在的问题，也讲了解决措施，更讲了下一步的工作路径。他要求，必须全区行动，以脱贫攻坚压倒一切的魄力和决心，坚决打赢这场脱贫攻坚战。

几个小时的会议让张天宇醍醐灌顶，认识到当前脱贫攻坚任务的紧迫和艰巨，更看到了自己脚下道路的崎岖与坎坷。是呀，要彻底贯彻这次会议精神，切实完成驻村第一书记的重要使命，难度可想而知。但张天宇如奔赴战场的勇士，决定投入一场激烈的“战斗”，要让长期匍匐在贫困中的梨园村飘扬着脱贫攻坚胜利的旗帜！

张天宇本想顺便回家和妻儿一起吃顿饭，但他改变主意了，他决定返回梨园村。路上他给妻子打了电话，妻子的抱怨不绝于耳。挂了电话，张天宇长长地叹口气，瘫坐在车座上，一脸茫然。

王东方对张天宇说：“张书记，不是梨园村村民不理解你，是你不理解他们。”张天宇问此话怎讲。王东方说：“张书记你一心一意想带领梨园村村民脱贫致富奔小康，我是最能理解的。我很佩服你。你提出取消一些人的低保，出发点也是好的，是不想让村民吃现成饭，想调动他们的积极性，让他们靠双手靠技术，获得更多的财富，过上更富裕的日子。这我都能理解。”张天宇抬起头，饶有兴致地听着，脸上露出欣慰的微笑——毕竟，还有人真正理解他的良苦用心。

王东方停了停，又说：“可是，你没有真正理解大家为啥不同意，就比如今天早上，石磨去找你闹事，并不是他完全出于胡搅蛮缠。我和石磨从小学到高中，一直是同班同学，他心里有苦哇，他找不到人诉哇。石磨是个好人，真的。他之所以对你有抵触情绪，是有原因的。”

张天宇问啥原因。王东方一五一十说了。王东方说，石磨家曾经是远近闻名的豆腐世家。他的上辈几代人都是靠开豆腐坊为生，他家豆腐的秘方，堪称天下一绝，可谓尽人皆知。据说在康熙年间，李家的豆腐，被选定为朝廷的贡品呢。这在县志上都有记载。在当时，曾经有一段时间，在梨园村，李家的豆腐坊外，还有清兵驻守，每天一早都会有飞马前来从他家载上热气腾腾的豆腐，一路接应，送往京城。在当时，普通百姓对李氏豆腐，只能听其名，知其绝，闻其香，却无缘吃得一口哇。

张天宇忽然来了精神，眼睛一亮问：“请说说，李家豆腐是如何绝？”

王东方说，李家豆腐绝，绝就绝在口味上，有五香味、葱花味等几十种口味，这口味各异的豆腐并非后期加工，而是调料和黄豆同时下磨、入锅的。别说在过去，就是现在的市场也从没有这样的豆腐出售。张天宇感叹说，这是多好的传统工艺呀，他又问及李家豆腐后来怎么没落的。

王东方说，这个不晓得，到了石磨祖父这一代，他家就不做豆腐了，他祖父干起了剃头营生，听说“文革”时挨过斗。改革开放后，石磨的爹又开始做豆腐了，但味道非同昨日。上学的时候，石磨多次给我讲过，他要把李家豆腐，这个百年传承的老工艺恢复起来。石磨的爹和娘上县城买黄豆双双淹死在河里，这对他的打击很大，从初中到高中，一直成绩优异的他，成绩一落千丈，整个人变得萎靡不振。后来他高考落榜，无所事事，为朋友出面，参与了打架斗殴，蹲了三个月的牢。在别人看来，不务正业、游手好闲就如烙印般成了石磨的专用词。李家有一本《李氏豆腐制作秘籍》，传了好几代人，最初石磨将书的繁体字内容参照字典翻译成了简化字，抄写在笔记本上，随身携带。他按照秘籍上的配方一遍遍做实验，很快就实验成功了十几种口味，让尘封的朝廷贡品重返世间，为人们提供了舌尖上的美食。他一心想恢复李家豆腐这个“老字号”，一心想开自己的豆腐深加工企业。可在这个偏僻的小村庄，梦想只能是梦想，有技术，缺资金，更无门路。为了实现这个梦想，石磨三天两头往乡里、县里、市里跑，找相关部门寻求帮助，最终无果。政府一再倡导自主创业，发家致富，实际上作为普通百姓想创业太难了。后来，压力就转到了老支书刘北斗的身上。老支书为了安抚他，就为他申报了国家低保。后来，石磨就死了心，一腔创业激情烟消云散，从此变得游手好闲，无所事事。

重操祖业梦想的破灭，已经让石磨耿耿于怀，现在再取消他的低保，不是在他的心上捅刀子吗？

王东方一路上滔滔不绝，不仅说出了石磨的人生际遇，梦想与怨恨，还向张天宇介绍了梨园村的历史、民风和获得的荣誉。他说，梨园村在抗日战争、解放战争期间，发生了许多党领导群众武装斗争的故事，流传至今，梨园村的张克先、刘光前就是在解放战争中壮烈牺牲的烈士。梨园村的老百姓一直继承着革命传统，无论遇到多大困难和灾难，都能咬牙战胜。改革开放后，周边地区都富裕起来了，可梨园村除了几百亩土地，几乎没有别的挣钱路子。老支书一心想带领群众改变这个局面，但他也想不出个法子呀。他为了村民，多次去找上级争取低保，这么做就是让老百姓知道，党和政府没有忘记他们，这是一份关怀，更是实实在在的温暖。

王东方的话让张天宇发闷的心舒服多了，王东方提供的信息，如同一场春雨，浸润着他干涸的心田。那一刻，他仿佛看到，一条路清晰地伸向远方……

七

张天宇还没走进村部院门，刘北斗就含着烟杆过来了。刘北斗让张天宇抓紧洗洗手吃饭，饭已经做好了。刘北斗说侄子是村里有名的厨师，炒菜特别好吃，尤其是小鱼炖豆腐更是一绝。张天宇抬头看看这个如同父亲一样一脸沧桑的老人，眼眶盈满了泪花。

张天宇以为刘北斗会问他区里开会的内容，但刘北斗没问。张天宇吃完饭，刘北斗说："张书记你开会将近一天，也累了，赶紧休息吧。"

送走刘北斗，张天宇没有回屋休息，他信步走在村里的小路上。晚风微凉，村庄岑寂。张天宇任晚风拂过发梢，他感觉此时的自己十分清醒，甚至有点兴奋。在机关工作了十多年，可以说自己有激情、有思想，理论水平也不低，差的就是了解基层实际少，了解群众意愿少。刚踏进梨园村，新官上任，"地气"没接，就想烧起“三把火”，是自己求“功”心切，结果工作没有抓到点子上，话也没有说到群众的心坎上，事也没有做到群众的意愿上。过去常听群众说，脚上不沾泥土，不是好干部。为官者，当以民为天。现在想想，自己作为驻村第一书记，更应该深入到群众中间去，只有真正和群众打成一片，成为群众的贴心人，话才能说到群众的心坎上去，事才能做到群众的所想所盼上。

穿过两条小巷子，张天宇不知不觉来到了石磨家门口。石磨家没有围墙，三间老屋，青石房基，四面有红砖做墙垛，夯实的土坯做墙体，红瓦屋顶，显得沧桑而破旧。院子不大，四面敞开。张天宇看到，石磨正在水井边提水，提上一桶水后，一闪身进了门。屋里黑乎乎的，透过窗户，依稀可以看到让人恹恹欲睡的灯光。

天已经上黑影了，村民们基本都上床休息了，石磨还忙着提水，是做饭吗？想想不对，这不是做饭的时辰。郑天宇想着，信步走进屋子，他穿过外间，挑帘进入里屋后，一个瓦数很低的床头灯亮着，屋里却空无一人。张天宇顿觉奇怪，人哪里去了？难道石磨是孙猴子，能遁入地下不成。正疑惑间，忽然哐当一声，吓了他一跳。这声音好像从院子传来，不，确切说应该是从地下传出。张天宇循声找去，看到里屋地面有一个方方正正的洞口，洞口里有几级台阶向下延伸。一缕微光从洞里射向屋内。这是个地下室。莫非石磨在这里偷偷干着什么非法勾当？张天宇警觉起来。他踩着台阶进入地下室，看到墙壁上用毛笔写着两行字，十分显眼，上一行是黑色的字，略微小些，内容是：

李氏豆腐，百年传承，祖传秘方，民族瑰宝。

下一行是红色的字，字体很大，内容为：

下定决心复祖业，排除万难圆新梦。

地上凌乱地摆放着几口大小不一的水缸和各式各样的盆子，两个砖垒的灶台，其中一个上面有一口锅，锅里向外冒着白色的烟雾，石磨正站在灶台前，撅着屁股，好像在挤压什么东西，满屋弥漫着豆香。

张天宇被惊呆了，他大气不敢出，站在那里进退两难。他没有想到，石磨家会有这么一个地下室，更不知道他在捣鼓什么。

咣当一声响，张天宇下意识打了一个哆嗦，是他的脚不小心碰到了地上的一个白铁皮盆。

“谁？”石磨听到响动后，猛地直起身，回头惊呼道。

“是我，对、对不起。”张天宇看到烟雾中，石磨瞪着一双惊恐的眼睛。

石磨走到张天宇面前，吃惊地望着他，连声道：“你是怎么进来的？你是怎么进来的？”

“我路过，看到你没有关门，进屋后，就看到地下室的洞口，里面有灯光，我感到好奇，就下来看看。”张天宇说。

石磨愤怒地说：“就是屋里没有人，你也不能随便进来。说，你是不是在监视我？”

张天宇和颜悦色地说：“请你别动怒，你误解我了。我怎么能监视你呢。既然来了，我们就聊聊吧。”

看到石磨的怒气渐渐减弱，交心的时候到了。张天宇说：“之前我太官僚主义，没有深入调查就盲目决断，现在，我郑重向你道歉，请求你的理解和原谅！还有，关于你的事情，我听说了，你的祖上经过几代人的努力，形成的五香豆腐，很了不起，正如你墙上写的，那可是百年传统，民族瑰宝哇。这是一个不错的项目，如果你有信心和决心恢复祖传豆腐，我愿意帮助你。”

瞬间，石磨不知说什么，眼里充满着疑惑和不解。他没有想到，这个上级派来的政府官员，闯入他家，是向他道歉来的，更不曾想他能说出帮助他的话。想想这几年为恢复祖业付出的代价，遇到的波折，遭到的屈辱，石磨心里涌起一阵酸楚。张天宇的话像温暖的风，从石磨酸楚的心头轻轻拂过。

“请你相信我，好吗？”张天宇向石磨友好地伸出手。

石磨犹豫着伸出手，两只手紧紧握在一起。那一夜，他们交谈了一个通宵。张天宇得知，屡遭挫折的石磨，明着看似放弃了梦想，暗中并没有熄灭心底的希望，他为了不让村里人笑话他，说风凉话，就从明处转移到了暗处，利用村民熟睡之机，在老屋里挖了一个阴暗狭小的地下室，开始了他的五香豆腐的实验。由于整夜劳作，那段日子每个早上都起得很晚，不了解内情的左邻右舍都认为他爱睡懒觉，是个懒汉。九月菊对人们这一说法更是深信不疑。

张天宇看着眼前这个不到四十岁的庄稼汉子，满脸的褶皱，显得很是苍老。如果不是听了王东方的介绍，如果不是他今晚碰巧看到，他真不敢相信这个单身男人，会有如此大的信念和决心。

东方破晓时，张天宇才走出石磨家门。刚拐进一条小胡同，石磨就气喘吁吁追上来，塞给张天宇几个热乎乎的鸡蛋。“这是自家草鸡下的，有营养，你吃吧，张书记。”石磨说。张天宇客气了一阵就收下了，看着石磨远去的背影，张天宇百感交集。

八

谷雨过了，梨园村里别的人家都开始往地里下种了，九月菊家的三亩地还没有耕。人误地一时，地误人一年。节令拿着鞭子追着人，该耕地时必须耕，不耕不行；该下种时必须下，不下也不行，这道理庄稼人都懂。自从丈夫出事后，九月菊的公公每年都要进城，人老了，干不动体力活儿，就帮建筑队看场子，工钱少了些，能挣一分算一分，总比不挣强。公公一走，整个家里里外外都丢给了她。婆婆半身不遂卧床不起，九月菊成了这个岌岌可危之家唯一支柱。

往年还好说些，九月菊的哥哥有手扶拖拉机，三亩地一早上就能翻一遍，也不管吃喝。今年不行了，九月菊的哥哥去年冬天开着手扶拖拉机往地里送猪粪，一滑溜就进了沟，人倒没什么，拖拉机却散了架，没钱修，搁在家里成了一堆废铁。外村有拖拉机，但明码标价对外出租，耕几亩地的费用九月菊根本承担不起。有个单身汉子听说九月菊在耕地上犯了难，就主动找上门，表示连人带拖拉机九月菊可以一起用，管饭就成。九月菊知道天上不会掉馅饼，料定这个单身汉十有八九是惦记她的身子。九月菊虽是个寡妇，却从不和男人胡来，那男人舔着嘴唇，沮丧地开着拖拉机走了。

眼看家家户户都下种了，她家的地还没有耕，九月菊着急，决定硬着头皮租邻村一个叫李有吃家的拖拉机。这天早上，李有吃刚起床，九月菊就到了。九月菊说：“有吃哥，咱家情况你也知道，价钱上你照顾点，俺九月菊一辈子记你的好。”李有吃说：“月菊妹子，咱这抬头不见低头见的，有难处俺能不帮一把吗？再说，眼下正是耕地下种时节，谁也不愿意看到你家的地撂荒啊，老天有眼哩。”九月菊心里一热，眼泪差点掉下来。

李有吃开着手扶拖拉机在地里忙到中午，九月菊提了一瓦罐米汤，用头巾包了几块烙饼和两个咸鸭蛋送到地头。李有吃真的饿得不轻，狼吞虎咽地吃着。九月菊说：“有吃哥，慢点吃，别噎着。”李有吃咧着嘴笑了一下，捧起瓦罐咕噜咕噜地喝米汤，米汤顺着嘴角淋下来。九月菊忍不住哧地一笑，说：“有吃哥，你的名字好有意思。有吃，有吃，看来一辈子都不会缺吃的了。”李有吃憨憨地笑了，听着这个女人温存的话语，觉得烈日下的劳作，一点也不折磨人。

九

租李有吃家的拖拉机及时完成春耕，总算没有误了时节，但九月菊从这件事上得到一个启发，她忽然生出一个想法，这想法让她激动了好一阵子。九月菊想拥有一台自己的手扶拖拉机，这想法的产生还有一半原因是听了石磨的话。石磨告诉她，村里的驻村张书记是个好干部，找找他，求得他的帮忙，就可以享受国家农机补贴，拥有一台属于自己的手扶拖拉机。这话让九月菊很是兴奋，这样的大便宜九月菊不讨谁还能讨，她决定去求张天宇。

在去找张天宇之前，九月菊因为该送点什么想了一宿。求人办事，不能空着手哇，这是三岁小孩都懂的规矩。人家是城里来的人，又是干部，见多识广，送点土特产肯定不稀罕，她真想不出送点啥。在村子里她多次和张天宇碰面，这个干部每次见了她都是笑着的，九月菊觉得这个男人性情温和，没什么架子，尤其是和村里的男人比起来，这个男人无论穿着打扮还是言谈举止都是让女人想多看几眼的人。自从失去丈夫后，九月菊感情上陷入了孤独。她毕竟才三十多岁，她毕竟有着和这个年龄的女人一样的渴望。村里有心术不正的男人亲近过她，讨好过她，甚至有人主动提出为她耕田犁地，就是送她一头牲口也未尝不可。对此，九月菊无动于衷。她的冷漠激怒了想入非非的男人们。这个娘儿们，简直是油盐不进。他们说。

不过，九月菊对这位城里来的干部颇为关注。只要看到张天宇，她的眼里像点亮一盏灯，她的手下意识地扯扯衣襟、梳梳头发，好像很难为情地会见前来相亲的人。九月菊有过想法。这想法让她诚惶诚恐，让她面红耳赤。想到这个城里来的村干部，这个一表人才的文化人，九月菊对那个莫名其妙的想法产生了厌恶。死去吧，你。不知是诅咒她自己，还是诅咒那个该死的想法。尽管如此，九月菊仍然鼓足勇气，决定去找张天宇。她在心里祈祷着，行行好吧，张书记，只有你能帮我了却一个心愿。有了这个决定后，九月菊就精心梳洗打扮了一番，在第二天的晚上，等村里的人都入睡后，她走进了村委会。

村委会在梨园村最西头，是个四合院，百姓称之为“大院”。据说，原来这是一个地主家的宅院，新中国成立后，打土豪分田产，奇怪的是，这样好的院落，却没人敢要，有人说院子里住过一窝狐狸，并说是一个牧羊人在月光下看到的。有村民说，晚上路过“大院”曾听到过狐狸的哭声。那多半是本族的一张皮落在猎户的手里。这当然只是个传说，位于骆马湖畔的梨园村从未出现过狐狸的踪迹。既然百姓不要，村委会就占了这个院子，后来经过维修后，大院就成了梨园村的政治文化活动中心。不过，村民们还是在晚上不愿接近，即使是路过也会远远地绕道避开。

九月菊也知道这大院里的事儿，不过想到能得到国家补助免费拥有一台属于自己的手扶拖拉机，利益战胜了畏惧，她蹑手蹑脚来到村委会，透过虚掩的两扇大铁门，看到西厢房里还亮着灯，这证明领导还没有睡下，她推开铁门，来到门口，轻轻地敲响了张天宇的宿舍门。

十

吸取之前的教训，张天宇不再急躁，他真正意识到，驻村不仅要守得住清贫和寂寞之酸，还要能耐得住汗水和泪水之咸，即使是身担“千斤担”，也要跑出“马拉松”。

结合详细的走访，张天宇认真听取支村两委班子的意见，将修路这件梨园村百姓盼了几代人的梦想放在首位。要想富先修路，百姓的想法是有道理的，路已经成为梨园村人最大的拦路虎，如果交通不改善，穷根就无法拔掉。

修通梨园村到县城的公路，受益的不仅是梨园村这二百多口人，而且直接涉及三个乡镇的九个村庄，受益百姓是两千八百多口人。张天宇通过和三个乡镇九个行政村一一协调对接，发现在修路这件事情上，九个村的老百姓的意见是完全一致的，都为此欢欣鼓舞。在张天宇的协调下，九个村庄联名，张天宇执笔给市区交通部门写了书面请示，张天宇多次跑市区交通局与主要领导交涉，但他们只是口头答应，却迟迟不予批复。

在张天宇反复催办下，市交通局局长吴新安才道出实情，你们的请示，局里多次开会研究过了，修路得高标准，一步到位，大家认为这不太现实，因为市交通局需要考虑的是全市交通规划和布局，而不是一个村，你也清楚，国家下拨资金有数，需要急修的路很多。张天宇说，不行，这个请示非常特殊，它关乎一个市里挂上号的贫困村的脱贫问题，关乎全区乃至全市能否全面完成脱贫攻坚任务问题。吴新安局长说，如果在原有路基上进行拓宽改造，我们可以想尽办法挤出改造所需的缺口资金。张天宇一听就急了，火暴脾气就上来了，当场给吴新安局长拍了桌子说，如果在原有路基上进行拓宽改造，这是八十岁老汉脸上搽粉——治标不治本。一条路，在近二十年内，先后进行过四次改造，哪一次少花了钱！与其这样浪费钱瞎折腾，不如一次性投资到位，修一条高标准永久性的道路，这可是关乎九个村、两千八百多人的脱贫哪！吴新安局长深表无奈，因为这是一笔不小的数目，建议张天宇到省交通厅争取。

张天宇到省里又费尽周折，苦口婆心说了一大堆好话，就差给厅长跪下了，厅长这才松了口，答应可以考虑，但必须立项、申报，审批通过后才能安排建设资金。不久，请示得到批复，省市区三级调配资金，通过专家实地考察、测量，形成了初步规划，道路建成后，梨园村人进城只需不到四十分钟，周围九个村庄均可全面受益。消息一出，所涉村庄的百姓是一片沸腾。

这一天，张天宇和老支书刘北斗同交通局的人在乡政府开完碰头会，他回到村委会宿舍已是晚上十一点多，正准备洗漱睡觉，就听到了敲门声。

一询问，门外应答的是梨园村的九月菊，这让张天宇犹豫了好一阵子。开了门，只见这小女人头发梳得油光闪烁，脸搽得白白净净，有如戏台上的花旦。九月菊用一双大眼睛直勾勾地瞅着张天宇，看得张天宇目光有些躲闪。

“有事吗？”张天宇问。

“领导，我可以进屋吗？”九月菊说。

“如果有事明天再说吧。”张天宇欲关门。

九月菊肩膀挡着门说：“感觉领导不欢迎俺哪，你不是在群众大会上宣布，只要群众有困难、有意见，可以随时随地找你说吗？难道你是糊弄我们这些人民群众的吗？”

张天宇觉得这个时候让九月菊进屋说事，万万不妥，孤男寡女在一起，一旦让人知道了，那就说不清了。但九月菊的话让他不得不勉强让她进来，不过不能让她逗留太久。

进屋后，九月菊却不说明来意，只是笑眯眯地看着张天宇，这让张天宇很不自在。“有啥事，请说吧。”“领导，你、你的肩膀……”九月菊说着，用肉嘟嘟的手指着他的左肩，竟捂嘴笑了起来，胸脯一挺一挺的。

张天宇被她突如其来的话、莫名其妙的笑弄得不知所措，扭头看肩膀，什么都没有。九月菊来到张天宇面前，踮起脚伸出手在他的肩膀上轻轻拍了几下说：

“你站那么直，我的手够不着，低下身子嘛！”

张天宇真的低下身子，九月菊在他肩上拍了几下，又凑过脸去，用嘴吹了几下，一股暖烘烘湿漉漉的气流触及张天宇的耳朵，他感觉麻麻酥酥的有点痒，不由得缩了一下脖子，接着就有淡淡的粉脂香灌进了他的鼻腔。他下意识地直起身，后退几步，与九月菊拉开了距离。

“你看，这是啥！”九月菊手里捏着几根头发。张天宇说：“几根头发就让你大惊小怪的。”

九月菊说：“唉，俺总觉得没有男人的女人过得苦，没想到没有女人的男人也怪可怜的。”这话听起来有点莫名其妙。

“你到底有什么事？”张天宇显然有点不耐烦。

九月菊生气了：“领导，你平时的温和都是装样子给百姓看的吧？突然感觉你凶巴巴的，你能帮助俺们脱贫，俺就不能关心关心你，帮你洗洗衣服也成，非得有事才来你这儿吗？”

张天宇说：“你这位同志，你到底想说啥？你要是真关心领导的话，我累了，需要休息了。”

“那你脱下袜子，俺拿上马上回家给你洗洗，不然俺今晚就不走了。”九月菊噘着嘴，像一个顽皮的小女孩。

那天晚上，在九月菊的死缠硬磨下，张天宇不得不脱下一双袜子，那袜子脚后跟处破了手指头大的洞，张天宇有点难为情地笑笑。九月菊一把夺过来，嗔怪说：“领导穿破袜子，不怕人家笑话呀，难不成，你比俺梨园村的人还穷吗？”张天宇没说什么，他挥挥手，示意这个女人赶紧离开。

九月菊走后，张天宇躺在床上，原本很困乏的他，居然睡不着了，这个莫名其妙的小寡妇，折腾了半天，张天宇竟然不知道这人到底来找他做什么。

十一

第二天，张天宇开门一看，就见门口放着一个纸包，他捡起打开一看，是昨晚九月菊拿走的那双袜子，破了的洞已经补好，细小的针脚几乎看不出是补过的，而且洗得干干净净，还散发着清香。

他拿着袜子进屋后，竟有些莫名的惆怅，感觉这个小寡妇真是一个怪物，她莫名其妙地深夜找他，难道只是为了缝补破了的袜子吗？对于张天宇来说，他十分清楚，自己在对女人这个问题上，是个“盲”，仿佛天生就缺乏这根筋似的，用现在的话说，就是“情商低”，他从高中到大学，从未谈过恋爱，他天生对异性“过敏”，和异性说话不是目光躲闪，就是语无伦次。如果不是妻子主动追求他，说不定这辈子他都讨不上老婆。

上午，张天宇去区里拜访了农商银行的行长，该行为响应国家精准扶贫政策的号召，专门开辟精准扶贫绿色信贷通道，对有技术缺资金的农户提供帮助。此前张天宇已经和农商银行的行长有过一次沟通，想让农商行行长对石磨的李氏五香豆腐给予 100 万元建厂贷款支持，当时行长只是口头应许，并没有进入实施层面。之后，张天宇又找了区里的刘主任，想让政府贴息，得知这样的好项目，刘主任当即同意，表示要大力支持，只是大家都不太放心石磨这个人。张天宇就拍着胸脯说，自己拿人格做担保，这个人没有一点问题。

和农商行的行长进一步沟通后，加之有了政府贴息，行长表示同意，专门找来信贷科科长做了交代，张天宇认真记下所需手续。道谢后，他又急匆匆赶往市里。

下午，张天宇在市里约见了大学同学吴鑫富，这家伙近几年靠特色食品深加工，发了大财，他的食品公司生产的“鑫鑫乐”牌特色食品，不断刷新市场销售纪录，全国开了八家分厂。同学聚会中，吴鑫富曾跟张天宇说，有事需要帮忙就说一声。现在，张天宇找他办事的时候到了。

相互见了面，几句寒暄，张天宇说明来意。吴鑫富对李氏五香豆腐很感兴趣，当即表示同意合作，建议对方出让技术，或者以技术入股，作为公司股东之一，每年可以参与分红。

张天宇不同意，他的本意并非如此。他希望老同学依靠自己的品牌和影响，无报酬献出经验，帮助石磨办豆腐加工厂，打开市场。吴鑫富不太愿意，说这样做无利可图。张天宇说，作为一个知名企业家，应该商者乐善，多扶持弱者，让大家共同富起来。再说，帮助石磨办厂，不仅是让石磨一人致富，而且可以带动梨园村百姓一起走上致富之路。这是功德无量的大善事、大好事。

张天宇终于说服了老同学，与其说是他商者乐善，不如说是张天宇心系百姓、敢于担当的品质和精神感动了他。

张天宇万万没想到的是，此前老支书刘北斗答应好好的，如今外围一切就绪，进入真正的实施阶段，在碰头会上，刘北斗竟然变了卦，他不同意了。主要是担心石磨无法胜任，担不起“李氏豆腐”建厂的重任。刘北斗说：“假如这个石磨关键时候撂挑子，或者出了别的什么岔子，丢的不仅仅是他一个人的脸，而是整个梨园村人的脸，辜负的不仅是你一位领导，而是上至区党工委管委会等各级领导的支持。”

石磨变成企业家，这步棋走得真有点险。老支书刘北斗的意见也是十分中肯的，不能不去听，或许这次又是自己犯了急于求成的错误不成？石磨到底能否胜任？真如老支书说的那样，那该怎么办？张天宇心里多多少少有些担忧起来。

张天宇思来想去，或许最好的结果就是让他拿技术去找同学吴鑫富入股，这很稳妥，可这样做等于白白送掉一个项目，梨园村百姓得不到任何好处。是冒险一试，还是采取稳妥的办法呢？接下来村里发生的一件突如其来的事件，让张天宇下了决心，即使失败，也要冒这个险。

十二

九月菊那一晚去找了张天宇，拿了他的一双破袜子出来后，竟有些后悔，后悔自己为什么找了一趟，啥都没说就走了呢。转念一想，反倒觉得这是聪明之举。如果进门就直奔主题，说了让政府给补贴买农机的事，万一被人家拒绝，话落了地挽回的余地都没有，好事多磨嘛。九月菊不无庆幸地笑了。虽然他对女人不感兴趣，但帮他做点缝缝补补的事他总不会拒绝吧？袜子不是让自己补了嘛。九月菊从这件事上竟悟出一些道理来，显出几分老成。

她精心为他补好袜子，又洗得干干净净，等晾干后就用一张纸包好，悄悄放到张天宇的门口。就在九月菊接下来再次找机会接近张天宇的时候，一股风传到了她的耳朵里，村里都在议论说，石磨这个不务正业的东西，要时来运转了，张书记要帮助他办什么豆腐加工厂。以后他就不是石磨了，是石总了。人们不是羡慕石磨，而是对他提出质疑，认为他不是那个料，成不了气候，都一个村子住着，谁不了解谁呀。

九月菊听了这事，信以为真。所以，她对石磨既羡慕又嫉妒，甚至心里骂：这张书记简直是瞎了眼，干吗帮一个烂泥扶不上墙的东西！既然张书记能帮石磨办厂，那帮我买手扶拖拉机就不在话下了，我也用不着低三下四去求他，也用不着给他补臭袜子。九月菊去找石磨，以求证村里人传言的事是否属实。

来到石磨家，九月菊看到石磨正坐在电脑前不知道捣鼓啥。在梨园村，这个浪荡货是全村第一家买电脑，第一家接通互联网的人。村里人对此，都说，连个电视机都买不起，却买了那样一个东西，这不是败家吗？有人说，莫非这家伙是想和国外联系，当特务不成？一些年轻人取笑说，这货是想通过那个机器，连着网络看裸体女人呢，一个单身汉，能不想那事吗？

“你这天杀的，大中午就在捣鼓那玩意儿，你快给俺断了电。”九月菊喊着，忙用胳膊肘挡着眼。

“哟，是九月菊呀，怎么想起来我家的？”石磨嬉笑道。

九月菊问了石磨要办事厂的事是真是假，张书记帮了多少钱，石磨说是真的，张书记帮助做了无息贷款，还请了一个食品行业的企业家帮着建厂呢。

就在这个时候，村里突然一阵大乱，接着传出呼天抢地的哭喊声和呼唤九月菊的声音。

“这是咋的了？出啥事了？”九月菊和石磨急匆匆出门，朝着哭喊声跑去。村里人都异常慌乱，老支书刘北斗、第一书记张天宇两人一路小跑，都向着村后的汪塘跑去。通过慌乱的人口中的片言只语，九月菊得知，她哥家的双胞胎女儿，小雨和小风因为贪玩爬上电缆塔，全部摔下来了，就是不死也得残废。

九月菊听了，“哇——”的一声失声痛哭起来，她不相信这是真的，就在刚才，小雨和小风还手拉手去她家玩，怎么瞬间就这样了呢？然而悲剧一旦发生，谁也无法挽回。

十三

九月菊的哥哥头年刚翻新了房子，欠了一屁股债，年初，又毁了手扶拖拉机。一开春，哥嫂二人就进城打工了，家里的地留给了六十多岁的老父亲。九月菊的娘身体不好，爹除了照顾娘，还得下地。哥哥家的双胞胎女儿在镇上的寄宿制学校读二年级。

九月菊的爹哭得呜呜的，老支书刘北斗、第一书记张天宇赶到了现场，立即组织人员将伤情严重的两个孩子送到医院救治，由于事情重大，张天宇和刘北斗经过商量，随即将事故上报到了镇里。晚上，镇里的领导都来了，对老人进行一番安抚。

九月菊的哥嫂得知情况赶了回来。老天有眼，两个孩子虽然摔断了腿脚，命算是保住了。巨额医疗费让九月菊的哥嫂一筹莫展，咿咿呀呀地哭，大把大把地甩着眼泪。有人说，孩子是在电缆塔上出的事，塔是公家的，医疗费得由公家出。九月菊哥嫂如醍醐灌顶，扬言公家如果不认这笔账，就大闹一场。

为避免事态扩大，造成不良影响，张天宇和老支书刘北斗找到九月菊，请她出面和哥嫂沟通一下，就说村里愿意给付所有医疗费用。九月菊正有一桩心事需要张天宇出面才能了却，而思来想去却找不到充分理由；现在，张天宇有求于她了，买手扶拖拉机的事还用愁吗？

九月菊没有辜负张天宇。她先把哥嫂数落一番。她觉得要想说服哥嫂，必须讲究策略，必须先声夺人。两口子钻钱眼里了，孩子都不顾了。哥嫂红着眼无言以对。既然事情出来了，就想办法解决，不能赖人讹人，对吧？九月菊说，张书记说了，孩子摔伤是个意外事故，作为监护人也不能说没有责任。考虑到家里困难，一时拿不出那么多的医疗费，治病钱村里出了。九月菊的话熄灭了哥嫂心中的怒火，嫂子抹去眼泪，说，妹子，全听你的。

十四

事故的发生，张天宇强烈意识到，如何让乡村留住青壮年，如何让乡村重新焕发生机，农村要想真正拔掉穷根，必须有产业、有项目。这才是脱贫唯一途径。

人如果总是担心失败，总是畏首畏尾，梦想永远是梦想。世上没有绝对的成功，不去尝试怎么就知道不行呢？张天宇决定去找石磨谈谈。前一段，他让石磨写的《“李氏豆腐”可行性报告》也该出来了。

那晚，夕阳的余晖洒满了村庄，给村庄披上薄薄的金纱，典雅而美丽。张天宇和石磨走在村外宁静的小路上。

张天宇问石磨对办好豆腐加工厂有多大把握，并说这个项目成本很大，上面领导都在关注，只能成功，不能失败。石磨知道自己长期以来貌似无所事事的表现，给村里人留下不良印象，甚至没人能瞧得起他，现在听说他要恢复祖业，还不在村里炸了锅。九月菊那天上门询问，八成是出于好奇，听听笑话而已。

在第一书记张天宇面前，石磨找到了自信，重获了尊严，他有很多话要告诉他，他多么希望张天宇能耐心地做他忠实的倾听者呀。

石磨果然在张天宇面前打开了心扉。

一个人如果生活在所有人的怀疑、讥笑和不信任中，这个人就是再努力，得到的同样是讥笑。其实，那么多年我一直在伪装，装作无所作为，装作流气十足，这样做也是为了生存，因为我必须去适应身边的环境，坚强地活下去，只有活下去才有机会圆自己的梦。在梨园村我没有亲人，甚至没有真正的朋友。百姓是善良的，是敦厚实在的，但百姓与百姓之间，同样存在欺软怕硬，生活在一个村庄如果你没有亲人，同样会遭到别人的欺凌，就如我是第一个在村庄买电脑、接通网络的人，落后的乡亲们没有一个人相信我是干正事，就如我曾经为了李氏豆腐找各级政府，没有一个人相信我说的是真的，我的蛮横无赖、流里流气说白了就是不得已而为之。这么多年，我就像一个浑身长满刺的刺猬，是为了保护自己，为了活着。

石磨推心置腹的一番话让张天宇豁然开朗，如同走进那个地下室，他看到了别样的风景。石磨的“独白”，进一步证实了张天宇的判断——这是一个多好的青年哪，有志向，有梦想，有追求，只是现实阻挡了他实现梦想的路径，命运封闭了他梦想飞翔的空间。

张天宇也有心里话要对石磨说，这或许是他驻村以来说得最多最发自肺腑的一番话。张天宇说，我之所以要帮你，不仅仅是让你圆梦想，更为重要的是，为了我此行的初衷，为了贫穷的梨园村，为了全村的老百姓。我想以点带面，想让你和你的李氏豆腐成为带领百姓致富奔小康的抓手。所以，从今以后，在你的心里不能光想着自己，还要想着全村的百姓，让大家都能在你的带领下脱贫，或许大家曾经嘲笑过你，但对你而言，你应该想到这些都是你前进的动力。你现在需要消除一切恩怨，想到每一位梨园人。从今以后，你将脱胎换骨，不再是一个游手好闲、沉沦堕落的单身汉，而是一个带领全村百姓致富的农民企业家。

石磨眼里含着泪花，咬着嘴唇说，张书记你说得对，我恢复祖业，打响李氏豆腐这个百年老品牌，为的正是全村人。梨园村人生活得太苦了，观念落后，思想迂腐，几代人靠着几亩薄地，如今只能说是勉强解决温饱。青壮年纷纷放弃土地，拥向城市打工，勉强求生存，很早我就想如果梨园村能有自己的企业，大家就完全不用进城打工，在家门口就能上班赚钱，这是多好的事呀。

我这么多年来忍辱负重，暗中研究祖上产业秘方，反复实验，终有所成，虽然在恢复祖业上困难重重，举步维艰，但我没有放弃，我没有放弃呀。我苦苦等着的就是这一天，这正应了那句话：机会是给有准备的人。当然，没有张书记你这个好干部，我和整个梨园村老百姓的所期所盼或许还会遥遥无期……

十五

那个黄昏，张天宇和石磨推心置腹地谈了很久，直到夜幕降临，星斗满天，村庄、牲口都进入了梦乡，他们才往回走。

张天宇告诉石磨曾经收到一包灭鼠药和一张字条，不知是谁干的。张天宇故意凝视着石磨，但目光是友善的。石磨低下头，脚踢着路边的坷垃，又抬头看天，嘘了口气，说："张书记你应该知道是谁。"张天宇说："我刚到梨园村，没和什么人结下仇，不会有人要害我。我忽然想到，我在会上提出取消你的低保，你恨我怨我，所以就送了我这份'礼物'。"

石磨问张天宇为啥没有报案，张天宇说想过报案，一查笔迹就会水落石出。但之所以没这么干，是希望石磨主动承认这件事，只有主动承认了，石磨才会真正明白他取消其低保的原因，才会理解和支持他的工作。

石磨没有接张天宇的话，而是为张天宇讲了一个故事。

石磨小的时候，邻居黄东升家丢了一头牛，黄家的牛棚正好挨着石磨家的厕所，农村的厕所不像城里都在各自的家里，而是设在屋外。黄东升第二天发现牛丢了，很着急。一头牛就是一个庄户人家的顶梁柱，牛丢了，黄东升夫妻哭得涕泪横流，像家里死了人。后来，有人说牛是石磨父亲偷的，因为那天晚上的后半夜有人看到石磨父亲在他家牛棚附近走动过。其实石磨父亲那晚是上厕所经过了黄家的牛棚，就让人给诬告了。一传十十传百，村里人几乎都认为石磨父亲是偷牛的贼。石磨想去找说瞎话的人评理，让父亲给拦住了。父亲说，咱就认了吧，惹不起呀。后来，父亲卖光了家里的粮食，买头牛牵到黄东升的门上，还赔礼道歉。石磨很不理解父亲的做法，父亲就对他说，如果黄家找不到这头牛，女人寻死觅活，就毁了一个家呀，我虽然白贴上千斤粮食，背个偷牛的罪名，但我救了一个家。后来有人发现黄家那头走失的牛，黄东升亲自上门道歉并还了牛钱，村里人得知石磨父亲承认偷牛的原因后，都说他是个大善人。

也就是在那时，石磨幼小的心里就埋下善良的种子。可是，高三那年，父母双亡，沉痛的灾难让石磨痛不欲生。石磨从小就梦想，将来考上大学，毕业后返乡复祖业，建工厂，带领父老乡亲战胜贫困，让家乡走出困境，成为拥有和城市一样优美环境的城镇化乡村。可突如其来的灾难让他如临末日，一蹶不振，成了村民眼里游手好闲、惹是生非的“混混”。

石磨还告诉张天宇，那次打架因故意伤害罪坐了三个月的牢，也是因为自己的人格受到侮辱，愤怒之下才动了手，打折了对方一只胳膊。出狱后，石磨感觉前途渺茫，生活无望，有过了此一生的念头。当他站在河岸，注视滚滚而去的河水的时候，他忽然想到了家族里那个不为人知的秘方，想到了曾经为之振奋不已的梦想。于是，他将仇恨深埋在心底，他要让仇恨开掘一条绝非碌碌无为的人生之路。后来为了恢复祖业，建李氏豆腐加工企业，虽然从省到镇，跑了整整三年，历尽艰辛，饱受屈辱，但仍未放弃。

最后，石磨承认那包灭鼠药是他送的，因为他对包括张天宇在内的所有官员都有反感，认为他们只会耍嘴皮，不为群众办实事。但张天宇不辞劳苦帮他联系办企业，让石磨对这个驻村书记有了新的认识，他十分感谢这位驻村书记重新点燃他的希望，放飞他的梦想。

有了和石磨的深入交谈，又详细看了石磨写的《李氏豆腐可行性报告》，张天宇大为震惊。他无法相信，这份内容翔实，结构合理，十分具体的报告，是出自一个农民之手，而且完成速度之快，专业水平之高，更是出乎意料。张天宇拿着报告去找石磨，对这份报告的生成表示质疑。石磨告诉张天宇，这份报告不是一个月两个月所能完成的，而是经过了近二十年，他打开电脑里的文件，张天宇几乎惊呆了，他看到了大量的关于李氏豆腐配方、豆腐深加工流程、现代民营企业管理等文档资料，那一刻，张天宇沉浸在一种遐想中，他恍惚看到，在宁静的夜间，一个青年在昏黄的灯光下，一会儿凝眉深思，一会儿敲击键盘……

在推进李氏豆腐产业这件事情上，张天宇几乎是力排众议，他信心坚定。老支书刘北斗首先反对李氏豆腐这个项目，其他人和刘北斗保持一个立场，而且，据说，刘北斗认死理，他不同意的事情，谁都办不成。张天宇感到棘手，就去找镇里的书记魏万全，以自己的人格担保，求得魏书记的同意和支持，他又反复做刘北斗的工作，老支书才勉强松口。李氏豆腐厂厂址选在一个废弃的学校内。资金到位，厂址选定，石磨做了二十多年的梦，终于要变成现实。梨园村，这个祖祖辈辈以务农为生的乡村，第一个企业正式破土动工。

十六

九月菊没有放弃拥有一台手扶拖拉机的念想，一直没有停止寻找机会。这天深夜，她再次来到村委会，肩上扛着一个鼓鼓囊囊的包袱，拿着手电筒，深一脚浅一脚摸黑前行。张天宇送走刘北斗准备洗漱入睡，门就开了，一个女人扛着包袱闯了进来。张天宇一看是九月菊，有点不知所措。九月菊像女主人一样放下包袱，气喘吁吁地坐在沙发上。九月菊说："领导，俺是给你送床垫子的，上次俺看到你的床上铺得太单薄，晚上睡觉一定不舒服，俺就专门给你缝了一个床垫子，用了七斤棉花，可软和了。"

张天宇愤怒地说："简直胡闹，我不需要，赶紧拿走！"九月菊一脸委屈地说："不就是一个床垫子吗，俺又不会吃了你，也不会污了你的清白。"张天宇说："你作为一个妇道人家，大半夜地跑来，就不怕招来闲话吗？"九月菊说没人看到，就打开包袱，拿出床垫，走到床前准备铺上。张天宇阻止了她，让她赶紧把床垫拿回去。九月菊这人是个犟脾气的女人，想做的事情是任何人都阻挡不了的，况且这次来是经过深思熟虑的，她打算今晚一定要把买手扶拖拉机的事跟张天宇说了。九月菊匍匐在床上，肉乎乎的身子如同一只硕大的毛毛虫，她来时，只穿着一身粉红色的睡衣，随着身子向前一探一探，白细的腰身若隐若现。她回头，脸上汗津津的，在灯光下有些妩媚。她对张天宇说，张书记你是干部，面子金贵，你放心，俺不会给你丢人，俺铺好垫子就走。张天宇说你有啥事就直说吧。九月菊说："俺想要一台拖拉机，听说上级有啥农机补贴，不用出钱就可以免费得到，所以俺想请你帮忙，又怕说了你不答应俺，所以，所以……"

张天宇望着九月菊，心里忽然涌起一股暖流。想想自己在梨园村半年多了，半年多来他只回过一次家，多次去城里开完会就匆匆返回，他晓得，那扇亮着灯光的窗户在等着他，那双有着几分抱怨和期待的眼睛在等着他。每次听到妻子的抱怨，张天宇总是在电话里对妻子说，老婆，辛苦你了，等我忙完，等梨园村的人民都脱贫了，我就回来陪你们母女。

九月菊让张天宇过去帮她铺床垫，张天宇木偶一般地走过去，和九月菊一人捏住床垫一端，像夫妻那样，在铺床这件事上，配合得如此默契。铺好后，九月菊拍拍床垫，说：“你看，多软和呀，晚上睡觉身底就不硬邦了。”

张天宇暗暗对九月菊生出好感，这好感并不是异性之间的吸引，而是对一个失去丈夫的女人独立支撑家庭的生存能力的欣赏和认可。现在，面前这个女人想要一台手扶拖拉机，并非想讨公家的便宜，是实实在在的种地人的基本诉求哇。九月菊还告诉张天宇，她想靠国家补贴买一台手扶拖拉机，除了种好自家的地，每年春耕，还可以为村里没有农机的农户提供方便，那些家里穷的农户，可以免费使用。她说，这些年，不少人家都是租邻村的农机耕田的，租金高不说，有时还不能及时租到，往往误了农时。

农村扶贫攻坚，任务相当艰巨，关键是什么？关键在于“人”。改革开放以来，农村最大的发展就是吃不愁，穿不愁，但距小康的目标还很远，如一些农民，他们日思夜想的是发家致富，但最缺的是技术，是方法。用他们的话说：“给钱好是好，可花完了就完了，其实我们最需要的还不完全是‘金子’，而是点‘石’成金的那个手指头，如果多来点实用技术就好了。”还有的农民，技术有，点子有，最头疼的是资金，用他们的话说：“如果能给俺一个‘支点’，俺肯定能率先小康，还能帮到乡亲。”国家一再说精准扶贫，如何精准，这精准绝不是轰轰烈烈地“涂脂抹粉”，这看似表面“光鲜亮丽”迈进了小康，实际是“花拳绣腿”，只能是“一时鲜”。精准就是要因地制宜出实招，因人而为用实劲。想到这里，张天宇说：“我会帮你的，你说得对，得到拖拉机不光为了自己，心里还想着全村村民，这实属难得。”

听了张天宇这话，九月菊扑闪着眼睛说：“这俺得给你烧高香了，你是俺们村的大恩人哪，哪里是石磨说的‘卖嘴货’。张书记，你说这人吧，都是讲良心的，你帮俺买农机，俺也没什么送你，总觉得欠你的……你需要啥就说，只要俺有就给你，俺知道，一个男人不能没有女人，你只要不嫌弃俺，俺身子愿意给你。不过，俺不是那种裤带系不紧的女人。俺只是对你才这样子的。”

张天宇说：“你把我看成什么人了，难道帮你就一定得有所取吗？如果有，我希望你能和几户百姓成立一个农机合作社，我保证帮助你们弄到补贴，整个梨园村村民实现耕作机械化和现代化，这也是我应该做的。”

在张天宇的催促下，九月菊踩着夜露，恋恋不舍地回去了。

夜深沉，梨园村格外宁静。

十七

天高云淡，大地流金，瓜果飘香，梨园村又迎来一个金色的秋天。

这年秋天，对梨园村百姓来说意义非同一般，一条高标准的公路直通村庄。村东，原来破旧的学校已经荡然无存，一个现代化的食品加工厂拔地而起，工厂里忙碌的是梨园村的百姓，他们都说，没有想到种了半辈子的地，也能当上按点上下班的工人。这一切唤醒的是梨园村人沉睡的激情，这座扎根在大沂河畔，千百年来以土地为生的村庄，发生了彻底的变化，鸟儿们在村庄上空飞翔，它们在俯瞰着这人间喜人的气象。

上午，金色的阳光洒满大地，天地间变得一片金黄。梨园村人的心情也像这金色的阳光，透亮而明朗。村部前的水泥场上，临时搭建了一个大舞台，舞台上一字排开，摆放着桌椅板凳。当天，区党工委书记李中奎在镇领导的陪同下，来到了梨园村。这一天，梨园村公路剪彩；李氏豆腐一期工程完成，正式开业；沂水河畔第一个“兴农农机合作社”正式挂牌成立。三件大事，件件都让李中奎书记兴奋不已。

大会开始前，李中奎书记在大家陪同下看望了几个农户。很少见到市里领导的村民十分开心，他们簇拥着李书记说说笑笑。九月菊说，这么大的领导能来咱村，都是第一书记的功劳，如果没有他，石磨怎么能办起食品加工厂，成了梨园村第一个企业家呢？有人说，你九月菊也该知足了，你不仅有了自己的手扶拖拉机，还当上了农机合作社社长，你上辈子积德啦。

李中奎书记在大家陪同下，看望了村里一个五保户，慰问了一个参加过解放战争的老党员，又看了新建的李氏豆腐加工厂。李书记不时问这问那，老支书刘北斗、第一书记张天宇忙着介绍。从李氏豆腐厂出来后，李书记停下了脚步，他望着创办人石磨。石磨一身西装革履，头发梳得油光可鉴，俨然一个出入隆重场合的绅士。李中奎伸出手，在石磨的肩上拍了一下说：“浪子回头金不换，如今成为青年企业家了，就一定要肩有担当，胸有大为，为了梨园村的百姓，为了生养你的这片土地，做出一番成绩来，千万不能辜负大家的信任哪！”

石磨没有想到，李中奎书记对他这么了解，看来他的浪荡、不务正业的声名已尽人皆知。其实，石磨认为大家都理解错了，人们看到的只是表象，他真正的所思所想，知道者寥寥无几。不过他用不着向任何人解释，只有把企业做大做强，只有打响李氏豆腐品牌，只有让梨园村的百姓在这个传承百年食品工艺的新企业的引领和推动下，走向小康，人们才会真正看到游手好闲、惹是生非的表象背后，隐藏着的一颗顽强拼搏的心！

张天宇把李中奎领到石磨家，说有个神秘的地方很值得一看。同行者大为惊奇，老支书刘北斗更是疑惑不解，自己做了几十年的支书，还没听说过梨园村有什么神秘的地方。石磨有些紧张，他担心张天宇书记会不会把李书记他们带到他的“地下实验研究室”？果不其然，张天宇把李书记一行直接领到了石磨家的“地下实验研究室”。

大家在张天宇带领下，走进石磨家的老房子，老支书刘北斗不知张天宇葫芦里卖的什么药，担心在李书记面前出洋相，试图阻止。张天宇见此笑着说，刘支书你恐怕不知道这间屋子里的秘密吧？一会儿大家就看到了。石磨不想让李书记他们知道屋里的秘密，尤其是不想让刘北斗知道，就踩着地上的一块门板说，屋里脏兮兮的，没什么好看的。张天宇让他挪开门板。大家看到一个三尺见方的洞口，顺着台阶下去，地下室里盆盆罐罐一览无遗。李中奎书记十分惊诧，问挖个地下室干什么。

张天宇告诉大家，他带领导们来这里参观，是想用事实告诉大家，为什么要鼎力支持石磨创办豆腐加工企业，即使被众人反对，仍不改初衷。张天宇瞟了刘北斗一眼，继续说，大家看到的这个地下室，就是石磨用了整整四年的时间，而且是在大家都已入睡的深夜，他一点一点挖，四年，一千多个夜晚，一个人，一把小铁锹，一个箩筐，硬是挖出了一个地下实验室。他这样做的目的，就是为二十多年前的那个梦想，为了传承祖上留下的瑰宝，圆上一个梦。这就是石磨，人们认为游手好闲、不务正业的石磨。

现场一片惊呼。刘支书躲到人群背后，抽着他的老烟杆。李书记问石磨为何在地下搞，还是在晚上。石磨说主要是因为自卑，不想让村里人知道自己在研究祖传秘方，更不想让人知道自已有恢复祖业的“野心”。尽管人们瞧不起自己，但那个梦想像一只无形的手，推动着他，像一声殷切的召唤，在他的耳边响起——不要辜负梦想，不要辜负祖上的期望……石磨没有放弃，始终在努力。是的，没有人相信他，不务正业、无所作为是他的“标签”，他无法从人们的意识里剔除这样的标签。

张天宇插话说，多少个安静的夜晚，石磨同志就是在这里一遍又一遍，按照祖上的配方，不厌其烦地做着实验，没人知道他失败了多少次。作为一个农民，他在全村第一个买电脑，第一个接通网络，主动与外界对接，接受新的思想，学习新的技术，不断丰富自己、提升自己，这一切都是在为今天做准备，这样的人能不成功吗？这就是我为什么坚定选石磨的原因，也是我相信石磨的原因。

李中奎书记看着墙壁上那两行用毛笔歪歪扭扭写着的字：李氏豆腐，百年传统，祖传秘方，民族瑰宝。下定决心复祖业，排除万难圆新梦。他说，这是一位困难压不倒、风霜摧不垮，一个心底有梦想、有抱负的好同志，确实值得大家学习，我们现在建设小康社会，就需要这样的同志和精神。

离开石磨家，张天宇走到李中奎书记面前，诚恳地说：“李书记，感谢你把我派到基层，你的决策是英明的，对我的锻炼是全方位的。到村里担任驻村干部这三年，收获颇多，梨园村的百姓看到这巨大的变化，说感谢我，其实，说实话，我最应该感谢梨园村的百姓。”

李中奎问张天宇有哪些收获。张天宇说：“从参加工作开始，始终在机关工作，在组织关怀和培养下，从普通科员到正科级干部，我总感觉自己对基层是十分了解的，对基层的工作是胜任的。作为一名正科级干部，来管理一个小村庄，应该是轻车熟路游刃有余才对。但事实不是这样，通过这几年驻村，我真正看到了自己存在的不足，也让我真正明白，原来离基层是那么的遥远，心与老百姓的距离绝不是‘最后一公里’。”

听了张天宇的“收获”，李中奎书记甚为高兴，他似乎明白，选派机关干部驻村，不仅仅是推动脱贫攻坚的举措。他说，党中央要求我们，要一切为了群众，一切依靠群众，要求我们广大党员干部必须亲自下到基层，亲自走到民间，亲自深入实际，亲自进入田野，真心真意为群众谋发展，为人民干事创业，也就是说一定要权为民谋、利为民享、情为民系，坚持把每一项工作都落到实处，坚持把每一项任务都贯彻实际，不做表面文章，不搞形式主义。这也是我们这个执政党的根基和赢得群众拥戴的法宝。可真正能做得到的不多啊，如果我们的发展一旦脱离了实际，离开了群众这个大基层，即使速度再快也会出问题的……

梨园村公路通车剪彩；李氏豆腐一期工程竣工，正式开业；第一个“兴农农机合作社”正式挂牌。三项活动合一，就要开始了，百姓自发点燃了鞭炮，天高云淡，金色的阳光下，整个梨园村被爆竹点燃了。

老支书刘北斗拍着张天宇的肩膀说，今天，咱梨园村真是三喜临门喽！

张天宇眉宇间跳跃着兴奋与激动，他笑着说，还不是梨园村的群众争气嘛。

入夜，张天宇没有睡意，他在思考着这样一个问题：如今路通了，企业有了，梨园村走出贫困指日可待，但实现乡村振兴仍任重道远……

（原发《满族文学》2020 年 9 期）

葬　礼

一

鸡一张嘴，桂兰像小学生听到钟声，倏地坐起身，打着哈欠，两眼惺忪地看着供桌上老头子的遗像。遗像嵌在相框里，上端披着黑纱。老头子面目安详，鼓起的眼袋托着浑浊的双眼。桂兰目光直直地看着老头子，她似乎有一种期许，期许这牛一样操劳一生的庄稼汉能和自己说上句话，就是动动嘴也行。等了一阵工夫，什么也没等着。桂兰张开五指，像筢子搂草那样把头发捋顺，也不照镜子，女人到了这岁数，对照镜子似乎没什么兴趣。

桂兰叹着气，她不相信这房子里只剩下老头子的照片。不会的，老头子一定还在被窝里睡着。这老家伙，鸡都起来找食了，你个大老爷们儿咋还赖床哩。伸手捏一捏，瘪瘪的，什么也没有。桂兰心里抖了一下，一缕酸楚迅即掠过，且为自己这个举动苦笑着。

被那头是老头子的位置，几十年里从没空过。天寒地冻时，老头子往被窝里那么一躺，就是一个火炉。冰凉的脚搁到老头子的肚皮上，热量就顺着脚底向上游走，全身热乎乎的，整个冬夜都那么暖和。可老天爷心狠，哪里顾得了桂兰愿意不愿意，把老头子说收就收了，让老头子到那边给人焐脚去了。

你个老东西，嫌我的脚大，压着你了？觉着给我焐脚委屈了自己吗？嫁给你几十年，我一个黄花大闺女熬成了老太婆，你也不念情分，老天爷招一招手，你就走了。真是的，我看哪，你的心和老天爷一样狠。到那边也不知道给哪个女人焐脚了，反正我这被头给你留着，你那被头也得给我留着，不能欠我的。抱怨归抱怨，桂兰还得惦记着老头子。一边惦记一边趿了鞋，往院子里走。

天灰蒙蒙的，像罩着一层面纱，院子不甚明朗。院子里的设施物什，比如院墙边用砖块围着的菜地，挨着菜地的鸡舍，靠墙的农具，窗檐下挂着的辣椒串、豆腐干，虽都罩在薄雾里，影影绰绰，桂兰不用眼，就知道各自的位置，一伸手准能摸到。鸡舍是用木板钉的，瓦缮的顶，正面安上门，门上装有插销，看上去像个教堂。这是老头子的作品。老头子年轻时是个木匠，背着斧头、凿子、刨子之类的木工器具，走村串户，帮人家做桌子椅子柜子。村里死了人，就给老木匠师傅做助手打棺材。那年春天，那个小木匠被桂兰父亲留在家里打碗橱，小木匠耳朵上别着一支铅笔，埋头正干着活，桂兰端一碗茶给他。小木匠伸手接了，仰起头，一碗茶就下去了，把碗递给桂兰，咧着嘴笑笑。桂兰看到他那两只胳膊上的肌肉拧成了疙瘩。小木匠在碗橱上用凿子雕上去的荷花，让桂兰欢喜得不行。他怎么就知道姑娘家偏爱荷花呢？后来，碗橱上的荷花成了媒人，为桂兰和小木匠牵了线。

桂兰咳了几声，过去给鸡开门。芦花公鸡展开翅，斜着身子在院子里兜圈，不时骚扰一下母鸡。夜夜住一起，就过不够瘾。桂兰忍俊不禁，笑这只芦花公鸡一点不本分，撩得母鸡们东躲西藏。转身进屋，捧一把稻子撒过去。

儿子拴住没分出去那阵，常在饭桌上唠叨，现在哪有几家喂鸡的，又不缺鸡蛋吃，也不缺油盐酱醋钱；再说了，也不卫生，屋里屋外都是鸡屎，臭烘烘的……

桂兰把筷子往桌上一搁说，我不管人家喂不喂，我就喂，我想喂，我要喂到死，你能咋的？

老头子岂容儿子这样跟母亲说话，朝拴住翻了一眼说，你小子忘恩负义呀，你不知道是这些鸡呀鸭呀把这一大家子从穷日子里领过来的吗？你妈不喂鸡卖蛋，你和你弟留住哪来念书钱？家里哪来油盐钱？刚吃几年饱饭，你就不知东西南北了。

老头子平时话不多，但一张口训儿子，字字如刀，全砍在要害处。不仅训了儿子，也为桂兰出了口气。赶在节骨眼上，老头子的声援，给桂兰带来莫大的安慰，还是老头子和自己处在同一条战线，在关键处能分清是非，挺身而出。可老头子说这话才几年，就得病死了，再也不能出来帮自己说话了。桂兰陷入了孤独。拴住和她顶嘴的时候，她抹去眼泪，横下心，真想去找老头子诉诉苦。可这住了几十年的老宅子，老房子，当然还有猪哇羊啊鸡呀，无形中牵着她，不让她走。

怎么说呢，这才几年，桂兰的家乡就发生了变化。在市政府北，距桂兰家不到十里处，有一片淡水湖，传说天庭里的老龙马不慎打喷嚏惹怒王母娘娘，王母娘娘按照天规要予以惩处，小龙马于心不忍，决定代母受过，下到人间，这片淡水湖就是他留下的。当地人将这湖取名落马湖。湖水水质清澈，湖中盛产鱼虾，其中银鱼被誉为湖中白银，驰名中外。环湖生态资源丰富，人文景点众多，其中乾隆下江南治理水患时建造的“龙王庙”为国家级文物保护单位，让八方游客趋之若鹜。

市委、市政府看到落马湖潜在的生态旅游业发展空间，为实现中心城市建设和生态旅游齐头并进，审时度势，果断决策，大胆提出引湖纳山战略，计划用较短时间建设一座生态宜居现代湖滨新城。这么着，圈在规划区的村庄必须拆迁，村民统一安置在集中居住区，居住环境改善了，住进小区的人不叫农民了，叫市民。规划启动实施不久，不少村庄的房子拆了，拿到一笔补偿款搬到安置小区去了。政府这个决策，说千道万，也是为老百姓好，有了新城，有了落马湖风景区，四面八方的人都到这里来看风景，家乡出了名不说，还能给政府带来一笔不小的收入哩。政府有了钱，也不是装在干部的腰包，还不是老百姓的？修桥铺路，栽花种草，安装路灯，建设学校，全是政府出的钱，还不是为老百姓造福？人心都是肉长的，哪个不念政府的好？再说了，拆迁老房子，住进楼房，也是修来的福。桂兰对拆迁并不反对，让她舍不得的是住了几十年的老屋和叽叽喳喳的家禽。

二

桂兰来到村西的路上，看到清洁工曹花萍在清扫路面。

曹花萍家住在茶壶街上，几十年了，家里没多少地，靠炸油条卖早点为生。前几年街区改造，民房全部拆除。曹花萍舍不得老房子，况且临街卖油条豆汁这些早点，每天的收入足够养家糊口。征收办的人说，老曹你要明白，街区环境提升改造，是环湖景区建设的配套工程，是新城市建设的一个部分，老百姓应该大力支持，积极配合，哪能消极抵抗？当然了，你也没必要担心，乡政府既然征收你的房子，一定会给你一笔补偿，这笔款子差不多够买一套商品房了。从大局上说，我们这里要建设落马湖旅游度假区，大力发展生态旅游业，所以环境上必须彻底改造，游客才愿意来旅游观光；如果不把环境建设好，难道指望人家花钱来看破破烂烂的街道吗？现在，上上下下都在提乡村振兴，不发展经济怎么振兴乡村？征收办的人这么一说，曹花萍不再有抵触情绪，心里暗暗夸赞政府的人站得高，看得远。政府兑现了承诺，曹花萍搬进了新建的运河花园，除了做保洁工，还兼做三台山森林公园花木养护工，每月有三千多元的收入。

曹花萍小个头，体型肥硕，像发酵的面团，大概是长年累月油烟"哺育"的结果。曹花萍住进小区后，见到桂兰，言谈举止判若两人。有次在菜场买菜，曹花萍看到桂兰在挑选韭菜。韭菜蔫巴巴的，叶梢发黄，品相很不中看。曹花萍说，兰姐，这肯定不是刚割下的鲜韭菜。桂兰说，不是便宜吗，二斤才是鲜韭菜一斤的价。曹花萍说，哟哟哟，兰姐你真会过日子，要吃就吃新鲜的，省那几个钱能发财呀？桂兰眼睛大了一圈，看着曹花萍，感觉这个过去成天坐在油烟里的女人有点不对劲。到底是哪点不对劲呢？是说话的口气，人家现在住的是十几层的高楼，挨着云儿，搁过去那就是城里人啦。桂兰嗓子有点堵，猛地咳了一声，一口痰吐在地上，觉得那口痰有点扎眼，挪过一只脚正要踩踏，曹花萍眼疾手快，从裤兜里扯出一张手纸，把痰包了，扔进旁边的垃圾桶，嘴上说，兰姐，这可不成，这地儿能乱吐痰吗？桂兰脸火辣辣的，像当众让人打了一耳光。桂兰话里有话地说，俺是粗人，不懂城里人的规矩。曹花萍按桂兰肩头捏了一把说，兰姐你就是嘴巴不饶人，我才不是城里人呢，不就比你先住几天楼嘛。

曹花萍抡着扫帚专注地扫路，一双脚立在扫帚前。抬头看到桂兰，曹花萍像见到久违的亲人，扫帚一扔，一把抱住桂兰。曹花萍亲昵的举动让桂兰有点不好意思，往后仰着身子，两手挡住曹花萍贴上来的胸脯。

曹花萍的脸红扑扑的，像熟透了的苹果，额上沁出一层细汗，冒着热气。

你让人家想死了，兰姐。曹花萍的话里带着粗重的喘息。

瞧你说的，又不是隔着千山万水，赶集上街都能碰着面。桂兰扯扯曹花萍打皱的褂角说。

曹花萍后退两步，歪着头把桂兰又端详一番，哎呀呀，兰姐你没前阵子胖了。怎么，舍不得吃？

桂兰说，哪是舍不得吃，现在日月好了，天天都跟过年似的，还怕吃穷了不成？我是上年纪了，吃什么都不香。唉，赶上好日子了，这人就老了，大鱼大肉也不稀罕。

像受了触动，曹花萍的心里隐约地酸楚了一下，叹了口气说，兰姐，你我都是快七十的人了，往天这个岁数都能见阎王爷啦。眼下赶上好时光了，该好好享享福了。桂兰心里正舒服着，曹花萍嘴巴忽然贴着桂兰的耳朵，不无神秘地低语道，兰姐，你好日子来啦。

桂兰皱着眉，抖着嘴唇不知说什么。曹花萍悄声说，你马上住楼房喽。知道不？茶壶村快要拆啦。乡政府、邮电所、财政所，还有小学校，都拆，一个不留。

茶壶村是乡政府座下村，桂兰的庄子邻近街区，前面是小学校，再前面是乡政府。政府、学校都拆了，老百姓的穷家破院躲也躲不了。茶壶村所在地，史上曾是烧茶壶的地方，出产的茶壶经南来北往的贩子的手，走进千家万户，成了悬在灶门上、提在手里的一个宝贝。因了精致耐用的茶壶，茶壶村远近闻名，几乎赶上烧制瓷器的景德镇。桂兰嫁给当年的小木匠，除了那几朵雕在碗橱上的荷花，还因为小木匠是茶壶村的人，那可是有些名气的地方。

三

仲春，暖风像只手，温柔地抚摸着村庄，抚摸着花香弥漫的日子，以及在春光里尽情舒展的人心。几枝桃花从院子里斜伸出来，被风撩得风情万种，摇曳多姿，书写着村庄的心情。园子里的菜蔬像抹了油，在阳光下泛着光泽。狗趴在草垛边或苦楝树下，鉴赏蝴蝶的风姿，也可能在琢磨猫的乐趣。

这就是村庄，漫长的时光雕塑着它，守护着它。

门前是个菜园，园子四周用芦苇扎的篱笆围着，里面种着乡下人爱吃的蔬菜。桂兰在菜园里这儿走走，那儿看看。脚轻轻地抬，又轻轻地落，生怕踩疼了泥土，或惊着了伏在菜花上的蜂蝶；粗糙的手在菜叶上摩挲，菜叶发出轻微的声响。桃花簌簌地飘落，落在桂兰的头上，又弹跳着落到肩上、背上。桂兰觉得那不是花，是一张张笑脸，贴着她的肩和背，还有嘻嘻的笑声。桂兰心里滚过一阵阵幸福的热浪。

桂兰的目光落在菜园边的葱地上。老头子活着的时候，这块地上年年种着烟草。秋天割了，扎成把，和辣椒串一块儿挂在屋檐下，晒足了阳光，颜色变黄变黑，收在箩筐里。冬天，外面雪花飘落；草屋里，老头子用自己种的烟叶裹成卷儿，招待左邻右舍，围着炉火的男人。草房里浓烟缭绕，桂兰不觉得呛人，倒觉得有一种乡情在偎依着自己。

而眼下，老头子不在了，屋外落雪，屋里吞云吐雾的场景已沦为一种记忆，或一声叹息。

也许上了岁数，快七十了，在菜园里只走了一圈，桂兰感觉浑身上下的劲被什么一点一点地取走，头重脚轻地走出菜园，进了屋，斜在床上。搅拌猪食虽不是用多大力气的活儿，但桂兰听到骨头里有咯吱咯吱的声响，那是衰老的信号。一个人躺在床上，身上像压着一块石头，喘气也不顺畅，莫非这路要走到头了吗？桂兰不敢想。就像一场出征，还没到要去的地方，怎么能停下？桂兰忽然想喝水，但身子像钉在床上一样，实在动不了。桂兰开始缅怀再也见不着的事情：每年夏收，割完麦子回来，老头子就说，拴住妈，你先在床上躺着，我这就给你倒碗茶去。一碗温开水下肚，桂兰非常惬意地喘了一口气。没承想，老头子用粗糙的大手帮她揉揉肩，捏捏腰。好受不？老头子说。桂兰笑嘻嘻地剜了老头子一眼说，你说呢？儿子成家立业了，有了孩子，有了媳妇，心里惦记娘的时间越来越少。这么一想，桂兰的眼泪下来了。

在床上歇了一阵，身体似乎好了一些，心里窝着事，桂兰再次走出屋，来到菜园处一棵桃树下，愣愣地看着在阳光下分外妩媚的桃花。恍惚中，桂兰听到一串笑声，笑声在桃树下环绕，碰撞，散落。是拴住在树下追着蝴蝶。

人老了，心就往回走，好像寻一个梦，那梦里藏着年轻时的一些事。这些事是人一辈子的怀想和牵挂。桂兰眼角有些湿，伸出袖子抹了。

桂兰贴着墙边，上上下下地打量这座房子，像考古者在鉴定一个新出土的物件。

时间不动声色。不知不觉间，这房子快四十年了。墙脚生着青苔，像星星点点的老年斑。刚结婚时，住的是草房，是小木匠和烧窑的爹一块泥一块泥垒起来的，比燕子垒窝还费工夫。房顶苫的是亮黄的稻草，年月久了，房顶上长出青草和野菜。没过门的时候，小木匠贴着桂兰耳根说，俺家住的是草屋。桂兰说，你有雕花的手艺，住牛棚俺也愿意。小木匠说，你喜欢碗橱上的荷花？桂兰嗯一声。小木匠又说，荷花只能看看，又不能当饭吃，当房子住。小木匠有些歉疚地看着桂兰。桂兰感动了，眼里有泪要掉下来，她幸福地抿着嘴唇，心想，一块肥肉盛到自己的碗里。

大包干了，手里有了钱，小木匠的爹提出一个激动人心的规划——翻盖砖瓦房。小木匠的娘说家里没那么多钱，一百多方砖就得千把块钱呢。小木匠的爹喝了半碗烈酒，抹了把胡子说，不用买砖，我不是给大队烧了几十年的窑吗？在老窑工的指挥下，小两口子担水和泥，披星戴月地制砖坯，不出一个月，一窑砖烧成了。开窑那天，全村人几乎到齐了，那场面像迎娶一位新人。人们热烈地议论着，在草房里住了几辈子的人就要住进砖瓦房了。有了小木匠家烧砖盖砖房的先例，村里人受到了鼓舞。往后哇，种地人家家住上砖瓦房能比登天还难吗？人们都这么说。

福兮祸所伏。新房子刚落成那天，在纷纷扬扬的鞭炮声中，小木匠的爹抖着两腿登上木梯，他要取回落在窗台上的香烟，走下木梯时脚下踩空，从木梯上摔下来，不知摔坏了什么脏器，入院抢救没多久就过世了。烧了一辈子砖窑的人没住过一天砖房。小木匠哭红了眼，桂兰说是砖房要了爹的命，往后还要在砖房里养儿育女，安安稳稳地把上辈的香火传下去。

在漫长的农耕岁月，因为受土地的支配，种地人聚居一处，就形成了村落。在城市还很陌生的时候，种地人心安理得地扎根于自己的村落，过着波澜不惊的日月。村落承载着他们的喜怒哀乐，也接纳着新生与死亡。

茶壶村虽说全是又矮又小的房子，但家家户户门连着门，窗对着窗。饭口时，家家饭桌边围了一堆，老少都在，一个不少。端个饭碗，串到邻家，老少都站起身，热情招呼来者坐下吃，那热乎劲儿就像一家人。临了，蹭人家一块咸菜，折回自家的院子。邻居也会到自家来，桂兰正在烧锅，火苗舔着锅底，锅里炖着鱼。邻居把锅盖提在手里，一锅香气扑上来，直往鼻孔里钻。邻居啧啧赞道，可不是我要来的，是你家的香味把我领来的。你是猫哇，鼻子尖。桂兰就笑了，是拴住和留住在家西的河沟里捉的小鱼，兑上萝卜条炖的。桂兰盛了一碗，邻居端着意外收获，一扭身，嗞嗞哈哈地走了。

冬天里，左邻右舍聚在一起，女人纳鞋底，织线衣，唠着家长里短；男人呢，聚在牛屋烤火，敞着怀，说着粗话，震耳的笑声撞击着柴火。小孩子钻到草垛里打洞，叽叽喳喳地营造童话般的乐园。拴住爱逮鸟，拿个弹弓子，小眼一眨不眨地盯着树梢。射下一只麻雀，拔了毛，用勺子煎了吃。留住小，就垂着鼻涕跪在母亲膝前，看母亲在鞋底上穿针走线。

那时，桂兰家有一个木壳子收音机，像个木匣子，搁在供桌上。收音机擦得一尘不染，上面盖一方头巾，从没撤去过。晚上，上了年纪的人就陆陆续续地来了，挤了一屋。桂兰的男人拧开旋钮，找准频道，刘兰芳的评书《杨家将》或《岳飞传》准时开播。刘兰芳抑扬顿挫的评说和对鏖战场景的模拟，把一屋人带到狼烟四起的疆场。刘兰芳藏在木匣里，像魔术师，替听书人制造出不同的表情：忽而喜形于色，忽而怒不可遏，忽而笑声骤起，忽而一声叹息。人们不像在听书，像是对大宋战争的围观。

桂兰炒一碗黄豆，每人一把，笑笑说，耳朵忙，嘴也不能闲着。一台收音机，收集人们的欢乐，也收集村庄的人气。桂兰从不心烦，她恋上了左邻右舍齐聚一室的感觉。

当年听书的人走得差不多了，永远见不着了。那台收音机也许卖了，也许劈了做柴火，有点记不清。

四

一顿早饭让桂兰吓得不轻，脸色都变了。

早饭和往常一样，是玉米稀饭和烙饼，外加一碟糖蒜和萝卜干。桂兰撕开饼，扭了指头大一块填进嘴，刚往下咽，喉管处出现疼痛，不是尖锐的疼，是闷疼，像被脚踩了一下。这是一种不祥的信号。桂兰在记忆里搜寻着一些疾病的症状，尤其是要命的那种疾病。不能让食物堵在那里，吐又吐不出，桂兰喝了一口稀饭。稀饭像长着脚，从喉管里狠狠地踩过去。饼顺着稀饭慢慢往下滑，桂兰使劲地咽了一下。这顿饭吃了将近一个钟头，吃得眼泪丝丝的。这种感觉以前有过，但不明显，疼也只是似有若无，没当回事。

这个信号，像一阵电流，在桂兰的意识里一闪而过，脑子随即被洗劫一空。

莫非老头子要来带我吗？桂兰无力地坐在饭桌前，目光投向白云朵朵的天空。她似乎看到了什么，目光落在一朵云上。要是他踩着一朵祥云走下来，走到住了几十年的老房前就好了。桂兰鼻子酸了一下，她想放声哭一场，她要哭她自己，哭她的命运，哭长眠不醒的木匠。

桂兰去村里的卫生院，她想跟医生说说吃东西困难的事，如果情况不妙，那就得到县上医院查一查了。

吞咽食物困难，也就是说食管疼痛，有可能是食道癌。桂兰步履踉跄，一路想着村医的话。

路上，桂兰遇上了瘸三爷。瘸三爷说，桂兰你脸色有点不中看。

桂兰说，这些日子胸口不舒服，老是吃不下东西。

瘸三爷说，那得赶紧去查查。

桂兰说，这不是从诊所刚回来吗。

瘸三爷突然说，桂兰，听说咱这地方要拆了，对这事你怎么看？

桂兰没有马上回答，她抬起头，向落马湖方向望去，似乎依稀看到落马湖的水波，听到落马湖的浪声。落马湖附近一些高层建筑拔地而起，有市里新建的广电大厦，有城市展览馆，还有世界各国运动员过来比赛的运河国际体育馆。桂兰没有亲眼见过，是拴住说的。拴住说，妈，你抽空去落马湖边看看，那么多的高楼大厦都建起来了，我们这里不再是农村了。桂兰说，不是农村是什么？拴住说，是城市，一座崭新的滨水城市。桂兰说，不种地啦？拴住说，哪还有地种，地租给了政府，你每月领租金养老吧。

桂兰对瘸三爷说，政府让拆咱就拆，听说拆迁的人家都搬到楼上去住了，你看看，过去说楼上楼下电灯电话，俺都觉着是做梦，今天倒成真的了。三爷，政府是共产党的政府，共产党打天下也是为老百姓，几十年过来了，共产党做的哪件事不是为了老百姓，有说话不算话的吗？

瘸三爷说，拆了也好，尝尝住楼房是啥滋味。只是，以后没法养猪喂羊喽。

桂兰扑哧一笑，三爷你想得倒周全，猪羊不知该怎么感谢你哩。我说呀，住在楼上猪肉羊肉也少不了你吃的。

瘸三爷张着牙齿残缺的嘴，呵呵呵地笑着。

五

桂兰一天天惧怕食物了。

桂兰肚子里空落落的，胃里也不安静，发出低沉的声音，像天边的响雷。桌上笼布里包着刚烙的面饼，亮黄，软和，冒着热气，扑鼻的香。这是桂兰最爱吃的，做了几十年了，成了一门手艺。茶壶村上了年纪的妇人都会做。刚出锅，左邻右舍的女人们会拿出一块，在苦楝树下换着吃，评评火候，比比口感，最后都说桂兰烙的好吃。

掀开笼布，桂兰却不敢去拿，仿佛面饼上长满刺。昨天本家侄子给信儿，是本家嫂子过世了，本家嫂子就住在曹花萍的小区。桂兰要过去烧倒头纸，不吃点东西哪成？桂兰无力地坐在板凳上，目光在面饼上踟蹰。最后冲一碗豆奶粉茶，慢悠悠地喝了，奶茶像锋利的刀片，顺着喉管一路刮过去。桂兰的眼泪又出来了，像喉管在哭。

买了几刀火纸，夹在腋下，去嫂子家。

正是五月，麦子黄了，布谷叫了，桂兰想起了早些年的农忙时节。

布谷叫着的时候，麦子垂着穗头等着人呢，像待嫁的闺女等着喇叭声里的八抬大轿。

月下，女人蹲在院子里磨刀，月光在刀锋上闪着，映着女人憔悴的脸；男人躺在横于院中的门板上，看着闪烁的星星，想着沉重的心事。在割麦的头天晚上，几乎家家的院子里都响起了磨刀声，相互应和，像是一种推心置腹的交流。夜里，人们都揣着一种临战的悲壮和兴奋入梦。

队长成了失眠者，幽灵一样游走在村口，他早就惦记着湖里的麦子，他是队长嘛。天上的星星还看得很清楚的时候，队长就捏着早就准备好的哨子，鼓起腮，猛吹一气，像是电影里，仗打到最后了，小号手吹响了冲锋号子。这尖厉的哨子声，像风灌进家家户户的门，把正在做梦的庄户人扯了出来。村里就乱了。惊醒的女人从婴儿的嘴里拔出乳头，飞脚踹醒说梦话的男人。男人裸着瘦得皮包骨头的身子坐起来，僵尸一样地看着女人。

庄户人披上衣服，摸起镰刀，被哨子赶着冲向麦田。

晌午的太阳白花花地照着麦子和男人剥去褂子、深深弯下的脊背。割麦人在奋力地收割，背上让太阳晒得要着了火，汗水又咸又涩，腌得人睁不开眼。地里的人不敢看天，不敢回头。个个腰弯着，与麦子保持着亲近。

那时，桂兰和表嫂也就三十岁上下，她们割麦插秧几乎都在一块儿，成了田里让人羡慕的搭档。桂兰和表嫂她们像蜗牛一样行进。割到地头，她们累得头晕目眩，几乎喘不过气，快要死了，一阵风又吹活了她们，被汗水浸泡的脸微微舒展了一下。很快，她们又没入无边的麦海。

想起收麦插秧时的苦和累，桂兰感慨着终于熬到头了，种地人不再像牲口一样没日没夜地劳作，日子也有了起色。可是，这日子抬脚往前走的时候，虽说让人活得越来越舒心，但也让人伤心，当年几十口人一块儿在大田里干活儿，现在缺了不少，他们走啦，到了活着的人永远找不到的地方。当年手脚勤快，歇工时在柳树底下纳着鞋底唱着情歌的表嫂说走就走了，自家老头子，当年那个会用凿子在碗橱上雕荷花的小木匠也走了。

唉——桂兰长叹一声，鼻子酸酸的，眼角悬着眼泪。

桂兰在小区门口遇到曹花萍。给嫂子烧倒头纸来啦？曹花萍说。桂兰说就是的。曹花萍感慨地说，这人哪，说走就走了，你说老嫂子才七十二，好容易熬出头，过上幸福日子了，偏偏得了病，就走了。——唉。

桂兰烧完倒头纸，哭了一阵，又问了嫂子过世时辰、丧礼安排和下葬时间，就回来了。

桂兰前脚跨进门，就瘫坐在门槛上。歇了半天，扶着门框站起来，踉跄着走到床前，歪上去，迷迷糊糊睡了。梦里看到表嫂那张蜡黄的脸上遮着黄表纸，一身龙飞凤舞的寿衣，在马灯昏黄的光照里，散发出阴森的气息。表嫂坐起身，手伸过来，要桂兰救救她，说牛头马面鬼拿链子来套她。两人一起跑，小鬼青面獠牙，链子抖得哗啦响……桂兰惊叫一声，背上起了一层冷汗。惊惧像一条绳子，把她捆住了。莫非是个预兆？表嫂要领着自己走吗？

六

拴住发现了母亲的异常。

那天，拴住抱一箱苹果过来，削一个递给母亲。桂兰说不吃，吃不下。

拴住说，妈，你咋啦，身体不舒服吗？

桂兰凄然地说，这段时间吃东西，脖子里发疼发麻，胸口和后背也跟着疼。可能出病了……

拴住愕然。

拴住火急火燎地把母亲送往市人民医院检查。检查结果如雷轰顶。

桂兰患的是食道癌，晚期。

桂兰抓着拴住的手，抖着声音问，住哇，妈得的啥病？别瞒我，跟妈说实话……

拴住忍着泪说，妈，可能你食管长瘤了，做手术切了就是。桂兰脸上迅即掠过一丝笑意。拴住根本读不懂那一闪而过的笑意的内容。

拴住给母亲办了住院手续。

桂兰仰躺在病床上，招呼两个儿子坐在床沿上。桂兰伸出瘦弱的手在儿子的手背上摩挲着，眼神沉郁。病房里寂静无声。墙上挂着时钟，秒针有节奏地走着，发出低微的声音，显得十分孤独。

桂兰料到一种致命的疾病缠住了她，缠住了自己几十年来被时光和劳作打磨过的身体。她酝酿了很久的话该跟儿子说一说。她说，拴住，你俩听着，你爹走了，我在世上也活不了几天。你也娶妻生子，成家立业了，不用我操心了。我呢，没什么牵挂，就是离不开家里的老房子。这不是要拆了吗，不是要把落马湖建成风景区吗。这是好事，咱不能挡政府的道。这老房子几十年了，比你岁数还大，建房子的时候，你还没出生呢。

桂兰一口气说了这么多，累了，闭着眼，像是睡着了。

在医院住了一段时间，桂兰回家了。医生说回去该吃什么吃什么，好好养着吧。

有一阵子，桂兰能吃点流食了，比如面条什么的。咽东西时，喉管处也不甚疼痛。桂兰有种绝处逢生的欣慰。日子照常过，看看菜园，喂喂鸡，房前屋后走走，似乎要把住了几十年的庄子再细看一遍，连块砖一片瓦都不错过。住院期间，鸡没人喂，自力更生了。一回到院子里，芦花公鸡就伸着头过来了，提起一只腿，歪头看着桂兰，还在她的鞋面上啄几下。

两个月后，茶壶村四周砌上了围墙，墙上是创建文明城市、加快乡村振兴的宣传画和公益广告。

七

农历五月十四是桂兰的生日。拴住决定给母亲过个像样的生日。

桂兰说都七老八十了，黄土埋脖子的人了，过什么生日。拴住坚持要过，桂兰就依了他。

按照乡间风俗，老人过生日这天，要用心梳理打扮一番，穿上新衣服，坐在正席上，以示生日的隆重和当事人的尊贵。桂兰对着镜子，盘了发髻，别上簪子。一身簇新的衣服，是平日叠在箱子里舍不得穿的。拴住、留住一家老少悉数到场。

菜摆满一桌，硕大的蛋糕放在中间，蛋糕上插满与桂兰岁数等同——六十七根红烛。拴住一一点燃。孙子、孙女们欢蹦乱跳地让奶奶闭眼许愿。桂兰闭上眼，许了愿，大抵是希望儿孙们家庭和睦，日月美满的意思。大孙女切下一块蛋糕放在小盘子里，端给奶奶，说，奶奶，祝您生日快乐。桂兰呵呵地笑了，俺孙女懂事了，书也念得好，将来有大出息。

拴住、留住轮番敬酒，祝老人福如东海，寿比南山。桂兰不能沾酒，只是抿一小口开水。胸口依旧隐隐作痛，再好的菜，再香的酒，也引不起她的食欲。桂兰知道，生命就像洗衣盆里的肥皂泡，不声不响就没了。桂兰看到儿孙围着自己，心里知足了。

只是，一大家子老少三代围坐一桌的热闹，老头子看不到——他怎么就没这福分呢？想到自己的病，桂兰不由得哀伤，这也许是最后一个生日了，这样的热闹还能遇上几回？

饭后，孩子们都走了，屋里弥漫着蛋糕和蜡烛的味道。桂兰身体不舒服，胸口发闷，喘不上气，斜躺在床上，迷迷糊糊地睡了，往事云一样你追我赶地奔过来：小木匠抡起斧头砍着木头，胳膊上的肉疙瘩比石头还硬；砖窑前人都攒动，老窑工一声令下，汉子们推着板车冲进窑洞；房顶上，上房梁的人念着吉利话儿，在噼噼啪啪的鞭炮声中，房梁被绳子吊上了房顶；拴住牵着娘的衣角跟前跟后，心里就愁，这么小的人儿什么时候能长成大人；遇上暴雨天，桂兰领着兄弟俩站在屋檐下，对着天唱民谣——

老天哩，
别下了喽，
方瓜葫芦长大喽……

老天很听话，让雨神收了雨水，太阳也出来了。桂兰看到方瓜葫芦湿淋淋的欢笑……

岁月不饶人哪，儿子们都儿女满堂了。自己呢，被孩子们撵着往老里走，就像一棵树，枝叶一天天地繁茂，树干也一天天地干枯。

就像一轮浪潮，疼痛席卷而来，桂兰痛苦的呻吟声如针似刀，刺着砍着儿孙们的心。前段时间母亲分明能吃能喝，有说有笑，还过了一个愉快的生日呢。难道这种假象就是人们常说的回光返照？

桂兰再次住进了医院。病床前立着一只氧气瓶，鼻孔里插着吸气管。儿子儿媳妇坐在病床前，看着弥留之际的母亲，一脸愁苦。

曹花萍提着一兜子水果进来了。儿子儿媳妇们起身，让曹花萍坐到母亲床前。

桂兰欠了下身，说，妹子呀，难为你了，来看看就行了，花钱做什么。

曹花萍把被子掖了掖，又把桂兰干枯的手拿在手里说，兰姐呀，前些阵子看你身体还好好的，怎么说病就病了呢？你看看，你这儿孙满堂，正是享福的时候哇，这身体咋就不争气了呢？

曹花萍又说，房子快拆了，我还等和你做邻居，住进运河花园呢，小区环境可好了。

桂兰勾着手指，示意曹花萍往前靠靠。

曹花萍身子往桂兰身边挪了挪，桂兰把曹花萍的手拿在手里。

桂兰说，花萍妹子，我一个人太孤单了，真想和你再做邻居呢。

曹花萍潸然泪下，兰姐，俺早就盼着你呢。

…………

桂兰是带着氧气瓶搬进运河花园的。没多久，桂兰在新居里走到了生命的终点。

灵棚搭起来了，白色的灯笼悬挂在高大的苦楝树上。花圈在风里瑟缩，哀乐在空气中流淌。

拴住披麻戴孝地跪在灵棚里，他在守望那个永远不能走向自己的最亲的人。

曹花萍一路哭着前来吊唁。

瘸三爷拄着拐绕到灵棚前，红着眼说，受大半辈子的苦，赶上了好年头，怎么说走就走了呢。

瘸三爷烧了一把纸，灵柩前起了一阵风，纸灰像黑色的蝴蝶，飘飘悠悠地上天了。恍惚中，瘸三爷看到一身寿衣的桂兰，在袅袅青烟中，像一朵祥云，飘向西天。

第二年清明。

桂兰的墓前烛光摇曳，阳光簇拥。

拴住、留住双双跪在母亲的墓前说，妈，千万别忘了，你一定把咱家住上楼房的事告诉爸，让爸再告诉爷爷，爷爷永远不用再去烧窑了。

（原发《湖海》2012 年 6 期）

心 债

一

肩扛一卷铺盖，手提一蛇皮袋衣物，走出车站，刘天贵揉揉有些昏花的眼，环视一下四围：这原本是个小县城，这些年像掺了发酵粉的面团，膨胀不少。道路又宽又平，车流如水；楼房涂脂抹粉，招人眼目。车站对面楼体上，嵌一面比床单还大的屏幕，袒胸露乳的女人手执一盒化妆品，对路人挤眉弄眼。差不多有十年没来了，县城让刘天贵看着眼生。

县城的繁华并未让刘天贵有任何心动。他有一种被流放异地的孤独和迷茫感。刘天贵猛然抑制住这个感觉，因为是他流放了自己，能怨谁呢。

这是长途车站，没有开往乡镇的班车。城北车站有去乡下的车，离这儿只几里地。刘天贵绕过人群，出了站前广场，往小吃摊那边走。顾着走路，肩上的铺盖卷碰到了一个衣着光鲜的女人。女人眼一翻，拿胳膊肘对铺盖卷猛捣一下。铺盖卷从肩上翻下来，刘天贵就势搂住，身子失去平衡，脚下一趔趄，差点栽倒。

小吃摊上热气袅袅。忽浓忽淡的香味把刘天贵的肚子逗得叽里咕噜。从摊前经过，女摊主们笑盈盈地看着他，指望着和他做笔买卖。他理也不理。为了赶车，早饭没吃一口，坐了大半天的车，刘天贵确实饿了，但他摸不准县城离他要去的地方有多远，他怕耽搁时间，也舍不得钱。

这副行头，招来几辆马自达。问了价，五块，贵了，刘天贵决定步行到城北车站。时间过得快，当年来宿县做生意的时候，自己还不到四十，日子还没理出头绪，就往五十上去了。看着南来北往的人流和眼花缭乱的街景，刘天贵这样感慨着。在刘天贵看来，时间除了往他的日子里塞进愁苦，将他厚实的体力一点点切割，将他饱满的生命汁液一滴滴吸去，再没给他什么好处。当年用平板车拉了上千斤玉米，踩着月光徒步几百里，到宿县走村串户兑换大米，一路奔波劳顿，也没觉着累。现在扛个铺盖卷，提一袋衣物，就有些体力不支了。

刘天贵去的是永胜乡桃源村。动身前他跟邻居说出门走趟亲戚，跟亲戚合伙包地种。话一出口，刘天贵认为撒了谎，觉着对不住人家，就递给对方一根烟，点上火，心虚地笑笑。永胜乡桃源村，这是他从宿县新闻上看到的地址。他是沂河县人，跟宿县近邻，家里的电视能收到宿县新闻。他像小学生背课文那样，把新闻里说的地址背在心里。似乎还不放心，拿笔把地址记在一张纸条上，纸条现在就在他的兜里。刘天贵此行并非跟亲戚合伙包地种，永胜乡桃源村没有他的亲戚。他要见一个人，一个和自己素昧平生遭了难的庄户人。当然，他想好了，人家不认识自己，冒冒失失上门不太合适。所以，刘天贵早就有了斟酌再三、认为可行的办法。

坐了一个多钟头的车到了永胜乡，碰上赶着毛驴车往桃源村送煤球的老者，就搭了人家的便车。路上，刘天贵好几次张口想向老者打听那个人，感觉不妥，担心老者顺着话题没完没了地询问，比如你是他什么人，你找他做什么，他摊上事了，能不能帮他找到当事人……想想看，对方若这样问了，该如何回答？还是罢了。驴车走到一座桥头停了，老者握着鞭子向东一指，喏，那一片庄子都属于桃源村的。我去北庄，不送你了。刘天贵从驴车上跳下来，握住老者的手猛抖几下，说，多亏老师傅帮忙了。

站在桥头，刘天贵像只飞倦了的鸟落在荒滩，有些不知所措。已是晌午，抬眼望去，稀稀拉拉散着住户的村落罩在阳光里，慵懒沉寂。刚开春，树绿得还不够，远远看去，树梢上浮着一层浅浅的绿，像悬着一团雾。看了良久，也没看到有人从庄子里出来，最多是几条狗，拖着软塌塌的身子，百无聊赖地在村口游走。站在桥头的刘天贵觉得自己还不如狗，狗还有个家，而现在，自己却像无家可归的乞丐。其实，刘天贵也不在乎什么家不家的，认为人能活得像狗这样踏实就不错了。而村子里那个遭难人还不如自己呢，自己好腿好胳膊的，能走能动，遭难人怕是下半辈子只能跟床打交道了。

想到这，刘天贵的心疼了一下。

二

桥架在一条废弃的河道上，水有限，黑绿色，被垃圾隔成一段一段，像被肢解的尸首。河西是一大片麦田，麦田西也是一条河，河堤很高，两边长满清一色的钻天杨。望过去，堤顶处有一处砖墙草顶的房子，护林用的。护林人多是上了年纪的独居老人，刘天贵决定先在那里落脚。走近门口，门敞着，簇簇炊烟往外走。门边草棚下拴着的狗很不友好地冲他龇牙咧嘴。大白天的，叫你妈什么叫，吵死人。屋里说。见门外站着人，手里提着铺盖，腿边靠着蛇皮袋，护林老汉弯腰出来，用被烟熏得水汪汪的眼打量刘天贵。

我这儿正烧饭哩。老汉扑打一下身上的灰尘说。

耽误你烧饭了，老哥。刘天贵不好意思了。

屋里坐，屋里坐吧。老汉把刘天贵让到屋里。

屋里弥漫着饭香。刘天贵被强烈的食欲撞击着，真想掀开锅盖盛一碗吃，不要菜也行。刘天贵的喉结动了一下，一口唾沫被压下去。没等老汉开口，刘天贵先自我介绍，说家里没什么地，除了种地手艺，没什么长处，不知这里能不能弄到地种。老汉没直接搭话，先报了姓名年龄，谭家财，六十七岁，有点像到刘天贵这里应聘一样。咦？和那人一个姓！刘天贵不知是惊是喜。然后，谭家财接过话说，要说包地种嘛，上几年还好说，现在不行了，种地成本低了，不交粮，不上税，政府还有补贴。村里出去打工的都回来了，把地当个神供着。你大老远跑这地方来，就为包地种？哎呀，你真是个实心眼儿，家边口找不到地种吗？刘天贵以为谭家财听出了他话里的破绽，怀疑他的诚心。不过，谭家财问得有理，几百里路赶来乡下寻地种，从常理上是说不过去的。刘天贵没想到，煞费苦心的谋划险些露了马脚。但他不能让计划流产，忙解释说，听说这里老百姓责任田多，年轻人出去打工挣票子，很多地都抛荒了。

谭家财盛碗米饭端上桌，对刘天贵说，老弟你也来点？刘天贵也不客气，说早上到现在一直空着肚子，就讨你一碗饭吃。谭家财拿筷子指指墙角的碗柜，说那里有碗，让刘天贵自己盛。两碗米饭下肚，刘天贵的衣领里冒出热气，肚子里殷实不少。刘天贵掏出烟给谭家财。谭家财摆摆手，说我平时都吃老烟叶，那个不投口。谭家财把烟袋锅插进烟包里挖了一锅烟丝，用拇指按实，点上火，猛吸两口，没说话。

屋里的沉默让刘天贵很不安，一颗心悬着。谭家财不是有意慢待客人，一辈子在土里刨食的庄户人哪会这样。庄户人说话都很慎重，尤其是上了岁数的庄户人，一句话掉在地上必须砸出一个窝，砸不出窝的话不说。一袋烟抽差不多了，谭家财说话了。谭家财说，看你也是个厚道人，想干点事，包地种嘛怕是不成。这么着吧，有个事我看你能做，就是有点苦，你怕不怕？

刘天贵吊着的心又落实了，把头伸过来，抖着声说，老哥你说，什么苦我都能吃，只要累不死人。

谭家财叹口气说，老弟呀，屋里人不说外话，我本家侄子头年遇到车祸，瘫在床上，家里的蔬菜大棚算是撂了。这可是他摆弄了快十年的菜园子，家里日常开销，还有儿子念书费用，全指望着它……遭罪哩，到现在还没找着那个肇事人。我说，老弟，你就把他家的蔬菜大棚领下来，工钱该怎算怎算，不亏你，我做主。

刘天贵像被什么扯了一下，身子一收，很快坐稳了，他不能让谭家财看出什么。刘天贵闭上眼，吸了口气，心里说，遭车祸的家里还有蔬菜大棚——老天在成全自己呀，让自己的计划有了着落。刘天贵说，中。以前我在家种过菜，啥时下种，啥时栽苗、培垄、治虫，我都懂。眼下已开过春了，过不了多时，就能动手了。

谭家财见刘天贵如此爽快，起身，拍拍刘天贵的肩说，老弟，看来你我都找对了人。天也不早了，今晚先在我这儿住下，明早我去跟万三两口子说。

睡觉还早，刘天贵来到河堤上。向西望，太阳架在树梢上，又大又团，像一枚紫红的剪纸。洒出的光慢慢往回收，堤坡处，河面上，暗了不少。几只鸟扑簌簌飞来，立在枝杈上，歪着头看自己的窝。一共是三只，多数是一家的。有两只鸟进了窝，还有一只在窝口边啄来啄去，像是打扫院子。这肯定是家主，临睡还不忘收拾收拾。想想不知落脚何处的儿子，跟人私奔的女人，还有流落此地的自己，刘天贵心里一阵凄然。这半辈子没偷没抢，没拐没骗，也就是说，没做一件让良心过不去的事，可老天就是不让着自己。这就是命，命里有的，抠都抠不去。刘天贵把自己看成一辆架子车，爬沟过坎，只要不散架，就得往前拽。

实在累了，刘天贵和谭家财挤在一张小床上，头抵着烟熏火燎的墙，很快睡着了。

一阵狗叫，两个身高马大的警察破门而入。儿子刘柱扑到父亲的怀里，让老子救他。刘天贵把刘柱挡在身后，像一只护雏的鸟，眼里喷出刀刃一样的光。他对警察说，同志，我儿子没犯法，真的没犯法，我就一个儿子，你们不能抓他……

警察把他拉开，提着手铐把刘柱铐上，塞进警车，拉响警笛呼啸而去。刘天贵连哭带喊冲出去，脚下被什么绊了一下，扑通一声栽倒在地，满嘴是血。这一疼，刘天贵醒了，是谭家财一只脚踹疼了自己半张脸，把他从梦里踹出来。把谭家财的脚扒拉过去，抬手擦去额上的汗。这一醒，再也睡不着了，勾头听谭家财锲而不舍地锉牙。

三

这是二十世纪八九十年代建的普通砖瓦房，五米多宽，屋脊走的是凹凸不平的曲线，像让岁月和劳苦压垮了的牛背。几窝草从瓦缝里伸出来，和久违了的初春的阳光抱在一起。屋里光线稍暗一些，但可以看清中堂画上老寿星饱满的额头、慈祥的面容和手里托着的硕大的寿桃，为简陋的房间营造出仙风道骨的意境。中堂下是一张长条桌，正中摆一尊披着白纱的菩萨像，像前搁一只蓝口陶瓷碗，碗里积满香灰，香灰里插一截熄了火的香。

坐吧，哪能站着。谭家财指指瘪着的旧沙发说。

沙发好像很久没人坐了，蒙着灰尘，扶手上闪着类似油渍的光泽。刘天贵直着上身，小心翼翼地把屁股搁上去，生怕沙发上藏着针会扎着自己。谭万三的女人绣花倒一碗开水端给刘天贵。刘天贵双手接了，顺便想看一眼这个女人。或许是早上忙，没来得及梳理，绣花还散着头发，脸被头发挡住，刘天贵没看清。收回目光，喝茶。绣花觉得这个样子有些失礼，眼神也乱了阵脚，毕竟自家二叔一早领个生人上门太突然，让她有点手忙脚乱。二叔你陪这位大哥坐会儿，我还没梳头洗脸呢。绣花矜持地一笑，转身找脸盆去了。

是二叔带人来啦？我床头有烟，拿去给客人抽。里屋的谭万三说，声音像是蒙在被子里，又闷又沉，又很遥远。

是哩，万三，我带人来跟你两口子商量事的。谭家财示意刘天贵先坐，自己到里屋跟谭万三说话。

绣花洗过脸，头发往后拢，扎成一把，很规矩地垂在肩上。看上去，一张脸饱满丰实，面色微红，鼻子嘴巴，无论造型位置，都无可挑剔。这么一个乡村女人，一个被生活挤压的女人，除了头顶上一丝白发显得突兀，一不小心泄露时光痕迹，别的都能让刘天贵看出一种日月不忍破坏的女性的俊美和柔韧。看到绣花眼角飘过来的余光，刘天贵的目光吓得趔趄了一下，难为情地躲到手心里。

开春了，过不了多时地里就忙了。刘天贵搓着手，找出一句话说。

嗯。愁人哩，里里外外全指望我一人，不死也得脱层皮。也不知哪辈子造了孽，摊到这头倒霉事。绣花一手托腮，一手捏着衣角说。

刘天贵心里咯噔一下，想不到一句话碰到了绣花的痛处。看到电视上那条新闻，他知道宿县境内发生一起交通事故，那个叫谭万三的人开三轮车进城卖菜，让一辆小型货车撞了，造成重伤，肇事者下落不明，警方正在全力查找可疑线索……这是刘天贵了解到的关于那起交通事故的所有信息。说起交通事故，刘天贵看过也听过不少，在他看来，那些由着性子近乎癫狂的车辆，就是一把把在路上奔跑的刀，随时都会砍出血腥，砍出家破人亡。事情说来就来，而且是刘天贵有生以来最关注的一起交通事故。他不会不知道这起交通事故对自己意味着什么。除了从电视新闻里了解到的信息，刘天贵还推测出很多信息之外的事情：一大笔医疗费带给家人的忧愁，意外事故给寻常生活注入的悲苦，寻找肇事者的艰辛与绝望，受害人有可能终身致残的凄凉……常常是，饭口上，刘天贵突然就搁下筷子，手捂双眼，手指触到了黑暗里的潮湿。

刘天贵有一种难以抑制的冲动，但理智制止了他。绣花当然看不出这个陌生的男人心里揣着事。

谭家财和谭万三说了一阵话，出来把刘天贵领到里屋，对谭万三说，这是我先前跟你说的刘天贵，沂河来的，种地人。今后，你的蔬菜大棚就交给他，他种过菜。

刘天贵上前两步，伸出手，握住谭万三硬邦邦的毫无肉感的手，嗫嚅着，实际上是在努力酝酿一句合适的话。刘天贵说，年纪大了，打工没人要，只说来这里包地种，苦两个钱。碰巧遇到谭师傅，说是你身体受伤了，责任田里的蔬菜大棚正需要人手。谭万三看上去显得苍老，头发白得差不多了，但实际年龄不会超过五十，和刘天贵算是同辈人。刘天贵当谭万三的面叫谭家财老哥就乱了辈分，所以改称谭师傅合适些。

谭万三鉴宝似的在刘天贵脸上看了一阵。刘天贵的衣着和面相，让他有了一个初步判断：这是一个老实本分的庄户人。兄弟一看就是厚道人，既然是二叔介绍来的，我就放心了。不瞒兄弟讲，这些日我正愁着呢，要不是二叔帮这个忙，我那个大棚只有撂荒。谭万三摸着刘天贵的手面说。谭万三还说，等修整好棚架，蒙上塑料布，种了蔬菜，刘天贵就在菜地旁的砖房里住，饭由绣花送去，工钱从收入里按比例提成。刘天贵说好说。谭家财用小指甲挖去烟袋锅里的烟灰，猛吹两口气，把烟袋杆别进裤腰里，笑着说，就按你们商量的办，日后遇什么事尽管来找我。

谭万三要留饭，谭家财说到我那儿去吃。

绣花送出门，说明天一起去菜地看看。

谭万三的蔬菜大棚紧靠麦田，有七八分地。谭家财告诉他，这块地大集体时就种旱作物，油菜、花生、玉米都种过，还种过瓜。土地承包后，分给各家各户，统一栽桑养蚕，比种庄稼合算。后来蚕茧卖不成价，桑刨了，又改种旱作物。上几年，谭万三从朋友那里学了一手种蔬菜技术，在这块地上盖大棚，种蔬菜。自打跟蔬菜大棚粘上了，就也掰不开了。还说，谭万三两口子出了力，吃了苦，蔬菜大棚没亏待他们，每年收成不错，供儿子顺顺当当念了大学。绣花也说，这年头不出去打工，在家再不想个法子，靠几亩地牙都饿掉了。……那个不长眼的，撞了俺家万三，断了俺的财路，到现在也寻不着人……跑就安了？躲老鼠窟里俺也给他揪出来……

刘天贵脸上火辣辣的，好像有锋利的刀子划在脸上。

就是，抓到了可不能轻饶了。他附和说。

谭万三两口子还没发话，也不知啥时能动手。吃完饭，刘天贵又到大棚地转悠。

几架大棚差不多只剩竹竿搭的架子，上面的塑料布经风吹日晒，发黄变黑，破破烂烂地垂挂在竹架上。进了棚里，可以看到去年的辣椒株、黄瓜藤和烂在地上的白菜帮子，满眼的破败和荒凉。刘天贵晃晃竹架，还很牢固，又蹲下身，拔一棵干枯的辣椒株，凑到鼻尖上闻闻。早春的阳光携带着冬天残留的寒意，照在地上，松软的泥土里伸出嫩草，在阳光下闪闪烁烁。草窝里细碎的小花也开得含蓄，像女人不露声色的浅笑。

每年，一开春，田里一片枯寂，大棚里已是绿葱葱的世界了。要不了多久，辣椒秧的怀里就抱着肉质肥厚的青椒，黄瓜藤绕着瓜架一路攀爬，黄瓜顶着黄花挂在腰间，西红柿伸头探脑，如新娘撩起窗帘对外张望的脸庞……这些，都是刘天贵小时候在父亲的蔬菜大棚里留下的记忆。站在棚架下，刘天贵眼前似乎浮现出谭万三和女人绣花在大棚里忙碌的情形：谭万三弯下腰，挪着身子给菜垄除草、培土，绣花背着喷雾器，手执喷枪杆给蔬菜喷水；谭万三提着篮子摘辣椒，揪黄瓜，绣花张开口袋，谭万三一篮一篮往里倒；谭万三伸过汗涔涔的脸，绣花从头上扯下毛巾给男人一点点地擦……想象把刘天贵置于甜丝丝的温暖里，而现实又让他陷入这份温暖因意外事故而被破坏了的惆怅中。这么恍惚着，居然没看到朝这边走来的绣花。

四

绣花从手提袋里拿出纱布包着的东西放在饭桌上，揭开纱布，是一摞镜子那么大的白面饼，冒着热气。绣花说，刘大哥，这是头晚烙的，刚馏过，趁热吃。刘天贵说，你家的事我手还没伸，就吃你的，你叫我这心里……绣花扑哧笑了，不干活就不吃饭啦？后面有你吃的苦——刘大哥，俺得把话说在明处，你给俺料理蔬菜大棚，没什么大鱼大肉给你吃，粗茶淡饭还能供得起。刘天贵说，大妹子这话说远了，我也是土里刨食的粗人，吃五谷杂粮的命，也不稀罕鱼呀肉的。

绣花问起家里都有什么人，怎么想起大老远跑来包地种。

刘天贵愣怔了一下，抓抓头说，要说家里还有什么人嘛……就一个儿子，读几年职中找不着事做，出去打工了。

嫂子呢？

跑了，他妈的跟人跑了。

刘天贵忽然意识到对外人说出家丑有失脸面，但收不回来了，脸上的难堪就让绣花灵巧的目光逮着了。绣花没顺着往下问，只夸他身体结实，肯定是地里一把好手。刘天贵谦虚地笑笑，种地种惯了，干别的不行。

绣花说，刘大哥，万三和俺计划了，让俺过来跟你说说大棚的事。眼下正是辣椒、西红柿、黄瓜栽秧的时候，清明前后就能上市卖个好价钱。家里菜种子现成的，地翻过后，整平，就能种了。只是辣椒、黄瓜、西红柿这些个秧苗要到种大棚蔬菜的人家去买。往年都是自家育的秧，万三出事后，俺三天两头去县上的事故组，哪还顾得了育秧。

刘天贵说，大妹子，是得抓紧点。依我说，先把大棚架修整一下，不少竹竿都朽了，还缺不少，得买一些新竹竿，该换的换，该添的添。塑料布也要买新的蒙上。料子你负责进，整修大棚的事交给我。

绣花往刘天贵的脸上看了一眼，有赏识的意思，莞尔一笑，说刘大哥说的都是行话，肯定要先整好大棚，这跟带新娘子一个样，不盖好屋哪行。

绣花也真会比喻，刘天贵咧嘴笑了。

料子到家之前，刘天贵就甩手干上了。先是挖地。天没亮起床，灌了一肚子开水，吃一块绣花烙的面饼，打了两个嗝儿，扛起叉往地里去。刘天贵一叉叉地挖，不时对手心吐口唾沫，搓搓，几个钟头下来，就口干舌燥了。绣花送晌饭来，看到一架大棚里的二分多地快挖到头了，鼻子一酸，心疼地喊刘天贵上来吃饭。刘天贵说挖到地头再吃。刘天贵挖地那一套完整的动作，在绣花看来，有舞蹈一般的美感和力度。挑起一叉，刘天贵手里的叉就愣住了。刘天贵歪着头看，嘴里唏嘘着。绣花过来一看，叉齿穿过一只青蛙的大腿，血顺着叉齿蜿蜒而下。她啊地叫出声，头缩在臂弯里。

刘天贵蹲下身，从叉齿上小心地捋下青蛙，不无歉意地捧在手里。青蛙的腿痛苦地痉挛，眼皮耷拉着。绣花说你真狠。刘天贵说我又不是故意的。刘天贵把青蛙放到搁在地边的棉袄上，捏点细土撒在青蛙的腿上止血。又让绣花给他一块卫生纸，把青蛙的腿包上。冬眠期的青蛙好像一觉还没醒，不蹦也不跳。

没看出，刘大哥还是个善人。绣花说。

怎么说也是一条命，不能伤它。刘天贵伸出中指在青蛙的背上怜爱地摩挲。

刘天贵吃着饭，绣花穿着红色的羽绒袄蹲在他旁边，像一团火烤着他，身上的汗和疲劳全都蒸发了。过去，在田间干活的时候，那个从四川娶来的女人也把饭送到地头，看着他吃。女人走了，再没人看着他吃饭，只有庄稼和太阳守着他吃。有女人好，有女人的日子才叫饱满。刘天贵认为。

绣花告诉刘天贵，过几天进城买竹竿和塑料布，顺便去一趟事故组问问情况；又和刘天贵商量今年的蔬菜品种和栽种布局，刘天贵一一记在本子上。

刘天贵到村口的商店买了豆奶粉、蛋糕之类的食品，去看望谭万三。绣花见刘天贵提着礼物上门，冷下脸说，刘大哥你不能这样，帮俺干活累了不说，还让你花钱。谭万三也说，兄弟，这出来进去就是一家人了，又不是走亲戚，还拎着东西。刘天贵一抬腿坐在谭万三的床沿上，斜过身子说，你病在床上，地都不能下，我上次来空着手，心里总觉着过意不去。这点东西看不上眼，算我一点心意。谭万三说，听绣花说大棚地你挖不少了，竹竿塑料布过几天到家，大棚整好后就能栽苗了。刘天贵说，时间不等人，越早越好。

刘天贵本想问问谭万三伤情好些了没有，几时能下床。话到嘴边又搁住了。谭万三遭此横祸一直折磨着他，像噩梦一样缠着他。

前后花了几天时间，四块地全部挖完，刘天贵用镢头把坷垃砸碎，用耙子搂匀、整平，每块地横竖各开一条沟，一块地切成四块。谭家财过来看过几次，说刘天贵真是一手好活儿，又见功夫又上心。

刘柱的电话让刘天贵吃了一惊。刘柱问他在哪里。刘天贵说，我在外地包地种。刘柱，你成天让老子担惊受怕，我还梦到你叫警察抓了哩……在外说话办事千万要留神……你这孩子，一定给我稳稳当当的……刘柱说，几个月没回家了，想家也想你，家里就你自己，也不知你身体怎样了。刘天贵说，我身体不碍事，不要操心了。

挂了电话，刘天贵长长地嘘了口气。这个刘柱，是家里一根独苗，也是自己后半生的指望。二十年前，二十八岁的刘天贵家里穷，讨不到本地媳妇，听说四川女人多，随邻村的光棍去趟四川，带回一个女人，第二年生下刘柱。刘柱八岁那年，家里请来木匠做家具。正是秋里，刘天贵整夜在地里看秋。一次，他闹肚子回家吃药，推门进屋，一拉灯，看到自己的女人钻进木匠的怀里。让女人和木匠跪在地上，问什么时候好上的。两人都不说话。这种事属于像样的丑事，不能大肆声张，不能不压住火。他让木匠赶紧滚，木匠收拾一下家伙走了。

本来想让女人和木匠一起滚，但怎么舍得，只能指桑骂槐，发发火，出出气。女人有了污点，事事让着男人。一连几天，刘天贵和女人不说话。一个屋里过日子不说话也不行，刘天贵想敲敲女人。他说，都是要脸要面的人，好生过日子，别再胡来了。可是，没几天，发现女人失踪了，带走了他给买的衣服。纸里包住不火，村里人知道这事，七嘴八舌，有的说，男人成夜在地里看庄稼，家里留个木匠，能不出事？刘柱妈八成跟木匠跑了，从他俩的眼神里早就看出了名堂。也有人劝他，走就走吧，不是给你留个儿子吗，好歹有个后。以后有合适的再讨一个。

刘天贵除了种地，农闲出去打零工，攒了钱，几乎全用在刘柱身上。他对儿子说，刘柱哇，爸疼你，你要好好念书，给爸争个脸。刘柱不说话，伸出双臂环住他的脖子，算是回答。刘柱初中毕业后，没考上高中，在县城念了职中，学的是机械维修，刘天贵攒的钱没剩几个……

刘天贵再也睡不着了，披上衣服，在砖房后的小路上来回走。夜色里，棚架子看得影影绰绰，垂挂的塑料布像巷子里的酒旗，抖个不止。

阵阵夜风袭来，一股寒意裹住他。

五

竹竿和塑料布进家了，绣花找两个帮工，和刘天贵一起整修好棚架，蒙上塑料布，看过去，白亮亮的，像隆起的雪堆。

整修大棚如同盖房子，是件大事。按照当地风俗要喝一顿完工酒。绣花请两个妇女帮忙，打酒买菜，切切剁剁忙了半天，满满一桌菜比酒店里的宴席还要丰盛。谭万三出事后，没找到肇事人，几万块的医疗费全自己出，除了自家的一点积蓄，其余的钱找村主任帮着借的，村里还给一点困难补助款；在催促事故组查找责任人这件事上，村主任也没少出力。所以，谭万三家的这顿完工酒，不能少了村主任。谭家财是长辈，给谭万三领来了刘天贵，让蔬菜大棚恢复生产，自然要来。

这顿酒是酬谢人家的，谭万三不能不出场。绣花把男人背出来，坐在桌边一个垫着毛毯的矮凳上。村主任、谭家财、刘天贵坐上席，村主任居中，刘天贵、谭家财坐其左右。开始村主任让刘天贵坐中间，刘天贵说，有村干部、长辈在，自己坐中间就不懂规矩了。

共同两盅下去，谭万三让绣花敬酒。绣花站起身，先敬村主任。绣花一盅酒倒进嘴，呛着了，直咳嗽，扬手在嘴边扇了扇，仿佛要把嘴里的酒赶走。谭万三心疼女人，责怪她，你又不能喝酒，上上嘴，主任能不喝干吗？村主任咕噜一声，酒下去了。绣花说，多亏主任你帮忙。村主任说，村民遇上事，做村干部的能袖手旁观吗？你看，你家请来了帮手，蔬菜大棚马上就生产了，日子会好些。村主任侧过脸问刘天贵，老弟哪里人？刘天贵说，沂河的。哦，跟宿县交界。村主任点着一根烟。

绣花端起盅，对刘天贵说，刘大哥，你不来，菜地只能抛荒。这些时你够累的，来，我敬你。刘天贵站起来，说，有个事做，我这心里也踏实……要不然，我还不是白出来一趟。

刘天贵接着和村主任、谭家财喝酒。他介绍说，早年来过宿县，换大米的，拿玉米换，不少人家吃过他的玉米。谭家财说，十几年前是有山东那边的过来换玉米，几百里路赶着驴车，很苦。

刘天贵控制着酒量，在外喝酒他始终把握着分寸。

临走，村主任剔着牙对绣花说，抽空到村部去一下。

刘天贵开三轮车带上绣花去外乡购回一批菜秧苗，一棵棵摆在温室内，每天用洒水壶喷几次水，保证成活率。刘天贵和绣花在整好的地块上铲出一道道垄沟，选一个晴天，从早上开始，把秧苗移栽到大棚里。大棚里温度高，有些蒸人。绣花脱去棉袄，只穿件毛衣，鬓角的发梢让汗润湿了，贴在脸上。绣花用小铲子挖出坑，刘天贵蹲下来，挪着身，一棵棵把秧苗栽进去，埋土，按实。绣花每挖个坑，刘天贵就栽一棵秧。两人的脸靠得近，偶尔会碰到一起。绣花鼻子里喷出热气，喷到刘天贵脸上，刘天贵感到一种痒酥酥的温热。

这样忙了几天，三个大棚里秧苗栽齐了，有辣椒、黄瓜、西红柿，还有茄子，另一个大棚按绣花规划全种上芹菜。她说往年都是这么种的。

绣花说，刘大哥，主任上次在俺家吃过饭，临走时让我到村部去，当时你也听到的，我一直没空过去。后来他在桥上遇到我还问呢。也不知什么事，我去看看。苗栽上了，记住勤浇水。

刘天贵一个人在大棚里这边走走，那边看看，把塌到沟里的泥土清到垄上，见有秧苗歪斜，根须裸露的，就给扶正，抓把土盖住根须；找喷雾器给秧苗浇水，怎么也找不到，去村部找绣花。

村部离这里不远，刘天贵走着去。

来到村主任办公室门口，门半掩着，刘天贵想敲门，手刚触到门却停了，他听到村主任和绣花在里边说话。

绣花说，主任，这样不好。

村主任说，有什么不好。

村主任又说，谭万三不能干，我不信你能熬住？

绣花说，主任这不像是你说的话。

刘天贵听出村主任说话下道了，咳嗽一声，屋里的说话声被吓住了。

刘天贵回到大棚里，抓起一把土，狠狠地揉搓。

刘天贵每天早上都要到大棚对面的水沟里挑水浇菜，浇一次园需几十担水，累得直不起腰。待到蔬菜发棵期，整天待在大棚里，为黄瓜、西红柿、茄子间苗、打杈、拔草、逮虫。

中午流了不少汗，晚上，刘天贵用冷水冲把澡。夜里发高烧，头像套了铁箍一样疼，感觉就要死了。早上，绣花没看到人，到砖房里一看，刘天贵的头蒙在被子里，沉闷地呻吟着。绣花挨到床边喊了几声。刘天贵在被子里喊，柱子，你回来……警察同志，你不能带走我的柱子，我就一个儿子……

绣花掀开被子，摸摸刘天贵的额头，很烫，攥住刘天贵的手说，哎呀，刘大哥你发烧了，我去给你叫医生。走时，绣花倒一碗开水，把刘天贵的头捧起来，让他喝了。

打完针，吃几片退烧药，刘天贵感觉头上的“铁箍”没了，被高烧收拢的毛孔开始舒展，说有点饿。绣花熬了粥，一手端碗，一手拿汤勺，一勺勺喂他。绣花说，刘大哥，天又不冷，太阳火红红的，怎么能感冒了。刘天贵说可能是中午干活热了，只穿件单褂子，头晚冲了把冷水澡着凉了。我说呢。绣花撇撇嘴，早上我在床边叫你时，你嘴里喊什么“柱子你回来，警察同志你不能带走我的柱子”——柱子是你儿子吧？柱子怎么啦？刘天贵说，发热蒸的，说胡话了。可不是咋的。绣花抿嘴笑了。

俺儿子叫小梦，十九了，和你家柱子差不多大吧，他在常州工学院上学。暑期就回来了。

刘柱刚满二十，念书不上心，在外头混呢。

面对这个善良能干的妹子，刘天贵多想敞开心扉，道出自己的苦衷，让难言的困扰从心底释放出来，让自己轻松地活着。但他不能。

他从不做对不住别人的事，也不容他人做对不住别人的事。有年秋末，黑漆漆的夜，他做零工回家，看到村口有人牵两只羊匆匆赶路，觉得形迹可疑，打开手电一照，对方是个五大三粗的汉子，邻村的，他认得，说这羊不是你的吧。汉子三拳两脚回答了他。第二天有人找羊，鼻青脸肿的他跟失主说了实情。羊牵回来了，偷羊人被拘留一周，还罚了款。

现在，他改变了做人规则。改变规则的刘天贵，像被投进火炉里炙烤。他觉得他就是一个逃债者，他要用自虐性的劳动卸去心上的重压。

出了三月，天气转暖。大棚里拥挤着照眼的绿。辣椒叶绿汪汪的，像抹了油，星星点点的白花下挂着辣椒；西红柿也结了果；黄瓜架上爬满瓜藤，如绿色的帐篷。阳光格外好。刘天贵把塑料布掀开，阳光照进来，给蔬菜镀上一层暖色。蝴蝶和蜜蜂粉墨登场，携带着痴情，为它们久别的恋人舞蹈和歌唱。

刘天贵在砖房前整出一块地，种上西瓜，在树底下点了几穴丝瓜和茶豆。

过了清明，蔬菜上市了。

清早，绣花过来摘黄瓜、辣椒和西红柿，刘天贵割芹菜。谭家财也过来帮着摘。谭家财说今年春季大棚蔬菜长得比往年好，西红柿圆圆溜溜，黄瓜条条顺顺，中看哩。这都是托刘天贵的福。绣花也说，俺只说这大棚蔬菜种不成了，没想到，谭万三不行了，来了个刘大哥，这不是因祸得福嘛。

三人在路边给蔬菜过秤，对面走来一个妇女，盘着头，挎一只篮子。

哎哟喂，这一晃眼，黄瓜长这么长，西红柿样子真俊。妇女停下脚说。

就是的，桂香嫂。你吃几口尝尝。绣花递一条黄瓜给她。

妇女一点不客气，接过黄瓜，在袖子上蹭两下，咬了一口说真脆。都忙着，我去地里割猪菜。妇女腰一扭，走了。

绣花对刘天贵说，她叫秦桂香，是个寡妇，男人去年出车祸死了。

谭家财说，这女人手不老实，出门一趟从没空过手，见葱拔葱，见瓜摘瓜。

六

刘天贵早上开三轮摩托车把蔬菜拖到县城蔬菜批发市场批发给菜贩子，中午回来记个流水账，把钱算给绣花，接着管理和看护蔬菜大棚。月底，绣花让刘天贵到家里去，说是算算账，按事先约定给他工钱。

谭万三躺在床上，绣花正给他擦背。见刘天贵进屋，绣花说刘大哥过来帮帮忙。刘天贵过去，两手捧住谭万三的背部稍稍抬起，绣花把毛巾放进温水盆，提出来拧去水，在谭万三的背上来回擦。谭万三两条腿发僵，像安上去的木腿，几乎不能动。平时，大棚里没什么活了，刘天贵就过去帮谭万三擦背，扶他下床，让谭万三两手扒住他的肩，他走一步，谭万三脚挪一步。每天绣花都是这么做的，说下肢截瘫的病人只要坚持康复训练，慢慢就能恢复功能。绣花每天除了给谭万三和刘天贵做饭，偶尔到蔬菜大棚帮会儿忙，余下时间就给男人洗脸擦身，捏腿捶背，搀着他在屋里走动。绣花的操劳让刘天贵极度不安。只有在大棚里腰酸腿疼地干活的时候，这种不安才能稍稍减轻。有时，大棚里没事了，刘天贵让绣花歇着，把谭万三背到门外，像教孩子走路那样，双手扶着他的腰，让他慢慢挪步，直到累了，才扶他躺在竹床上歇息。

真愁人哪。人给撞成这样，花钱不说，不知还要受多少罪。——那个千刀剐的，出门就让车撞死，栽河淹死，让雷劈死……反正不得好死。绣花咬牙切齿。

我是个废人了，还不如当场被撞死。谭万三话里不无悲切。

刘天贵心如刀绞。绣花的咒骂像一把刀切割着他；谭万三的话让他心里涌起一阵酸痛。

绣花说，我去几趟，负责这案子的警察说，路口监控也调出看了，修车厂也去查了，没发现嫌疑车辆。……你说，刘大哥，俺家万三开车上城卖菜，路走得好好的，那个人就朝他撞来了，万三摔断了腰椎，下肢瘫痪了……真是瞎了眼。

刘天贵安慰说，绣花妹子，不说这些，好好给万三兄弟治疗调养，保准能好……

……你看，万三被撞成这样，人跑了，好歹留条命。秦桂香男人出那个车祸，到现在找不着下家，白送一条命。唉……

刘天贵心里一阵绞痛。

绣花这才想起给刘天贵工钱的事。她拿出一沓钱，说这是一千八百块，你拿着，往后收入多了，再给你加。刘天贵说，眼下家里正需要钱，你还有账要还，这钱我现在不能拿。以后再说吧。有吃有住就行了。

绣花不依，说这钱不拿不好。谭万三说这是工钱，不拿不合适。刘天贵坚持说工钱等走了一起结算。

五月的阳光以超常的热度把庄稼往熟里烤。麦子黄了，布谷叫了，西瓜花纹斑斓，丝瓜挂上树梢。刘天贵浇完水，从大棚里出来，看到秦桂香踮起脚，扯着脖子，举起镰刀钩丝瓜。刘天贵咳嗽一声，说钩丝瓜呀？秦桂香吓得手里一松，镰刀哐当一声掉在地上。

嘿嘿……是刘大哥呀。秦桂香脸红了。

刘天贵到砖房里喝茶，秦桂香跟了进去。

想吃丝瓜跟我说声。刘天贵说。

哪好意思。秦桂香说。

刘天贵让秦桂香坐。

秦桂香把板凳往刘天贵跟前挪挪，两手托腮，目光灼灼地看着刘天贵笑。刘天贵没看她，只是喝茶。秦桂香摸摸被子，说刘大哥晚上一个人住，就不想点什么吗？刘天贵说，想，想我儿子。秦桂香有些失落，手放到刘天贵膝盖上，说刘大哥真是能干人，有空到家里坐坐。刘天贵起身说去给蔬菜浇水。秦桂香出来时，顺手摘一个丝瓜，毛巾包了，夹在腋下，对刘天贵妩媚一笑，走了。

晚上绣花送饭来，青菜水煮面，馒头，两个咸鸭蛋。刘天贵吃饭中，看到绣花沉着脸，不住叹气。刘天贵停止咀嚼，问绣花遇到什么事。绣花说，村主任不是帮俺借钱给万三治病嘛，一共是两万。他来跟俺说，人家要钱了，两分利息——开始没听他说有利息，现在一下子冒出两分利息。让我赶紧办钱给他。刘大哥你说，现在让俺到哪里弄钱还他呀，家里就卖菜攒那几千块钱，儿子还说要买电脑，年后要交学费……绣花说说眼泪就下来了。

刘天贵从枕头下取出一个手帕裹着的包，解开，露出漆皮剥落的钱夹子，从中抽出一张邮政储蓄卡。

这里有一万六千多块钱，是我这几年种地、打零工和养羊的积蓄，没舍得花，准备给儿子娶媳妇用的。你先取出来还账。刘天贵把储蓄卡递给绣花。

绣花身子一偏，说刘大哥你这钱俺不能动。

拿着。刘天贵把绣花的手拿过来，储蓄卡拍在她的手心里。

绣花眼泪丝丝，愣愣地看着刘天贵。

一次，绣花又去事故组，回来说，负责案子的警察说，这个案子都过去几个月了，除掌握肇事车辆为小型货车，以及现场遗留的挡风玻璃碎片等有限信息，经过多方查寻，未发现新的有价值线索。

绣花给刘天贵送饭，回去时跟刘天贵说，村小学校里教书的李老师跟她说，要找到肇事者，关键是找到目击证人。当时在通往菜市场的路上出的事，有很多人围观，听说肇事司机还伸出头看，后来一加油门跑了。肯定有人记着肇事人的长相或者车牌号。李老师建议她打印几份有奖寻找目击证人的启事贴到出事地附近。刘天贵说你试试看。

绣花哩，肇事人躲得远，藏得深，你找不着的。刘天贵心里说。

启事贴出去不几天，绣花果然接到电话，到大棚里对正给蔬菜浇水的刘天贵说，刘大哥，有信儿了。一个男的给俺打电话说他当时在现场，知道情况，让俺十点前到新华书店对面等他。刘天贵头里嗡的一声，手里的瓢落进桶里。

哦？……那我跟你一起去，别上人当了。

到了新华书店对面，不到半个钟头，一个穿着汗衫，膀子上绣着文身的平头男人过来说，我就是打电话给你的人。绣花说，你知道肇事人下落？平头说，你先付我五百快钱我再告诉你，确定是肇事人，再付清一千五——启事上不是说奖励两千吗？

刘天贵说，那人有多大年龄？

平头说，四十多，就是本地人。

刘天贵一把拉过绣花，说，绣花你真信？走。

绣花犹犹豫豫，目光在刘天贵和平头间游移。

平头掉头就走，丢下一句话——真他妈欠把火！

毫无收获。绣花生气了，嗔怪说，你怎知道人家说的不是真的？瞎跑一趟。刘天贵说，你不懂，这警察都查不出，他能查出？——刚才那人一看就是个骗子。

绣花一路没理刘天贵。

到了六月，大棚上的塑料布全部揭开，辣椒、黄瓜、西红柿喝足了水，凝心聚力在太阳下疯长。每天早上，刘天贵照常拖一车蔬菜去趟菜市场，十点多赶回。这天一早，刘天贵和绣花在大棚里摘辣椒，砖房前停下一辆面包车，车上下来的是村主任。绣花过去招呼。村主任说，黄瓜、西红柿长得真喜人，绣花你家这几年搞蔬菜大棚搞出经验来了。绣花说，主任怎么有空到俺大棚地了。村主任说，准备到乡里开会，顺路拐过来看看。

上次绣花还了村主任一万多，还差几千。村主任钻进车，启动要走。绣花对车里的村主任说，那几千块钱过些时给你，主任。缓缓再说。村主任的头从车窗里伸出来。

傍晚，绣花还没送饭来，事情也做得差不多了，刘天贵坐在砖房前乘凉。风不大不小，吹在身上凉飕飕的，像温软的舌头，舔去刘天贵身上的汗迹和劳顿，舔出一天绝好的心情。风带来田里的麦香和沟里的蛙声，撩拨着刘天贵一天劳作后的欢愉。一只蛤蟆步履从容地打脚边路过，看到刘天贵一脸的笑容，眨了下眼，腆着肚子走了。

刘大哥哎，刚给万三换衣服，来晚了——饿着你了吧？嘿嘿。绣花人还没到跟前，笑声跑过来了。

肚里还有食呢。刘天贵站起身，开了个玩笑。

米饭。茄子烧肉。黄瓜蛋汤。刘天贵连吃加喝，动静很大。绣花扑闪着睫毛看刘天贵憨厚急迫的吃相。刘天贵像个美食家，用这样的吃相和动静，评价了绣花的手艺。

饭后，刘天贵点上一根烟，寻找着活神仙的感觉。袅袅烟圈里，绣花如仙境里坐着的菩萨。

天就要黑了，夜色漫进屋。风似乎看到屋里有人，矜持在门外。

刘天贵抬头看看外面，说，绣花妹子，天不早了，回去吧，别让万三有话说。

绣花像被人从睡眠中叫醒，僵硬地笑笑，忙收拾起桌上的碗筷。绣花前脚叉出门，后脚停了，回过脸说，刘大哥，这些日子我琢磨着一件事……你不是单身吗，秦桂香死了男人，我看你不如和她……

绣花的话里有一种坚硬的灼人的热度。刘天贵像被烫着了，嘴角抽了抽，说我不是此地人，就怕不合适……

七

水刚挑到地边，绣花神色惊慌地跑过来，捂着胸口咳嗽，张几次嘴没说出话。等气喘匀了，才对刘天贵说，刘大哥，刚刚老师打来电话，说小梦在饭堂里……吃吃饭……栽倒了，肚里的饭全吐了……老师让家长赶紧过去……

刘天贵一惊，哎呀，好好的没磕没碰怎么栽倒了——怕是贫血吧？你赶紧去看看。

绣花说，我收拾一下这就动身。刘大哥，得麻烦你了，我不在家，万三就交给你。大棚里顾不上就顾不上吧——反正没人给抢了……

谭万三的精神跑得无影无踪，不吃不喝。

吃点吧。刘天贵把饭端到谭万三手里。

……我他妈过的这叫什么日子呀，我前世造孽了呀我……谭万三哭得一脸狼藉。

谁在造孽呀——

刘天贵在心里诘问自己。

谭万三的眼泪落在碗里，碗在手里哆嗦。

老弟你别哭……老弟。绣花不是还没回话吗……也许不要紧。刘天贵宽慰。

谭家财来了。秦桂香来了。都劝谭万三莫往坏处想，孩子年纪轻轻的，不会有什么大病。就算有大病，现在的医院也能治。

晚上，刘天贵替谭万三脱去衣服，用热毛巾给他上上下下擦身子，换上他给洗的内衣，又把他的腿轻轻揉捏一遍；然后陪他说话，都说出哈欠来了。谭万三有点不忍，让刘天贵回去睡觉。

刚出门，手机响了，是绣花的电话。绣花在手机里哭，一浪一浪的哭声扑打着刘天贵的耳膜。哭声渐渐停歇了，绣花告诉他，儿子小梦得的是肾功能衰竭，就是常说的尿毒症。

像听到一个响雷！

医院……怎么查出是这个病？刘天贵疑惑了。

回答他的是又一阵悲怆的哭声。从绣花掺着哭声的断断续续的话里，刘天贵知道了这样的情况：小梦脸色苍白，浑身浮肿，加之在饭堂里栽倒、呕吐，医生认定为尿毒症症状。尿常规检查和双肾B超等检查结果确定了这一结论。而且，由于病人肾功能基本丧失，情况比较严重，医生建议尽快对病人实施肾移植手术，市医院不具备手术条件，需送往省城医院……绣花嘱咐暂时不要跟万三讲。

刘天贵把这事跟谭家财一说，谭家财眼睛大了一圈，抱头蹲在门边。

从常识上说，刘天贵知道尿毒症不算要人性命的绝症，可他知道，换肾是个大手术，费用起码得几十万——那是个让庄户人倾家荡产也拿不出的数目！现在，谭万三一家就站在倾家荡产的边上。一座山，毫无征兆地向这个家倾过来；一方天，不动声色地向这个家塌下来……

绣花回来一趟。刘天贵、谭家财和秦桂香坐在绣花对面。谭万三的咳嗽敲打着屋里的沉寂。绣花眼泡红肿，眼里噙着忧郁，但不是绝望，隐约可见接受现实的从容。绣花说，小梦现在还在病房里透析治疗，老师安排同学轮流照看。医生说手术必须做，越快越好。如果自己提供肾源，手术费大概需要十万——这笔钱，砸锅卖铁也拿不出哇。

换谁的肾？谭家财想到一个关键问题。

换我的。医生说这种手术，由亲属提供肾脏容易配型，成功率高一些。绣花声音沙哑。

谭家财把多年积蓄给了绣花，刘天贵的几百块零用钱也拿出来了，秦桂香从娘家借来五千块交给绣花，说保命要紧，绣花妹子。

凑了两万多，离那个数还差得远。刘天贵陪着绣花去找村主任。村主任说难办。绣花就哭。或许一颗心让绣花的眼泪泡软了，村主任说出去看看。在村部等了一会儿，村主任把一沓钱交到绣花手上，说拿着，这是五万，从李会计手里现挖的——人家打算订房子哩。不过，丑话说在前，三分利。

绣花让嫁在邻村的娘家堂姐和她一起带孩子去了省城医院。

情况出乎意料。绣花在电话里告诉刘天贵，医院验血报告说，她和小梦血型不对，必须重找肾源。刘天贵问怎么不对。绣花说她是 B 型，小梦是 O 型。刘天贵沉默了。找不到合适的肾，小梦就会死呀……咿咿咿……哭声撕扯着刘天贵。

医院走廊里的长椅上，刘天贵两手托腮，头垂在双膝间。头发突然白了不少，在朦胧的灯光里，闪烁着醒目的白，像落着雪花。

各项检查结果显示，刘柱和小梦血型一致，配型吻合，而且均达到健康指标，手术可以进行。

刘柱和小梦同时被推进手术室。

刘天贵像坠入悬崖，凄厉的叫喊撞击喉咙，被山谷吞没。

眼泪在两腮的褶皱里蜿蜒、奔跑。

他抓扯着头发，抡起拳捶击心坎。当然，他不能让绣花看到——绣花买东西去了。

他不知道他在做什么，但他清醒地意识到他以父亲的名义，拿走了儿子身上一件重要的东西，一件留存着他生命气息的东西。他无法容忍自己对儿子那件东西的攫取，但他不能不这样。

那天，绣花说和儿子血型不对，做不了手术，刘天贵就有想法了。刘天贵的想法是在彻夜失眠和大把的眼泪中酝酿出的。此前，他又接过一次刘柱的电话，刘柱说处了一个对象，要带给他看看。当时绣花在旁边，他捏着声音说千万不要来，这个地方不能来。刘柱说车也卖了，现在给沂河一家物流公司拉货。刘天贵咬牙说，怎么躲到家边口了。刘柱说出事时又没人看到，现在风平浪静了，没必要在外面躲。不错，让刘柱出去躲是他的主意。得知刘柱出事后，他先是惊慌，随后想到让刘柱投案，终于放弃了——现场没抓着，说不定能躲过去。

刘天贵打了一个电话给刘柱，说他包地种的这户人家对他很不错，他们的孩子得了尿毒症，要换肾，问刘柱能不能做件善事。刘柱知道他的意思，断然拒绝。刘天贵解释说，人有两个肾，有一个够了，另一个闲着也是闲着，干吗不拿去救人的命呢。刘柱说爸你忍心割我的肾？孩子，爸怎会舍得呀——你不知道，有件事你不知道，你来了就知道了……

一周后，病人刀口基本愈合，身体恢复较快。

绣花把刘柱的头搂在怀里，额头轻轻摩挲刘柱的脸。这是久违了的母亲的动作。刘柱的眼泪夺眶而出。

刘天贵泪眼迷蒙，仿佛看到久别重逢的母子。

孩子，绣花揩着眼角，小梦的命是你给的呀……他一辈子会记住你的好……

绣花拿到一笔学生捐款，交齐欠下的手术费。

八

离秋不远了，蝉的叫声有些羸弱。稻田里一片茁壮。一只青蛙在田埂上跳跃。微风过处，稻株摇曳。

绣花家。谭万三直着腿，腰下垫着枕头。

给你谭叔跪下。刘天贵拉过刘柱，指着床沿说。

绣花愕然道，刘大哥，你和柱子都是俺家的恩人，你怎么……

刘天贵别过脸。

叔叔，我……我对不起你呀……

刘柱双膝一弯，一头扎进谭万三的怀里泣不成声。

刘天贵把四个蔬菜大棚挨个看了一遍。夏秋交替时节，大棚里有衰败气象。杂草疯长，土地干裂。拔拔草，松松土，扶正倒伏的辣椒株，浇了一遍水，回到砖房，捆起铺盖——刘天贵要走了。

铺盖行李提在手里，看见门外两个人：一个是绣花，一个是秦桂香。

刘大哥，我跟你说，你不能走——秋里还要种萝卜白菜哩。

绣花哀求。

就是呢，刘大哥，在这儿过吧，哪里黄土不埋人哟……秦桂香的眼里含着温情。

刘天贵的手渐渐松开，铺盖行李慢慢滑落……

（原发《大地文学》2013年12期）

熄灭的炉火

蔡人词决定做个小买卖。

把想法说给老伴的时候，蔡人词心里有些拿不准，生怕这个想法在老伴那里遇到闪失。

丫头妈，这上岁数的人闲着不好，不如找点事做。他对弯腰抹桌子的老伴说，镜片里的目光是笑着的，他对这样的征询策略相当满意。

老伴听出蔡人词话里的关切，心里一暖。也是，打从离开老家，退了田地，跟蔡人词到学校来伺候他算起，到眼下快十年了。除了烧烧茶饭，浆浆洗洗，拾拾掇掇，再没别的事。从田里拔出腿，庄稼和鸡鸭鹅犬都泥巴一样从生活里脱落，和蔡人词住在巴掌大的教工宿舍，挤是挤了点，日子倒是清闲。清闲也是一种营养，让身子一天天肥硕。

你要拿什么事给我做？老伴停了手问。

蔡人词摘下眼镜，端在手里，说，你看，学校里也不供茶水，学生不是啃冰棒，就是喝生水，肚子早晚坏掉。你不如烧茶水卖，一毛钱一瓶，够本就行。

老伴略有疑虑：这倒也是——一分钱也是买卖，学校能给做？

蔡人词很有把握地说，学校里卖冰棒的开商店的都有，校长哪天管过？烧点茶水卖给学生也不算犯法，不但不犯法，学生还会感谢咱哩。

蔡人词鼓动老伴卖茶水并不盲目。这些年，校园里陆续出现冰棒摊子，摊主都是老师，还有用学校分给的宿舍开商店的，一下课，学生就围过去。挣的虽是小钱，但跟学生做买卖，就跟从地上捡钱差不多。每天夹着教本的蔡人词有些看不顺眼，觉得这些老师对学生是温柔的讹诈，太不像话了。有次趁给校长室送报纸的机会，他对校长张金石提出这个问题。张金石看着他足足有两分钟，才说，蔡老师，你把书教好，把报纸发好。就这一句，张金石就看报了。

每天下课过后，是学生找水喝的高峰。学校的水龙头拧不出水，学生就挤进蔡人词的屋里喝水。水是白天从学校的蓄水池里提来的，学校不收水费。提水不是个轻活儿，开始是老伴提，看老伴大口大口地喘气，蔡人词就不要老伴提，自己提。吭哧吭哧地提了一水缸，晚上就让一张张嘴给瓜分了。

看着学生把整瓢的水倒进肚里，蔡人词有些心疼，不是心疼水，也不是心疼力气，是心疼十一二岁的学生娃。蔡人词就说话了：别喝了，都别喝了，哪能这样喝……他张开双臂，像撵鸡一样把学生往外撵。喝水的学生以为他心疼水，愤愤地把水瓢往缸里一掷，一抹嘴说，不就喝你一瓢水吗？水是学校的，又不是你家的。蔡人词生气了，你这孩子哪能这样说话，喝生水会生病的。家里大人怎么教育的？

不喝生水，还能喝熟水吗？

要不，你让奶奶烧开水给我们喝，不是白喝，给钱。

正是这个建议促成了蔡人词的决定。

如果从生意人的角度说，蔡人词已具备做买卖的外部环境和不错的市场。但蔡人词偏偏不是从这个角度考虑问题。

这不是他做小买卖的缘起。

蔡人词买了两只炭炉、两口铝锅和七八个茶瓶，又买了一堆煤球，开始烧开水。起初学生不知道他家卖茶水，生意冷清。蔡人词找来一块缺了拐的小黑板，用红粉笔写上“供应茶水，每瓶一角”几个仿宋字，靠在墙脚。

买卖一开张，老伴就忙了。每天饭后，学生提着水瓶出出进进，老伴一瓶一瓶地往里灌开水，再接过零钱放在旁边的饭盒里。有时水没烧开，学生把空水瓶留下，蔡人词把空水瓶整齐地排好，一一灌满，等下了晚课的学生过来提。有开水了，学生就不用从缸里舀水喝，冬天晚上睡觉前还有热水洗个脚。虽说不是免费供应，学生心里还是不住地感谢蔡人词，认为蔡人词给的方便远远不止一毛钱。冬天里，学生冻得青头紫脸，就聚到蔡人词的屋里喝开水。火炉下的风门半开着，炉里的火旺得很，火苗像蓝色的舌头，在铝锅底下轻微地翻卷。锅里的水滋滋地响，热气在屋里升腾。学生喝白开水觉着寡味，问蔡人词有没有糖。蔡人词说有糖精。几粒糖精放进热水瓶，学生差不多可以喝一天的糖茶。糖精不收钱，这么一来，学生花一毛钱买一瓶开水，还能得到一些额外的收获。用蔡人词的话说，白送糖精能赚足人气。

蔡人词喜欢看着学生喝水，他知道学生咽下的是他给的温暖，不像喝生水时那样让他揪心。有时，他会说，我念书那会儿哪有开水喝，一肚子冷水，还不是自来水，是河里挑来的，一口苲草味。学生只笑，不接话。

卖茶水算是小买卖，也会遇到赊账的。高年级男生有些滑，每次提走一瓶开水都让蔡人词记账，蔡人词的备课本上挤满了数字。数字一天天变大、变长。蔡人词找准机会对欠账的高个子学生说，你都五十瓶没给钱了。又转过脸，挨个指着另外几个学生说，你，你，还有你，也欠不少瓶没结账了。

他不知道那几个学生叫什么，本子上只记他们的年级或班级号，凭着长相要账。欠账的学生许是摸清了蔡人词的脾气，就嬉皮笑脸地说，钱花光了，下周保证给你。后来一直到毕业也没给，蔡人词拿笔把账勾了。老伴不高兴了，说连煤球钱都收不回。蔡人词咧嘴笑，笑声扯得很长，说丫头妈，我是找事给你做，又不指望几锅水发财。话又说回来了，由他欠也欠不了你多少。

蔡人词每月都到邮局把钱存了。邮局的会计一沓一沓地打开橡皮筋捆着的毛票，一张张过数，眉头始终没有松开。蔡人词赔着笑，连声说给你添麻烦了，会计。会计是个女的，停了手，抬头看他一眼，很僵硬地笑了一下，接着点钱。

闲下来，蔡人词自鸣得意地跟老伴说，这步棋走对了。学生不用喝生水了，月月还能见些零钱。

老伴说，有事做是好，可我这腰直不起了，就抡起拳头捶腰。

蔡人词挪过凳子，伸手替老伴揉捏肩膀。

蔡人词算过，三块煤球能烧两锅水，两锅水正好灌满八瓶，卖八毛钱，三块煤球最多值四毛五，也就是说，卖八瓶开水，刨去成本，能落三毛五分钱。当然，每天到学生食堂门前的蓄水池来回几趟地提水，包括生炉子、往锅里倒水、往瓶里灌水这些劳动，也是成本，是多少，蔡人词没算过，也算不出。

学校不让教语文，每周除去上节历史课，给图书室打扫一下卫生，发发报纸，就余下不少时间，又不算老，蔡人词觉得每天和老伴守着炭炉，烧几壶开水，心里踏实。

“文革”刚露苗头，初中也念完了，蔡人词就鬼使神差地做了民办教师，月薪从十几块到一千多块的缓慢增长，像一条拉直的线，足够量出他三十年教育生涯的长度。三十年来，薪金增长以蜗牛一样的速度尾随着他，驱赶着他，直到两鬓如雪，身子佝偻。早些年，在课堂上，他像说鼓书一样说家乡的战事，说解放军的威猛。他用一连串的拟声词炮制出枪炮声、飞机声、马蹄声……他说的是 1946 年的宿北大战，他的家就在战区。蔡人词在课堂穿插这样的段子，是煞费苦心的，并非给学生灌输历史知识或进行爱国主义教育，是借以弥补授课艺术的不足。他是语文老师，却不知道语文课怎么讲。比如讲《大铁椎传》，他把教本贴着眼镜，用尖细的声音念：一贼提刀突奔客，客大呼挥椎，贼应声落马，马首裂。众贼环而进，客奋椎左右击，人马仆地，杀三十许人。念完这段，把教本搁在讲桌上，撸起袖子，手猛地一挥，道：拂晓时分，响马贼人多势众，骑马背箭地来了。这个大铁椎啊，手拿铁链，舞动铁锤，杀得贼人人仰马翻，脑浆迸裂。这阵势，吓得前来观战的宋将军尿了一裤裆呢——几锤砸死三十来个响马贼，你说大铁椎厉害不厉害？厉害！我就承认这个大铁椎有本事，有本事哩。

蔡人词手舞足蹈地配合着讲解，忽然瞅见后排的一个男生伏在桌上，睡得正香，就踱了过去。蔡人词把教本夹在腋下，两手用力照胸前一拍，大声说，了不得，可也了不得。那嘴角挂着口水的学生被这一声吓，腾地弹起身，对着口里还在说着“了不得，可也了不得”的蔡人词发愣。

一阵哄笑如巨潮席卷教室。学生们一直弄不清蔡人词所说的“了不得”是夸课本上的大铁椎，还是夸打瞌睡的同学。

说鼓书一般的讲解同眼前这个听课局面之间的反差，让蔡人词甚为失望。

宿北大战就是在这个时候搬进课堂的。果然不出所料——蔡人词看到满教室里都抻长脖子，竖起耳朵。兴奋处，蔡人词双腿弯曲，身子后仰，站成一个拼音字母“z”，双手击掌，尖着嗓子，笑得突兀而又绵长。

许是年纪大了，也可能是早些年课堂上那些“传说”走漏风声，教导处不让蔡人词教语文，让他教历史，兼做图书管理员和收发报纸。蔡人词不认为这是照顾自己，分明是信不过自己，就找到校长说，金石校长，我教语文教了快三十年，教顺手了，没改过学科。张金石三十出头，是蔡人词的学生，蔡人词不叫他张校长，而是名字连着职务叫。当然，众人场合还叫张校长。

张金石抬眼把蔡人词从上到下过了一遍，说蔡老师，语文是主科，你精力跟不上。代几节历史课，管理一下图书室，发发报纸，我看蛮好。

蔡人词一脸沮丧，两手一摊：我这老本行丢了。

张金石说丢就丢吧，两手抓着蔡人词肩膀，送他出去。

蔡人词天天到蓄水池提水，有人就看不下了。看不下的是抬笼屉的李三。李三看到蔡人词过来提水，板着脸说，一池水差不多都让你提了，你给多少钱水费？蔡人词哈哈两声，说李三师傅，学校安排你收水费的？李三脸一热，说学校没安排我收水费。又说，你拿不花钱的水烧开卖给学生，就是无本取利。蔡人词心里有些恼火，说，你的话我只当笑话听。

每天晚课过后，蔡人词的宿舍门前都围满了学生，蔡人词和老伴把他们的热水瓶装满，给钱的欠账的，提了就走。蔡人词笑容可掬地对出了门的学生说，脚底小心点，别碰着了。这样忙到十点，学生差不多都睡了，校园一下子跌入寂静。蔡人词让老伴先睡下，自己慢慢整理饭盒里横七竖八的毛票。

蔡人词发现，最近一段时间，教英语的张老师的脸上有点不对劲。开始蔡人词没往心里去，以为张老师碰到什么事了，也不便打听。张老师是张金石的本家叔伯兄弟，是代课教师，收入低，家属没工作，学校把看管学生自行车的事交给了他。车是住宿生的车，都放在车棚里，一周只开两次门，平时锁着。一辆车一周收五角钱，有二百多辆，这样一来，张老师一月就有四百多块的看车收入，比自己工资高出两倍多。来钱快，又清闲，是个好差事，但好差事也长着眼，不是哪个人它都能看得上。不光看车，张老师还买了冰柜，卖冰棒。张老师的生意做得有悖常规：常常是，看到某个班级是自习课，或周末毕业班补课，张老师就端着盛满冰棒的纸盒溜到教室窗口，学生竖起两根指头，张老师就递过去两支冰棒。这是蔡人词亲眼所见。对此，老师们颇有微词，但张老师照做不误。

刚卖开水那几天，张老师会有事没事地在蔡人词门前转悠，蔡人词看到了，招呼他进屋坐。张老师把头伸进屋，看看学生，看看炭炉，说生意不错嘛，老蔡。声音有些意味深长。蔡人词赔着笑说，这算个什么生意，几分钱的小利，哪比得上卖冰棒。张老师干笑两声，说，有你这茶水摊搁着，学生就不吃冰棒了。

蔡人词听出张老师嫌他卖开水碍事了，心里说，你卖你的冰棒，我卖我的茶水，咱是井水不犯河水。

有次从图书室出来，蔡人词看到张老师和李三说着什么，看他走过来，就不说了。

十多平方米的宿舍，放张床，搁张饭桌，加上碗柜和别的物什，屋里显得局促。现在卖开水，添了两只炭炉，地面摆满学生的热水瓶，几乎没有插脚的空了，出来进去都要侧着身，像通过雷区那样轻手轻脚。遇上学生打水高峰期，屋里挤得滴水不漏，蔡人词只能贴着墙做事，一泡尿憋出一身汗。衣物和书没法搁，蔡人词就在两边的墙上相对称的位置楔上橛子，扯一根铁丝绳，衣服、煎饼全挂上去。至于书报之类和不常用的东西，一律装进纸箱，捆了绳子，结个活扣，挂在墙上。如此一来，屋里就显得分外臃肿。对这样的空间布局，蔡人词很是乐观，对串门的老同事打趣说，我算把空间利用到极致了，小屋摊上我，一寸都不屈废。

刚从外乡调到本乡这所中学，而且带着农转非的家属，学校把靠近东围墙边的一间教工宿舍分给蔡人词。房子又矮又窄，外观上有些走形。蔡人词没有挑肥拣瘦，也没嫌弃，就住下了。他也没法嫌弃，因为校长说了这样一句话：蔡老师，学校住房紧张，不少青年教师都是两人住一间，你是快三十年教龄的老教师了，又带了家口，就给你一间吧。话都说到这份上了，蔡人词连声感谢，不感谢就不识深浅了。

屋里没地儿了，煤球就码在外墙根。码煤球的时候，蔡人词对煤球说，委屈下吧，屋里腾不出地儿，就住墙根吧。煤球是范庄老范用毛驴车从几十里外的城郊拉来的。蔡人词和老范说好，每月送一次煤球，质量要好，耐烧，不砍价钱。老范说，蔡老师，你我岁数差不多，只是不同行，你是教人念字的，我是赶驴车的，不过，我这赶驴车的，走南闯北几十年，在讲信义上，不比你识文断字的先生差。这话蔡人词听得入耳。有时，老范会多给几块煤球。蔡人词过意不去，就拉他进屋喝茶或喝两杯酒。几口酒下肚，老范一脸酡红，眯着眼在屋里扫来扫去，说你这屋太小了，还没我驴住得宽绰。老范觉得说失口了，探出舌头在唇边舔了一圈，抬手在嘴上捋了一把，改口说，还没我家的偏房大呢。蔡人词放开声，很响地笑了一通，说够了，够了。

临走，老范忽然想起什么事，把鞭子抱在怀里，跟蔡人词说：你闺女经常走娘家吗？

发现煤球少了是在早上起来解手的时候。头晚应市诗词协会约稿，蔡人词写了几首古体词，熄灯上床已是子夜。觉睡得沉实。被一泡尿憋醒，天似亮非亮，提了裤子出门，一眼就看到墙根的煤球少了一大半。蔡人词心里猛地一紧，顾不上小解，回屋叫醒老伴说，丫头妈，快起来，家里招贼啦……

这一说，如一声枪响，老伴的心像一只鸟，噗地应声而落。

哪个砍头的，俺没招你没惹你，竟来坑俺？

地上有脚印。蔡人词用手拃了拃脚印大小，在心里与所熟悉的脚进行对照。蔡人词认定，偷煤球的人肯定不是校外人，更不是职业小偷，因为煤球又脏又沉，也不值钱，不值得下手。那到底是谁呢？蔡人词推断的思路就此中断。

老伴哭了一个钟头，哭得一抽一抽的。蔡人词知道老伴不是心疼煤球，是觉得被人欺负了，心有怨气。蔡人词魂不守舍地在屋里来回走，把一本书卷成卷儿，照手心猛地一击，深深地喘了一口气。他对老伴说，是个丑事，休要说出去……

蔡人词找街上的电焊工焊一个大铁笼，上面加了盖，煤球装在笼子里，一把锁锁上。心里说，偷煤球的总不能连笼带煤抬了去。有老师看到煤球装在铁笼里，还上了锁，跟蔡人词开玩笑说，老蔡，怎么，煤球又没长腿，还怕它跑了？蔡人词说，煤球没长腿，人也没长腿吗？问话的老师硬是没琢透这句话的意思。

去提水的时候，蔡人词看到李三是笑着的，这个笑和在张老师家的酒桌旁完全不同，有一种异乎寻常的成分。蔡人词看到过李三在张老师屋里喝过几次酒。

有天，蔡人词正在屋里看市诗词协会编的《宿阳市建市十年诗词选》，后勤主任来了。后勤主任年近六十，快退休了，早年死了女人，做了十多年鳏夫，去年征婚征来一个安徽芜湖的女人，蔡人词还去喝过酒。进了门，后勤主任笑得有些节制。

后勤主任说，老蔡，有句话得说在当面。这开水你就别烧了，不少老师反映，说你拿公家的水加把火卖给学生是不妥的。

蔡人词把后勤主任的手攥在手里，说，老主任，学生天天喝生水不行，我烧开水卖给学生还不是为学生好？再说了，我每天提几桶水也值不了几个钱——真要是收费，这个钱我掏。

后勤主任说，老蔡呀，这话就说远了，不是钱不钱的问题，你是老教师了，教书为本，别为几个小钱坏了名声嘛。

蔡人词收起笑，愤愤地说，怎么，偷啦？抢啦？我不信卖几瓶开水能坏了名声。有本事把开商店的、卖冰棒的管好，再来说我的事。

晚课后，学校保安和值周老师轮番在蔡人词门口的路上巡查，像过去的巡捕。学生瞅准空隙，悄悄到蔡人词屋里灌一瓶开水就走。一个学生告诉蔡人词，班主任说，晚课后必须回到寝室睡觉，不许随便走动，不然就罚钱。

打开水的学生骤然减少，蔡人词一天卖不出两锅水，两只炉子就闲了一只。学生又把嘴伸到水龙头上接水，张老师的冰柜前又晃动着捏着毛票或硬币的小手。他的生意一直持续到秋末。

晚上，没什么生意，屋里冷清得让蔡人词无法忍受。炉子里的火苗寂寥地摇曳，一如蔡人词的心情。关上风门，火苗就下去了。屋里弥漫着煤烟味，蔡人词打了两个喷嚏。

丫头都有两个月没过来了。老伴说。

要不你去丫头家一趟，把她接来过几天。

蔡人词也想闺女，两个儿子都在外地工作，一年也回不了几趟家。现在，蔡人词对闺女的思念，像灯花，经老伴一挑，就亮了。上次卖煤球的老范问到闺女，他晓得老范的意思——老家方圆几里的人都知道闺女不是自己所生，包括老范。

还是二十世纪八十年代初，一个深秋的黄昏，正在吃饭的蔡人词看到一个面容憔悴的女人扭着身进了院子。蔡人词和老伴吃了一惊。女人腆着肚子说，叔，婶，俺快生了……行行好……俺快生了……

是个孕妇！蔡人词家靠近路边，所以孕妇就进来了。老伴起身把孕妇扶进屋，让她躺在床上先歇着。那时家里就一张床，蔡人词从草垛上扯来稻草，在堂屋里铺了草铺，又抱来被铺上，打算让孕妇在草铺上生产。孕妇呻吟着，直喊肚子疼。儿子刚五岁，不懂事，伸手过来摸孕妇的肚皮。蔡人词上去一巴掌，儿子哭着往妈的怀里扑。天黑的时候，妻子看到孕妇的裤裆湿了，知道那是破了羊水，赶忙找来庄上的接生婆。蔡人词带儿子出去了。蔡人词回来，见女人产下一女婴，红呼呼的像一只虾。女人在蔡人词家养了一个月，提出要走。蔡人词问女人家住哪里，孩子的父亲是谁，准备去哪里。女人一脸愁苦，什么都不说。女人忽然跪下，给蔡人词夫妇磕了三个响头，起身说，叔，婶，你俩都是俺的恩人，俺得走了，过些时来领孩子。女人一走杳如黄鹤。女孩取名秋花，蔡人词只叫丫头，不叫秋花。

八岁那年，秋花生了一场病，后来脑子就转不过弯，见人就笑，很少说话。蔡人词喝多了酒就哭，说秋花的病是自己给耽误的，当时不是在学校，也不会让秋花落下病根子。——对不住生她的娘啊。

秋花十九岁那年，蔡人词全家办了农转非，蔡人词带秋花去县里文教局办手续，回来经过一个镇上，蔡人词让秋花看着自行车，说是去朋友那办点事，等他回来，就找不着秋花了。后来打听到，秋花被镇上一个姓罗的男人带回家。生米煮成熟饭，蔡人词不答应这门婚事也不行。

秋花家穷，蔡人词每月从工资里拿出点钱给她，有时到城里办事，就到秋花家看看，见女婿心疼秋花，也就放心了。

老伴把秋花接到家，蔡人词先看看秋花老了没有，没完没了地问秋花家里的一些事情。最后说，在家多住几天，你妈跟前得有个人说话。秋花只笑不说话，提水，洗衣服。

蔡人词就笑了。

保安阴着脸，像驱赶羊群一样驱赶过来打开水的学生。蔡人词质问保安为什么不让学生打开水，开水里又没下毒药。保安说是后勤主任发话，让他跟后勤主任说。蔡人词心里说，老家伙够奸的。就去找后勤主任。后勤主任的门掩着，里面有哗哗的水声。推开门，热气袅袅，后勤主任正泡在一只缸里洗澡，只露出半个秃顶，像漂着一只瓢。那个安徽女人扬起手里的毛巾说，没看他在洗澡吗？出去。蔡人词讪笑了一下，带上门，在门外候着。

后勤主任的话也不是没有回旋余地。他说，也不是让你一瓶水不烧，限量烧，适可而止嘛。蔡人词客气了两句，说你是管后勤的，还请你多照应照应。蔡人词塞给后勤主任一条烟。

那以后，保安很少到蔡人词的门口转悠，学生像往常一样过来打开水。

这样过了不久，一件事让蔡人词撞上了。蔡人词认定不是个吉兆。

是个雾天。早上，天还没有亮透，蔡人词去解手，从厕所出来，他看到广播室还亮着灯。是不是广播室的灯忘记关了？就往楼上去。来到广播室门前，门没锁，推开门一看，校长张金石怀里搂着教导主任的家属，两张嘴对在一起。蔡人词心里猛地抖了一下，正要退回来，张金石已看到了他。蔡人词很牵强地笑笑，说，金石校长在呀，我只说广播室的灯忘了关呢……

蔡人词没把这事告诉任何人，包括老伴。他不去想张金石的作风问题，甚至没有丝毫的反感或厌恶，他觉得那样的事不在他过问的范畴。他是老教师了，从不关注别人的风花雪月。但是，这件事真真切切地被自己看到了，想置身于事件之外几乎不可能。你说是无意间看到的，张金石信吗？说不定他会认定你是暗中跟梢呢。所以，蔡人词不能原谅自己，不能放过自己的莽撞。他在心里骂自己：蔡人词呀，你个老不正经；蔡人词呀，你多管闲事。在灌开水的时候，他居然把开水往瓶口外倒，盛饭的时候，米饭竟撒到了地上。让老伴好一顿骂。你怎么的？魂让鬼摘去了？蔡人词就赔不是，他不想跟老伴说出实情。

有次，他捧着报纸走在校园中心路上，看到几个年轻教师围成一圈，叽叽咕咕谈论什么。细听，是说校长和教导主任女人的风流事。

主任经常往老家跑，家里的母鸡被人抱了也不知道。

母鸡嫩肉，啃着香呢。

…………

蔡人词风一样离开。

周前会上，张金石话里有话地说，身为教师应该为人师表，不要捕风捉影，搬弄是非。特别是个别老教师，心思不是用在工作上，而是做买卖上。我们这是学校，还是市场，啊？

蔡人词有如被烈火炙烤，一把一把地搓脸。

他找到张金石，说那个事他一直装在肚子里，没走漏半点儿风声。张金石哧地笑了，目光鄙夷地说，蔡老师，就不要多此一举了，忙去吧，我还有事。

隔了几天，蔡人词的胸口好像又被戳了一下——铁笼里的煤球成了一堆煤渣，还被泼了水。蔡人词想哭，但他制止了自己；也想骂人，一蹦三尺地骂人，而骂声却卡在了喉咙，出不来。蔡人词隐约觉得，四围有很多只眼睛用锋利的光刺着自己，还很冷，几乎让自己成了冰。同样是丑事，他不便声张。他用了一个上午的时间，用锅铲把掺了水的煤渣铲成不规则的小煤块，摆在屋檐下晾晒，干了，放在炉膛里烧。

老伴的话很挖人：都大半辈子了，老挨人欺负……哪天是个头哇……

蔡人词反驳：……做坏事能有个好？

这天下午放晚学后，蔡人词正往瓶里灌开水，就听到门外扑通一声，跟着是咔嚓一声响。一个女生摔在门前。幸好手里提的是空瓶，还没装开水。这是个瘦弱的女生，闭着眼，抿着唇，趴在地上一动不动。蔡人词估摸着女生是晕倒的，忙背起女生往医院跑。回来取钱时，老伴问孩子怎么回事，蔡人词从饭盒里抓一把钱，说医生说是贫血，说完就走。

女生家长赶到学校硬要把孩子的医药费还给蔡人词，蔡人词死活不要，说算了算了，往后可要注意给孩子增加营养。

蔡人词偏爱古体诗词，不仅喜欢读，还喜欢写。他常年订阅《中华诗词》等多种诗词专刊，经常写一些诗词，在地方晚报和市诗词协会办的《楚韵》上发表，不久加入市诗词协会。五十五岁那年，市诗词协会替他印了一本诗词集，名曰《宿阳民俗散撷》，是本地词人中用古体诗词记录本土民俗第一人。丧葬礼俗是这样写的：孝棚后首设灵堂，香火雾蒙烛放光。祭品陈设供桌上，鸡鱼肉蛋整猪羊！反映封建包办婚姻旧俗的诗词写得更是朗朗上口：十八岁大姐七岁郎，点上明灯抱上床。不怕婆婆心肠狠，把你抱上南山喂老狼！

他印了几百本，熟人中只要识两个字的，他就送给一本，那人就感动得不行。蔡人词就谦虚地说，瞎写的，瞎写的。

周末，蔡人词到市诗词协会参加完一个活动回来，路过花鸟市场的一个旧书摊，弯下身翻看一本诗词刊物时，衣襟被人扯了一下。抬头看，是一个十一二岁的男孩，脸上蒙着灰尘。旁边站着一个女人，四十上下，衣衫褴褛，头发凌乱。女人是男孩的母亲。女人说，老先生，给几块钱，让俺娘儿俩吃顿饭吧。蔡人词把女人和孩子带到一家小饭馆，请他们吃了顿饭。女人对蔡人词说，家里遭难了，男人开车撞了人，家底都赔光了也不够，男人出去躲债，抛下老婆孩子不管。怕讨债人上门找麻烦，就带孩子出来了。

蔡人词说，你这一出来，孩子不就没法念书了吗？

女人忧戚地说，命都顾不得了，哪还顾得了念书。要不出这事，娃儿秋里就该念初中了。

蔡人词把身上仅有的三十多块钱掏给女人，要了她的地址，一再强调说，不能耽误孩子念书，一天也不能耽误。女人千恩万谢一番，牵着孩子走了。

回到家，蔡人词只把带那对母子到饭馆吃饭的事跟老伴说了，没说给钱的事，也没说要人家的地址。老伴说，你就好心，也不怕遇到骗子。

蔡人词几乎很少买菜了，饭桌上一周也见不到一盘鱼肉。甚至，连油盐酱醋也节约着用。闺女送来的煎饼都生霉斑了，他也用开水泡着吃，菜是老伴腌的萝卜干或咸辣菜，嚼在嘴里咯吱咯吱响。老伴看不过，说这卖茶水多少也能挣点，月月还有千把块的工资，孩子都成家了，又不花你的，你节省干什么，钱又不能带进棺材。

蔡人词说，你不懂，以后用钱的地方多着呢，不节省不行。

夜深人静了，蔡人词写完诗词，就拿出邮局的存款单过数，算算手里有多少。这个钱他不能动一分。

学期临近结束，后勤主任对蔡人词说，这排房子是危房，学校打算暑期拆了重建。蔡人词问，我住哪里？搬到仓库去，等新房盖好了再搬回来。后勤主任又补充说，你上次请假一共是九天，扣你二百块出勤奖。蔡人词脸暗了一下，说那次喝多酒跌伤住院，是病假，又不是办私事。后勤主任说，也不算公事。

那是两个月前的事了，一个老师结婚，蔡人词去随礼，酒桌上，几个年轻教师轮番找他喝酒，他以为那是老师的盛情，就拦不住嘴，前后喝了几十杯，骑车回来跌进沟里。花了几百块的药费不说，一条腿到现在还瘸。老伴说，算你捡了条老命，你以为人家敬你呀，人家看你没大没小的，拿你当小孩耍。

蔡人词想去找校长理论，想想算了，扣钱也是校长发的话。

白教你几年书了。

老范送煤球来了，蔡人词很想和他说说话。老范卸完煤球，蔡人词留他喝酒。老范也不客气。

蔡人词说，老范哪，这房子马上要拆了，茶水不烧了，咱哥儿俩见面就少了。

老范说，这不卖茶水，做饭也要烧煤球的，你还得烧我煤球。

老范吱的一声把一盅酒喝了，吐了一口气说，有个人你可知道？

蔡人词问：哪个？

老范说：人家可认得你，你还帮过人家哩。罗庄的，罗乾友。

蔡人词想起来了。前年，罗乾友带着云南女人包了学校一间屋炸油条，卖辣汤。蔡人词过去买油条，和罗乾友很熟，对这个四十岁才娶上外地女人的老光棍的家境略知一二。罗乾友叹了口气说，半年租期眼看要到了，实在拿不出这笔房租。蔡人词让他来个金蝉脱壳——夜里搬走。罗乾友和女人是翻过墙头走的，后来一直没有音信。

老范说，罗乾友在镇上开饭馆，我送煤球过去，他提到你，一口一个好人。他说你看上去是书呆子，其实心里亮着呢。

蔡人词说，他总算熬出来了……

……听说你还替人家养了一个闺女，你比亲儿子还疼。菩萨呀！

说这话时，老范的嘴唇抖了几下。

蔡人词知道老范说的是秋花。

老范端起盅，和蔡人词的盅碰一下，仰起脖子咕噜一声。

搁下盅，泪水涟涟地攥住蔡人词的手说，好人哪……

蔡人词来到邮局柜台前，女会计眉头耸了一下。蔡人词说，大姐，我不是存钱，是汇钱。他按手里的地址填了汇款单，又从存款里取出三百元汇出。

过了一个月，他又汇出三百元。还寄去一封信，说每月按时寄去三百元。

这天夜里，蔡人词写完诗词正要上床，听到校园里人声嘈杂，还有杂乱的脚步声，赶忙出门去看。

教学楼西首有人拿着手电射来射去，是保安，还有几个老师。保安说，看好了，别让贼跑了。

蔡人词住在东面，他顺着门前的路往南走，接近楼东口，一个黑影迎头蹿过来。蔡人词拦腰抱住，大喊，快来人哪，快来人哪，让我抱着了。

这一喊，蔡人词忽然感到腰间尖锐地疼了一下，被抽去骨头一样瘫在地上。

耳边响着一阵模糊的声音，那声音像来自遥远，又像来自地下。

醒来的时候，蔡人词看到自己躺在医院的急救室，老伴在旁边一把一把地抹泪。

还有校长张金石、后勤主任和几个老师。

蔡人词知道自己挨了一刀，好在刀顺着心脏的边缘走，没奔心脏。

张金石说，好生养伤，药费由学校出。

留下这句话，张金石就走了，以后再没来过。

蔡人词在医院住了两个月，暑假过后，又住到他的宿舍。

后勤主任嘴里叼着弯脖子烟斗，告诉蔡人词，这排房子暂时不拆了。说关于医药费问题，学校打算发动学生捐款来解决。

蔡人词剧烈地咳嗽了一下，一口痰差一点冲向后勤主任那张饱满的脸。算了，别让我丢人现眼了。蔡人词合上眼，把后勤主任关在黑暗里。

蔡人词想好了，等身体好透了，继续和老伴烧茶水，他要攒点钱，他不能让信上说的落空。

蔡人词的盘算像一簇苗，一露头就被连根拔了。

出门散步的时候，蔡人词看到学校挨着学生厨房建了一个茶炉房，门边挂一个牌子，上写：供应开水，三角／瓶。探头一看，茶炉房里放着两只保温桶，可能没关实，下端的水龙头像前列腺炎患者的阳物，哩哩啦啦地往下滴水。对面坐着一个中年妇女在低头织毛衣。中年妇女不认识蔡人词，斜过眼问，要冲开水吗？蔡人词笑笑走了。神经病。女人心里说。

后来蔡人词弄清了中年妇女的身份，她是茶炉房的承包人。有人说是校长的表嫂，也有说是校长的表姐。

阴雨天，蔡人词伤口疼，下不了床。老伴把饭端给他。

老伴告诉他，说学生人人手里都有茶水票，一个月铁打不动要交十块钱，不要票的，老师就不让进教室。蔡人词知道这是货真价实的摊派。老伴还说，有老师说那晚你不上去抱住，贼也跑不了，校门口早有人守着。说你白挨那一刀。

蔡人词的伤口像被扯了一下，手痉挛似的抽搐。

秋一过，冬天一抬脚就来了。风歇斯底里，雪横着飞。

屋里生着炭炉。有雪花闯进来，细弱的火苗有些矜持，也有所畏惧。

歪在床上的蔡人词欠起身，他想给炭炉换块煤球。但腰间的疼痛制止了他。老伴不知出去做什么，还没回。

一阵风扑进来，很鲁莽，把门踹得哐当一声响。

是孩子们来打开水吗？蔡人词努力地翘起头。受伤住院以后，他就不卖茶水了。也可能永远不卖了。学生的出出进进和说说笑笑只在梦里停留。

一团雪花拥进门，抱住炉火。

蔡人词忽然觉得一阵冷。

锅里的水也止了声。

蔡人词知道，炉火熄了。

第二年秋，蔡人词收到一封信，信上说孩子已升初中了，一天学也没耽误。

还说过些时带孩子来看你……

蔡人词是当着老伴的面看的，老伴不识字，她不知道纸上说什么。

蔡人词把信折起来，攥在手里。

眼里一阵潮湿。

（原发《福建文学》2013年6期）

蚕豆花儿香啊，麦苗儿鲜

一

巷子里，收废品的铃铛响了几个来回，卜安醒了，翘起头，身子像被捆在床上。咦？酒伙同刘莉将自己的体力洗劫了。卜安立即否定这一想法。他更坚信，洗劫自己体力的不是刘莉，在极度亢奋中，刘莉的脸已被置换成另一张面孔，一张嵌在油菜花丛中的面孔。遗憾的是，为什么是在出租屋呢，要是在另一个地方就好了。那是个什么地方呢？一想到那个地方，卜安就闻到一缕香气。

头天从面临拆迁的印刷厂收购一台废旧机器，转手挣了三四千。这笔罕见的收成从天而降，让卜安抓着了。卜安打算请几个同样来自千里之外偏远乡村的同行吃顿饭。听说卜安要请客，刘莉说就在一勺鲜吃吧。一勺鲜饭馆位于浦东郊区一条没人能叫出名字的路口，每天来这里吃饭的人很少，饭馆的生意不太景气。当天晚上，同行们拥进饭馆，围着一张圆桌坐着。刘莉以女主人的身份端茶倒水，指挥酒桌上的人吃喝。刘莉飘逸的长发和怀里饱满的颤动，刺激着人们的酒兴。有人明明喝红了眼，还是僵着舌头，端起酒碗，梗着脖子一饮而尽。喝了几个时辰，醉话就冒出来了。卜安兄弟，你可别醉了，晚上有人给你唱戏呢。刘莉听出弦外之音，逮住那人又灌了两碗酒，顺便踢了一脚，骂道，有种你也找个唱戏的来。

刘莉的确为卜安“唱”了一出好戏。在那张沾着油渍、锈迹斑斑的铁床上，卜安躬身俯首听刘莉唱戏。

初始，刘莉像个响器，卜安这个吹手使匀了力气慢慢地吹，那响器发出的乐音是轻曼的、舒缓的，所营造的意境让卜安产生漫步祥云的错觉。这一错觉的确不错，卜安用心地把握着、咀嚼着，有细水长流的意思。慢慢地就不行了，卜安遏制不住狼吞虎咽的冲动，他要让他的响器快速步入高音区，同刘莉肢体交错，上下联动，形成打击乐和管弦乐深邃辽阔的混响，领着剧情走向高潮。二人的形影打在灯光涂抹的墙壁上，俨然一出民间皮影。

卜安侧过身，刘莉不在床上。刘莉去一勺鲜饭馆了。这个被一头长发篡改了年龄的女人，走的时候，好像贴着他的耳朵缥缈地说些什么。卜安伸出一只手臂，好像要证实一下体力，手臂砸下来的时候，卜安看到身旁躺着一根刘莉的头发，捏起绕在指尖上。卜安脑子里回放着认识刘莉的一些细节，像读着一段平淡的文字。像卜安这种以收废品为业的乡下人，来到浦东，与操着南腔北调的外地人构成一个身份大同小异，但结构相当复杂的社会，所能接触的异性，大多是混迹江湖的人。在这个高速运转的经济新区，对感情深信不疑的人，往往是手里捧着鲜花，脚下踩着陷阱。卜安当初在村小学做一名代课教师，尽管前途无望，却没打算出去打工谋生。卜安知道外面的世界太深了，弄不好可能会被淹没。好比是喜欢游泳的人，看不上溪流，总想到深不可测的大海里试试，结果可想而知。

可是，事情像风一样忽然转了向，这个代课教师改变了主意。离开学校时，卜安扭头朝教室窗口沉重地望几眼，心里说，对不住了，孩子们。卜安的不告而别，害得校长到处找，还以为他失踪了呢。

卜安闯入浦东，意图是明确的，挣点钱回家修一座像样的房子，再娶个女人。这两件事成了，对乡下男人而言，还有什么可说的。

在浦东几年了，手头说不上宽绰，年龄倒是一天天看涨。行走在熙熙攘攘的世界，卜安像水面上的漂浮物，他被这个世界里无法抗拒的气息包围着；他知道他和这里毫无血缘关系，不知是走错了路，还是命运将他安置在这里。在时光层层覆盖下，那个澎湃着麦浪，盛开着油菜花的乡村，漫漶在远方。走在城市的灯光里，卜安忽然有一种负罪感，这种感觉源于对家乡的疏离和背叛。父母的身体，是不是和土坯房的屋脊一样弯曲；他们脸上的愁容，是不是和田里的杂草一样丰茂……

洗漱完，差不多到吃午饭时间了，卜安打算去一勺鲜吃饭。正要出门，房东张老师腰里别着一把蒲扇进来了。张老师不是来要房租的，张老师通知卜安，出租房系违章建筑，马上拆了，让卜安重新找地儿。这地方处于浦东新区城乡接合部，随着外来务工人员的大量涌入，家家户户在空余的宅地上建起低矮简陋的民房，租给农民工。混在从泥土里走出来的群体里，卜安有点不太适应，尤其是吃饭这件事让卜安颇为不安。到了饭口，收废品的乡下人聚在出租屋前，煮了一锅面条，连汤带水地倒在塑料盆里，扯开嘴吞食。卜安从不和他们混在一起吃饭，一个人躲在房里细嚼慢咽，像出席一场体面的宴会，不失一个代课教师的斯文。

这么做还有一个好处。

房东是个肌肉丰盛的中年妇人，她热衷于观看乡下人吃面条，看到房客们——这些走街串巷蹬着三轮车收废品的乡下人——大口咀嚼面条的时候，她像看热闹一样乐坏了。卜安的目光从房门里溜出来，看到中年妇人的表情，庆幸自己的尊严没有遭到房东的欺凌。我才不让你看笑话呢。卜安斜了那妇人一眼。

二

这是一所乡村小学，两排砖瓦房形体扭曲，满面风尘。没有围墙，师生的一举一动都一览无遗。附近的村民，包括鸡鸭鹅犬，可以在操场上随意走动，春夏时节，甚至有人扛着鞭子在校园里放猪撵羊。办公室门前竖着一根木桩，上面悬挂的不是国旗，而是一块生锈的犁铧，轮到值周，卜安就抡起钟槌敲响犁铧，指挥师生上下课。高考失利，梦想夭折，经一位老师介绍，卜安来到这所学校任代课教师。这份职业并没给卜安带来多少安慰，虽说身在学校，但学校和村庄混在一起，村民和家禽牲畜穿梭其间，这对曾一度渴望走出乡村的卜安来说，简直是一种嘲笑和捉弄。而每月几十块钱的工资更让卜安难以启齿。照这样下去，不仅女人没有着落，家里几间旧房怕也只能等着寿终正寝了。

课堂上，卜安领着学生诵读《敕勒川》，在其苍茫辽阔的意境里，卜安和他的学生们，像一群游牧者，在阴山下吆喝驰骋，追赶洁白的羊群和远方的云朵。这是卜安幸福的时刻，他忘却了一个代课教师的身份，忘却了被梦想抛弃的乡村。每当放晚学后，同学们散去了，卜安站在夕阳的余晖里，看着木桩上吊着的犁铧，孤寂和悲凉包围了他。

冬日里，一次晨读课上，卜安正领着学生读书，呼呼的风声从窗户缝挤进来，与教室里琅琅的读书声扭在一起。卜安忽然看到教室后窗玻璃上，贴着一张脸，那是一张清秀单纯、未曾粉饰的少女的脸。一双眼睛温情地注视着教室里的读书人。第一次与如此热烈的异性的目光相逢，卜安心里涌起一阵热浪，忙收回目光，下意识地扯了扯衣角。窗外响起了笑声。卜安用更标准的语调继续领着学生诵读。此刻，卜安感觉自己的声音很美，带着几分动人的磁性，这不仅是一种示范，还有表演的成分。一篇课文读完，目光再溜到窗口，那张脸已不知去向。

那以后，卜安喜欢上了晨读课，每天早晨，学生稀稀拉拉走在路上的时候，卜安就早早坐在教室里候着。卜安清清嗓子，不停地校正声音，他绝不允许自己的声音有任何失误，他知道这么做并不是出于对职业的忠诚，他有过与职业分手的念头；而现在，他的努力有了另外一种指向。但一连几个早上，卜安都没有看到窗外那张脸再次出现。

饭桌上，父亲说，卜安哪，临时代课教师拿不了几个钱，又不是民办教师，一点转正的指望都没有。要不你就别干了，进城打工去吧。卜安抬头看看父亲，他有点捉摸不透父亲的意思。高考落榜后，听说村小学曾教过儿子的李老师介绍卜安到村小学代课，卜安有点不愿意，父亲翻脸了，说，你想种地不成？你会种地吗？你知道几时下种，几时栽苗？人家李老师一片好心，别让人说咱不识好歹。母亲和父亲的立场不同，她对卜安的父亲说，你这张嘴翻过来掉过去都是理，让安儿熬几年再说，城里有现成的差事等着他呀？再说一没亲戚二没熟人，他奔谁去？

冬天不知是几时走的。站在教室里，看到窗外的池塘里冒出尖尖的芦芽，土坡上浮起一层浅绿，卜安知道春天来了。自然课上，卜安把课堂移到了田野。这是教学上的一次探索，卜安领着班里的学生走在麦地间的田埂上，教学生认识春天的植物，记住它们的名字和类属。卜安对学生们说，我们把课堂搬到大自然中，既能接触大自然家族中的成员，又能领略明媚的春光，这叫一箭双雕。

有女生问，老师，你会打鸟？

麦地里腾起一阵笑声，惹得麦苗儿兴奋地摇曳。

人家那是打比方嘛，对不，卜老师？

笑声戛然而止。卜安听到身后传来柔软的声音。卜安转过脸，一个十八九岁的姑娘，挎着竹篮站在田埂上。姑娘笑得十分节制，一条又粗又长的麻花辫从后脑勺绕过来，卧在胸前隆起的部位。

好像在哪儿见过你……

卜安的声音像是被吓着了，哆嗦着。面前站着陌生女子，身边围着叽叽喳喳的学生，身后是辽阔的麦田。这是春天设置的一个场景，一种让人心动的气息弥漫其间。陷入矜持的卜安显得不知所措。卜安想说点什么，身边的学生妨碍他的表达，他像撵鸡一样，把学生撵到田埂上去观察植物。学生散去了，卜安问：你怎晓得我姓卜？

我还知道你的名字呢。姑娘捂着嘴，狡黠地笑了。

可以知道你的尊姓大名吗？

俺姓田，叫田翠翠。田翠翠勾着头，把辫子挽在手里。

卜老师，你读书声音真好听。田翠翠放下篮子，两手抱膝坐在田埂上。

卜安忽然想起，那个挨着窗户听他读民歌的女子就是田翠翠，当他打算把最美的声音献给这位陌生的听众时，窗外再无那张俊俏的面孔，让他一度苦恼和惆怅。现在，在这让人想歌唱的时节，与田翠翠不期而遇，卜安预测到，在碧波荡漾的春天，将有一种意外收获等着他。

卜安说，有次你在窗外听我领着学生读诗。田翠翠说，你看到啦？卜安开玩笑说，你喜欢听我读书，就到教室里听，就当是我的学生。田翠翠噘着嘴说，去，哪有那么大的学生，还不让人笑死。

卜安仰脸看着深远的天空，一种莫名的东西在心里升腾。他的心像生了翅膀，直入天空里去。

三

刘莉正在饭馆里择菜，看到卜安进来，忙起身拖过一把椅子让卜安坐下。卜安正想和刘莉说点昨晚的事情，刘莉朝一张餐桌努努嘴，卜安看过去，一位老者正坐在那儿喝早酒。老者举起杯子，示意他来两口。卜安笑着说，老先生，不用客气，您慢慢喝。待老者走出饭馆，刘莉告诉卜安，这老者叫李妙根，是本地人，家里开着棋牌室，有好几套房子，几乎每天早上一瓶红酒，一碟羊肉，都七十多的人了，那脸让红酒和羊肉养得红扑扑的，像刚出生的娃娃。卜安告诉刘莉，昨晚事做得过了头，差点没爬起来，再这样下去，命早晚丢在她的手里。刘莉眼里光芒洋溢，伸出食指往卜安脑门戳了一下，自己贪心还怨人家，没那本事，就不要找女人。你看人家李妙根，隔三岔五去理发店呢。你咋知道的？卜安问。张秃子说的，他常来这里喝酒，和张秃子熟悉，都是老男人，什么话不讲？

刘莉的话，让卜安感觉喉咙里像噎着一口痰。

卜安告诉刘莉，张老师通知了，让重找房子搬出去，她家的出租屋就要拆了，说什么要搞环境综合治理，所有违章建筑一律拆除。刘莉说，租房子不愁，要不，我问问李妙根家里有没有空房。

卜安和刘莉认识快两年了，说不上对刘莉有什么感情，和刘莉之间发生的事情，纯属男人和女人之间生理上的合作。卜安觉得对不住刘莉，在刘莉视自己为精神和感情双重依靠的时候。来到浦东后，刘莉是第一个闯进卜安生活的女人，她以田翠翠的姿态走进卜安的感情领域，卜安冰封的情感春水一样泛起涟漪。

当意识到一些往事成为命运策划的一场骗局，他对代课教师这个职业的热情连同对那片土地的眷恋随之退却。随着进城农民异军突起，目送他们远去的背影，乡村只能仰天长叹的时候，卜安决定背上行囊，离开乡村。父亲没什么文化，但父亲在他去留问题上是颇有主见的。

在一个晨曦初露的早上，他逃离了那所学校。学校和那里的学生居然没看出任何迹象。说不定晨读课上，学生还在等着老师领读课文呢；或者在春天到来的时候，学生们还等着老师领着他们走进麦田，亲近春天的植物。但这已经不可能了，他不能像植物那样在风和日丽中蓬勃，他的生命中没有春天。这就释然了，卜安找到了离开的理由。

像一只长途迁徙的倦鸟，卜安降落在浦东一个郊区。他找不到合适的工作，他无法用体面的职业维护层层包裹的尊严。他买了一辆三轮车，混入收废品的队伍。从一个代课教师到一个收废品者，是身份上的艰难转换，仿佛是命运对他的惩处。他不会和厂家讨价还价，也不会和操着南腔北调的同行争抢生意，更不会在适当的时机顺手捎带。

年近而立的卜安，在孤独的梦境中，身体不止一次地受到某种欲望的撞击，他霍地坐起，用一支烟安抚了自己。

菜市场里，刘莉一个平常的姿势，让卜安怦然心动。这是多么眼熟的姿势呀！

那个早上，卜安蹬着三轮车在印刷厂转悠，印刷厂老板把他叫过去，说有报废的印刷品要卖给他。卜安从车上跳下来，给老板一支烟，一笔买卖就成了。转手卖给废品收购站，赚了800

元。卜安打算买几个菜慰劳自己，来到菜市场熟食店，就遇到了刘莉。刘莉笑容可掬地问卜安想吃点什么。卜安左看右看不知买什么好。刘莉说，老板，酱猪蹄好吃，又香又耐嚼。卜安让刘莉把猪蹄剁一剁，刘莉手起刀落，动作干净利索，卜安不去看刘莉剁猪蹄，目光落在刘莉俯首弯腰的姿势上。

这是乡间女人的姿势，卜安分外熟悉。小时候，卜安常常看到，母亲和面、切菜，也是这个姿势，这个姿势在他童年的生活里，呈现母性的温暖和劳作之美。多年以后，他看到了另一个女人类似于母亲的姿势，这曾让他一度迷恋。

刘莉把酱猪蹄装进塑料袋，递给卜安，说，老板一定是个顾家的人，回去和老婆孩子一起吃。卜安笑了，我一个人吃，老婆孩子还不认识我。刘莉自知说错了话，缩了缩脖子，说不好意思，老板，不过不用担心，好男人不愁找不到老婆。卜安说，这是你自家的店？刘莉说不是，我是替人打工的。几轮话说下来，卜安对刘莉有了好感。那天卜安喝了半瓶酒，醉眼蒙眬中，好像看到一个躬身劳作的女人的侧影。

卜安又去了那家熟食店买过几次菜，一来二去和刘莉就熟了。卜安请刘莉吃过几次饭，陪刘莉看过几场电影。卜安告诉刘莉，他做过代课教师，和粉笔打过几年交道，只是工资太低，养活不了自己，就来浦东打工了。刘莉说，第一次看到你，我就觉得你文质彬彬的，说话也中听，肯定是个文化人。卜安叹息说，有文化有啥用，在农村，没有关系没有背景，识再多的字也派不上用场，还不得出来打工？刘莉说，打工又不丢人，现在谁不在替人打工。

卜安有些感动，为刘莉对自己这一尴尬身份的认同。

有天下午，卜安让刘莉过来吃饭。刘莉从熟食店带来两个熟菜，卜安拧开一瓶酒，一人倒半碗。卜安端起碗说，没有好酒招待你，来，喝吧。刘莉说，我不大会喝酒。卜安说，能喝多少喝多少。卜安猛一扯脖子，半碗酒下去了。刘莉抿了一小口，辣得直吐舌头。卜安说辣不辣？刘莉拿胳膊肘捣他一下，坏死了，一点不知道心疼人。卜安让刘莉练练，好陪他喝酒。卜安这么一说，刘莉受到触动，又喝了几口。

卜安问刘莉是怎么到浦东来的。刘莉端起碗，碗口刚挨着嘴边停下了，跟着眼泪就滴进碗里。刘莉说高中毕业后，在镇上的一家织布厂上班，没想过到外面打工。厂里一个叫夏天的男孩看上了她，夏天嘴甜，又会照顾人，刘莉就答应和他相处。没到一年，看到村里人纷纷往城里跑，夏天熬不住了，让刘莉和他到大城市去闯闯。刘莉征求父母意见，父母提醒说，大城市没咱乡下平妥，啥人都有，乱得很，一个乡下丫头混不出个好来。刘莉说，不是有人领着嘛。母亲说，夏天那孩子有多大本事？

到浦东不久，刘莉怀孕了。孩子生下来没几个月，夏天因为盗窃电缆被判处一年徒刑。刘莉抱着襁褓中的婴儿，待在几平方米的出租屋里，几次萌生轻生的年头，是孩子的啼哭制止了她。常有租住在附近的乡下男人进门，帮她冲开水，有的还买来奶粉，醉翁之意不在酒地嘘寒问暖。刘莉以为遇到了好人，正说些感谢话，那男人的手就挪到了刘莉的胸上。刘莉把男人的手推过去，说你找错地方了，我不是你想的那号人。

身无分文的刘莉向房东借了回家的路费。

看看，我就说他靠不住，这还没结婚，孩子就抱上了，丢不丢人？父亲红着眼说。

她又不是神仙，她能知道会走这一步？做母亲的总是向着闺女说话。

刘莉把孩子托付给母亲，只身一人又来到了浦东，经熟人介绍，在这家熟食店打工。

家里来电话说，夏天出狱后就找到门上要回孩子，说那是他的种，必须还给他，不然就得出人命。刘莉说孩子给他吧，就当还了前世欠下的一笔债。后来听说，那孩子被夏家卖给了山东人，到手的钱让夏天挥霍得所剩无几。刘莉夜夜啼哭，滴滴眼泪诉说着悲伤、怨愤和仇恨。多少个睡梦中，她踩着云朵翩然飞到遥远的山村，孩子冲她挥着小手，她奔过去，刚要抱起孩子，小家伙风一样消失了。也会梦到夏天提着刀冲进门，刘莉死死地抱着孩子，双膝跪地，哀求夏天不要带走孩子。夏天凶神恶煞地夺走孩子，扬长而去。刘莉披头散发，赤着脚追上去。还我孩子，还我孩子——

凛冽的夜风卷走了刘莉的哀号……

四

卜安领着学生回学校的时候，田翠翠已经挖了一篮子荠菜。

田翠翠说，刚开春的荠菜嫩，包饺子才好吃。卜安说，好吃是好吃，可我家没人挖。田翠翠说，要不晚上我给你送来，我家离学校不远。你在学校等我。卜安说，不麻烦你了，老师们看到了不好。田翠翠说，怎么，老师看到了，还能吃了我？

师生们走得差不多了，卜安一个人在办公室里批改作文。

报告。田翠翠倚着门边，捂着嘴笑得不行。

卜安也笑了，故意说，你又不是学生，进办公室哪用报告。

田翠翠手里提着用围巾包裹的东西，解开围巾，是一个铁皮饭盒。卜安拿手试一下，热乎乎的。田翠翠说，刚出锅，赶紧趁热吃了。卜安打开饭盒，看到里面挤着一群玲珑饱满的荠菜饺子，一股清香扑上来，禁不住舌尖生津，一种吞食的冲动不可遏制。正要下手，田翠翠把他的手扒拉过去，说，这有筷子，老师哪能下手抓。当着田翠翠的面，卜安尽量表现出文雅的吃法，他要用细嚼慢咽挽留一种不同寻常的感觉，他的心一同参与这顿在他看来，与春天融为一体的女子带给他的美食。

有了田翠翠的介入，卜安发现乡村是美好的，是朴实无华的，天空辽阔纯净，云彩一尘不染，河水清澈可鉴。这种发现消解了乡村的贫穷带给他的忧愁，稀释了梦想的夭折带给他的疼痛。这是田翠翠，一个他未曾想到和他的生命产生交集的乡村女子，对他精神世界的重构。他从田翠翠的外表、举止和声音里，感受到一种足以让他振作的蓬勃的力量。

进了四月，桃花开得如醉如痴的时候，麦苗儿也风姿绰约了，多情的风激动得不能自持。田埂上蚕豆花儿开了，淡紫色的花瓣微微翘起，花瓣下尚未打开的花苞黑白相间，像京剧里的净角花脸。

卜安和田翠翠走在田埂上，蚕豆花温柔地抚摸着他们的裤脚。田翠翠弯下腰，鼻子伸到一朵蚕豆花上，鼻翼猛地一收，嘴唇微启，一副陶醉的样子让卜安忍俊不禁。

香不香？卜安俯身问。

香是香，哪比得上桃花。田翠翠噘着嘴。

蚕豆花开得低调，哪有桃花那么张扬，她们是大自然的女子，姿色和气质各有不同。蚕豆花是乡村女子，性格内向，朴实安静；桃花是城里女子，浓妆艳抹，喜欢招摇。田翠翠看了卜安一眼说，就你会说，到底是教书的。卜安说，你就和蚕豆花一个样，走在田埂上，天上的鸟还以为是一朵蚕豆花呢。

田翠翠朝卜安脸上吐口气，就瞎说。

田里的画面，让卜安想起了一首歌，就问田翠翠，你看过电影《柳堡的故事》吗？那里有一首歌，歌名叫《九九艳阳天》。田翠翠说，看过，电影里那首歌可好听了。这里没人，要不，你唱给我听听。卜安说，我要唱跑调了，你可不能笑话。卜安压低声音唱了几句。田翠翠望着天边一轮温情的红日说，俺这里要是有风车就好了。

卜安回到家，母亲说饭在锅里，让他热了吃。卜安说吃过了。母亲问在哪儿吃的。和女孩子交往的事不便和母亲说，在母亲一再追问下，卜安说在学校里吃了一饭盒荠菜饺子。母亲觉得可疑，说学校又不是饭店，哪来饺子。卜安见瞒不住了，就跟母亲说了实话。母亲说，田翠翠？村主任就姓田，你问问是不是田日天的闺女。

周末，应卜安的邀请，田翠翠第一次走进卜安家三间土坯房。卜安的母亲端来一瓢花生，说，吃吧，自家种的。俺这家穷啊，让人笑话哩。话又说回来，穷瞒不得，丑遮不得，包干到户这几年，日子比往天好多啦。田翠翠说，俺姨你说远了，农村家家日子都差不多。卜安的母亲问田翠翠家里老的叫什么，田翠翠脸有点红了，她觉得父亲的名字有点说不出口。听人说，田翠翠的父亲以前不叫田日天，叫田丰收，当上村主任以后，喜欢捞点村里的油水，有人打算到镇政府把他这个村主任告下来。酒桌上有人跟他提起这事，田翠翠的父亲猛喝了一碗酒，抡起拳头砸着胸脯说，告我？我看谁有这个日天本事。这么一来，人们张口闭口不是田丰收，而是田日天了。

见田翠翠欲言又止，卜安对母亲说，抓紧做饭吧，你看翠翠脸都红了。母亲感觉问得有些不妥，忙改口说，你是田主任家的闺女吧？田翠翠点点头，就是。

卜安的母亲和好面，横下擀面杖擀面。田翠翠说，俺姨，让我来擀吧。田翠翠系上围裙，弯腰垂首，双手均匀用力，擀面杖在面团上来回游走，转眼间，面团成了一张锅盖大小的面皮。田翠翠把面皮折叠成长条形，右手持刀，左手按面，菜刀频频切割，手背徐徐后退。切完面，双手轻轻一提，韭菜叶宽的面条就出来了，每根面条宽度均匀，毫无差异。卜安哪里是在看田翠翠擀面，分明在欣赏魔术师一场不俗的表演。田翠翠擀面、切面的姿势，提炼出乡村无与伦比的美丽，纵使漂泊远方的城市，卜安也未曾忘却。

送走了田翠翠，有邻居上门对卜安的母亲说，娶了村主任田日天家的千金小姐，你家八辈子烧了高香啦。

卜安的母亲谦虚地说，还在镜子里照着呢，俺这穷家破院的，谁知人家能不能看上。

五

张老师告诉卜安，房子月底就拆，让卜安抓紧找地方。刘莉说李妙根家有空房子，过几天就搬过去。卜安问房租贵不贵。刘莉说，李妙根和我是老熟人，他不会多要钱，老头子还指望我给他碟子里多放几块羊肉呢，这老家伙快吃成神仙啦。

搬家那天，刘莉过来帮着拿东西，还买了两只枕头。卜安说我一个人睡，要两只枕头干什么。刘莉瞪了他一眼。卜安明白刘莉的意思了，有点不太情愿地说，刘莉，你跟李妙根说过咱俩是夫妻吗？刘莉说，没说过，有次他问到我家里的情况，想想夏天那个人面兽心的东西，我就气不打一处来，我就说我男人死了，尸首早让狗给吃了。卜安说，那你就不能在我这里过夜，让人背后说闲话多不好。

刘莉坐在床沿上，没接卜安的话，却抽泣起来。卜安知道话说得有点重，他怎么专拣刘莉不爱听的话说呢。一时又找不到合适的话安慰刘莉。卜安抬头看到墙上一张半裸的女人画像，伸手扯下来，自言自语地说，这些女人真不知耻。刘莉认为卜安话里有话，抓起包冲出门，顺手一带，门哐当一声，卜安听出了刺耳的愤怒。

接下来的日子里，刘莉没有来出租屋，卜安也没去找她。对外面的女人，尤其是处身于混杂着各色人等的复杂环境里的女人，卜安始终抱着戒备心态，那些出入娱乐场所、不学无术、无正当职业的女性，卜安更是退避三舍。这让他常常想起家乡，那个被穷困禁锢却弥漫着芬芳的乡村。他知道乡村不能给他什么。

但有一点，他深信不疑，乡村还有另一种与生俱来的东西，那是一种光芒，在异域他乡，在迷惘无助的时候，乡村的光芒指引着他，照耀着他。

而现在，他远离了那种光芒的指引和照耀。他蹬着三轮车，摇着铃铛，奔波在喧嚣和冷漠之中。他不再领着学生诵读诗文了，也不再唱着那首动人的歌谣。

在这个躁动着的地方，卜安告诫自己不碰女人，他不认为这是不食烟火，而是不容非分的欲望，玷污那圣洁的精神领域。他失败了，是刘莉那个似曾相识的姿势打败了他，是依旧行走在梦境中的田翠翠打败了他。和刘莉来往，他知道刘莉不是田翠翠，但他试图制造和田翠翠在一起的假象。一次他喝醉了酒，在酒力唆使下，他第一次和女人有了深度接触。醒来后，刘莉的手臂环着他的脖子，娇嗔地说，看你文质彬彬的，发起疯来像一头牛。卜安坐起身，头埋在双膝间吼道，不要再说了，我喝醉了，你也醉了吗？他知道，多少个夜晚，和一个乡村女子走在清冽的月光里，晚风弹奏着蛙声，星光在天幕上闪烁，正是做点什么的时候，卜安居然连田翠翠的手也没碰。

后来卜安管不住自己了，尤其是酒后，体内开始波涛汹涌，意志在巨浪面前不堪一击，某种东西轰然坍塌。他的身体和灵魂开始分离。每次和刘莉完事后，一种深重的罪恶感袭击着他，折磨着他，他在泪光里，看到道德丑陋的面目。

一个声音在耳边响起：死吧，死吧，去死吧——

卜安不能忘记，田翠翠的父亲田日天让一名村干部捎来的话：死了那条心吧，想娶翠翠除非盖起两层楼。

卜安不能忘记，田翠翠咬着辫子，泣不成声地离开了他，她说县城的姑妈答应她的父亲田日天，一定让她嫁到县城去。

卜安不能忘记，在昏暗的灯光下，通宵达旦，为田翠翠画的几张古代仕女图。

卜安试图忘掉田翠翠，尽管他知道田翠翠和他一样离开了乡村，或许在某一座城市。

卜安绝不怀疑刘莉对自己的感情，刘莉几次提出和他一起到他的家乡看看，卜安没有答应。刘莉说总不能就这样耗着，有个家心就安了。卜安没有和刘莉结婚的意思，他不能自欺欺人地和刘莉结合，他认为没有爱做支撑，即使牵手，婚姻也是形同虚设。在这里，在这充斥着喧嚣和欲望的地方，他感情的触角无法伸展。

刘莉几天没来出租屋，卜安有些忍不住了，他来到熟食店。店里没什么顾客，刘莉坐在菜柜后，拿着苍蝇拍驱赶苍蝇。

卜安笑着说，生气啦？我脾气不好，别往心里去。

刘莉没好气地说，我知道你烦我，八成又有女人了。男人睡女人，就跟下馆子一样，一天不换口味心里就难受。

卜安说，我是那样的人吗？

刘莉说，是不是那种人自己知道，天下没几个正经男人。你能敢对天发誓，除了我，你没碰过女人？

没有。

心里也没有装着女人？那次喝醉了酒，你嘴里叫着翠翠这个名字，翠翠不会是个男的吧？

卜安的确没有跟刘莉提起过田翠翠，那次醉酒，准是说漏了嘴。

卜安转了话题说，一勺鲜张秃子说他那里缺人手，你到一勺鲜饭店去吧，比卖熟食好。卜安给刘莉一把出租房的钥匙，说平时做生意忙，让刘莉帮着整理房间。

这天中午，饭店里客人走得差不多了，刘莉来到出租房给卜安做午饭。卜安转了半天一无所获，骑着空车回来了。热乎乎地吃着面条，卜安心里充盈着暖意。正吃着，李妙根捧着茶杯进来了，另一只手捏着牙签，歪着嘴剔牙。

好，好，小刘人好，活儿也好。李妙根弯着小手指，弹去牙签上的残食。

刘莉心里一惊，红着脸说，李老板笑话了，乡下人能入你城里人的眼？

卜安嘴角挤出一丝笑意，他不想和这种饱食终日的人说话。李妙根干涩地笑了两声，意味深长地走了。

卜安跟刘莉说，少和李妙根这种人接触，一肚子男盗女娼，天天吃羊肉喝红酒，他是在养身上的那个家伙呢。

刘莉说，卜安你就瞎操心，我跟他能有什么接触，这种死老头子，就是进了棺材，也不忘干那事。

六

卜安决定离开浦东，准确地说，他决定离开刘莉。

刘莉拿出两万块钱的时候，卜安的眼睛大了一圈，他不相信在饭馆端盘子的刘莉会有这么多钱。刘莉说，反正不是偷的，这钱你拿去买辆二手小货车，省得蹬着三轮车到处跑，你看来这里收废品的人有几个还骑着三轮车。脸都累黄了，也挣不了几个钱。

卜安说，实事求是地告诉我，这钱哪儿来的。

刘莉咬着嘴唇说，我问李妙根借的。

李妙根？借钱给你？卜安苦笑一声，莫非这只骚狐狸还是个活菩萨？

刘莉背过脸，真是好心成了驴肝肺。

李妙根那句话卜安不是没掂量过，他意识到这句话的背后潜伏着某种隐秘。那天收拾房间时，卜安发现床腿处躺着一个烟蒂。卜安猛地颤了一下，眼睛像被烟蒂烫着了。烟蒂告诉他，李妙根来过出租房。这里发生过事情。卜安想问刘莉李妙根是不是来过，但一根烟蒂似乎不足以认定某种事情的发生，如果捏着烟蒂向刘莉贸然质疑，刘莉一定会骂他神经病。

现在，刘莉拿出两万块钱给他买车，这就坐实了他的猜测。

草长莺飞的时候，卜安回到老家。几年不见，母亲老了不少，眼眶深深凹下去。父亲脸上皱纹交错，腰弯成一张犁铧。父亲在无望地耕耘着日月。村里不少人家翻盖了新房，有的人家竖起了楼房。自家的三间土坯房缩在岁月的风尘里，如一个丑陋的乞丐，随时有坍塌的可能。父母就住在这样的旧房里。他们等着儿子归来，等着这个做过代课教师的儿子，从城里带回让他们振奋的消息，——至少，在他们有生之年，能看到一栋像样的砖房。

但这种等待只能以叹息终结。

卜安觉得对不住父母，对不住这个家。他不敢出门，不敢见到村里任何一个人，甚至一条狗都有可能嘲笑他。

夜间，人们都沉入梦境的时候，卜安悄悄地披衣下床，他抬脚刚要跨过门槛，父亲床上传来模糊的声音——回来吧，回来吧。那是父亲的呓语。

卜安走出院子，站在一棵苦楝树下。风携带着蛙声和花香，向这位归来者致以问候。

田主任的闺女回来了，说是回来照顾她的老子。吃早饭的时候，母亲说。

她不是嫁到县城去了？卜安说。

别提啦，听说是嫁给县化肥厂的一个干部，那干部手里有几个钱，又拐了个小的，田主任的闺女不依，这一闹，就离了。母亲说。

卜安看着母亲，他希望母亲说给他的只是传言，即使田翠翠的婚姻出现变故，他也断不会幸灾乐祸，虽然田翠翠离开了他。

离家几年，床头一摞书没人动过，上面堆积一层灰尘，几乎辨不出书的面目。卜安拿起一本杂志，正要掸去尘埃，一张水彩画掉在地上。捡起，展开，卜安看到一块碧绿的麦苗，麦苗间盛开着蚕豆花，如振翅欲飞的蝴蝶。麦田边一条弯曲的小河，河边长着垂柳，垂柳那边是依稀的村庄。

这是卜安的手笔。这幅画是要送给田翠翠的，田翠翠走了，这画一直被尘封。卜安折起水彩画装进口袋，出了门，他打算去那所小学看看。

卜安没有看到学生，问一个过路老者，说村小学撤并了，学生都到镇上念书了，学校让一个农民工买下办了养鸡场。

天色向晚，一轮巨大的落日与地平线若即若离。那块麦田还在，在落日之下，麦苗罩着神秘的面纱。走近麦田时，卜安目光像被点着了，他看到田埂上移动着柔软的背影。

背影像长着眼睛，停下了。

是她！

我知道你早晚会回来。田翠翠望着落日。

我没指望能再碰上你。卜安说得有些沉重。

田翠翠走在前头，卜安后边跟着。卜安没有看到那根辫子，他看到黄色的头发柔顺地披在田翠翠的肩上，两只耳垂上悬挂着镶嵌着蓝宝石的耳坠。

卜安有些眩晕。

田翠翠停下说，在这儿坐一会儿吧。

卜安没有打听田翠翠的境况，他觉得听田翠翠说更好些。田翠翠骂自己不得好死的男人，还说最恨的人是父亲田日天，当然也包括县城的姑妈。卜安说，你父亲还干村主任？田翠翠说，早让人给告下了，村主任不干了，身体就得病了，我这不是回来照看他吗。医生说活不了几年，唉，早死早好。

卜安说，翠翠，你不能这么咒他，当初他也是为你好，让你过城里人的日子。

田翠翠不屑地哼了一声，什么城里人的日子？我就是栽在城里人的手里。卜安的话戳到了田翠翠的痛处，田翠翠呜咽起来。

卜安说，过去的都过去了，别伤心了，人都有走错路的时候。

田翠翠抬起眼，看着这个曾以浑厚的男中音走进她心里的男人，身子慢慢斜过去。卜安双手正要伸过来，一个意识阻止了他。他僵硬地坐着。田翠翠靠着他，他听到了亲切而又陌生的喘息。

四起的蛙声，温情的晚风，还有闪烁的星光，指引着他，暗示着他。

卜安没有迎接田翠翠嚅动的嘴唇。

满天的星光，照着麦田的沉寂和归来者的凄迷。

村庄里，最后一盏灯火熄灭的时候，田翠翠好像睡去了。

卜安眼里亮着月光一样的东西。

他掏出那幅画，搁在田翠翠的手里，他尽量让动作轻一些。他起身走了。

田翠翠没有看到卜安的踪影，包括他的父母也没有看到。

他是去了浦东，还是去了另一座城市？

（原发《满族文学》2020 年 2 期）

放 鹰

马大陆端起半碗酒，筛糠似的晃了会儿，扯开嘴，粗大的喉结猛地一压，咕噜一声，半碗酒下去了。没进嘴的，贴着嘴角款款而下，湿了脖子和前襟。一甩手，碗碎在脚下。

骂声如雷贯耳，马大陆有些用力过猛，脚底趔趄了一下。狗对着骨头正啃得投入，听这一声响，吓得弃了骨头夺门而出。哑巴儿子蜷在床头，扯着头发，呜呜哇哇地哭，又不是纯粹的哭，哭声里混着话，愤怒的马大陆也不晓得儿子在说什么。

你个废物，连个女人也看不住，被窝还没焐热，这人就没影了。马大陆红了眼，抖着手指向哑巴儿子，我看你就是光棍的命！酒点着了马大陆。每句话都是一簇火焰，灼人。床头的哭声止了，哑巴儿子泪涟涟地抓起被角堵住嘴，他怕哭声惹来马大陆一阵拳脚。

门上的对联还红着，上面的字还亮着，墙上的“囍”字如一朵盛开的牡丹，映红过马大陆的脸，照亮过马大陆的心。马大陆像襁褓里的婴儿，安卧在温暖里。这才叫人过的日子呀，马大陆这样认为。不过，说良心话，这要感谢李芹芹，是这个女人填补了日子的残缺。

哑巴儿子婚后头几天，马大陆照常担着剃头挑子上集，只是收摊儿比往常早了。路上碰着熟人，人家就取笑他，大陆哇，这就回啦？还没下集呢，急着回家吃奶吗？马大陆提前收摊做什么？喝酒。新媳妇李芹芹看到狗冲进门，就知道狗报信来了，马大陆回来了。李芹芹把酒盅、筷子、菜碟等一套喝酒家什摆上桌。菜是喜事上的剩菜，热热就行。马大陆像品酒师一样一小口一小口地品，品一口，嘴就咂巴一下，嘴咂巴一下，就瞅一眼门上的对联。

现在，马大陆不这么喝酒了，出了事，再这么喝，就不像话了。马大陆本想好好享受享受喜日子赐给他的待遇，比如对着鲜红的对联和“囍”字，一小口一小口地品酒。以前，除了逢年过节，马大陆是很少喝酒的，又没遇上喜事，喝什么酒呢，不是败家吗？马大陆坚信，只要能把住嘴，挣下的钱一个子儿都不会少——不然，哪来六千块钱给家里添上一个女人？谁知道呢，喜日子就像一盏灯，没亮几天，就让一阵风吹灭了。是什么风呢？马大陆想了半天，终于弄明白了，是时运。

对联和“囍”字成了嘲笑。马大陆踉跄着走近对联，一把扯下，揉成团，往身后一抛。马大陆听到自己的哭声在喉咙里轰鸣。

马大陆还不能确定李芹芹去了哪里，就是万一出事，也不能声张，他丢不起这个人。他忽然想起一个人，老部队，他给牵的线，保的媒。

秦月娥不舍昼夜的咳嗽针一样扎在左邻右舍的心上。唉，命苦哇，事情都让秦月娥摊上了。听到秦月娥一阵紧似一阵的咳嗽，庄里人不由得这样叹息。起先，男人嫌她怀的不是自己的种，不要她了，嫁给俺庄的冯兵，哪承想冯兵是个短命鬼，栽河淹死了。你看看，男人死了，事情又来了，听说头年查出肺结核，闺女还没成家……这日子哪儿是个头哇……女人们去草垛扯草，或到园子里拔葱，凑到一起，停了手上的活儿，一脸的悲悯。

秦月娥嫁给冯兵的时候，手里搀着个女孩，叫刘莺莺，后跟了冯兵的姓。婚前秦月娥就跟冯兵讲好了，自己离过婚，带个孩子，就这条件，让冯兵定夺。冯兵三十好几了，除了喝酒这个特长，别无可圈可点之处，如不娶个二婚女人，一辈子打光棍儿成定局。冯兵开始有些踌躇，媒人提醒他错过这个村就没那个店了。跟冯兵成了家，秦月娥发现男人除了酒量看涨，在种田劳作、持家过日子上却算不上一把好手。冯兵喝醉酒就问秦月娥，听说我前面的那个人说莺莺不是他的，就和你离了，到底咋回事？秦月娥没吭声。冯兵先声夺人，这么说，算上我，你有三个男人？秦月娥说，何止三个？一百个！日子过得东倒西歪，秦月娥也没给冯兵生个一男半女。冯莺莺读初中那年，冯兵晚上醉酒回家，一头栽在河里。有人劝秦月娥再找个人家，秦月娥说命里留不住男人，不找了。

冯莺莺初中一毕业跟秦月娥种了几年地，实在吃不了地里的苦，随村里的女孩子们出去打工了，也不知做什么。年底回家，秦月娥问过，冯莺莺闪烁其词，秦月娥就不问了。冯莺莺怕秦月娥生气，把秦月娥的手臂绕在自己的脖子上，脸贴着秦月娥的怀，说妈你放心，我不做犯法的事。不犯法就成。秦月娥笑得很憔悴。临出门，冯莺莺在家里的墙上写了一个电话号码，说家里有事就拨这个号。

秦月娥的咳嗽把冯莺莺招回了家。

那天，秦月娥咳嗽得实在不行了，到村里的小卖部给冯莺莺打电话。接电话的是一个男人，问找谁，秦月娥说找冯莺莺。很快，电话传到冯莺莺的手上。电话里响起浑浊的歌声，冯莺莺的声音在歌声里飘浮。秦月娥让冯莺莺赶紧回来，话没讲完，冯莺莺听到电话那头一阵咳嗽冲过来，有些惊天动地。冯莺莺眼前一片黑，脚下像踩着一块云。凭直觉，她断定这不是平常的咳嗽，它的硬度和持续时长超出了平常。这是一种症状，也是一个信号。不然母亲秦月娥不会轻易让她回家。母亲的咳嗽冯莺莺不能无动于衷，母亲是她这个世上绝无仅有的亲人。冯莺莺认为，在处理这件事上，仅有孝心是不够的。

冯莺莺犹豫再三，决定回家之前做一件事。

这个决定让她出了一身冷汗。

马大陆说事的时候，老部队一直在马鞍棚前喂鸡，手里的稻谷一粒一粒地撒出去，好像和鸡玩一个游戏。马大陆咳嗽一声，老部队这才回过神，看到马大陆黑着脸，手里剩下的稻谷全撒出去，直起身问：人走几天了？

早上走的。

早上走晚上就不能回来？说不准出去做什么了。

我看不像。过门这几天，她一直和马根在一起，没单遛过，附近又没她什么亲戚熟人。

老部队马上阴了脸说，李芹芹是个大活人，又不是你裤带上的一块玉。你就是能管住她的人，也管不住她的腿，再说她又不是你牵回家的一头牲口。

老部队本名王丰收，在部队当过兵，人称老部队，退伍回乡后，成了职业护林人。除了护林，老部队还有个第二职业，就是杀猪，每年年关给集体杀，也给私人杀，以稳准狠闻名乡里。一把雪亮的杀猪刀树立了老部队的威望。老部队的头都是马大陆剃的，但老部队从不在集市上让马大陆给他剃头，非要马大陆下集后担上剃头挑到他的护林棚去。在马大陆的客户中，只有老部队享有这个待遇。上次剃头，马大陆有个重大收获，老部队要给他的哑巴儿子说一门亲。老部队把事情办得十分顺手，比马大陆手里的剃刀走得还要利落。

我是花了大价钱的，你看……

见老部队生气，马大陆支吾着说。

老部队咂着嘴说，大陆，我跟你说，当初一男一女到我棚子里找水喝，男的说女方是他表妹，离过婚，只要男方肯出一笔钱，条件差点也成。我掂来掂去，觉着你的哑巴儿子合适。人带去你家时，情况就跟你说了，事情由你定下的，万一有什么闪失，你们也是周瑜打黄盖——一个愿打，一个愿挨。我老部队可没从中捞一分钱好处。

马大陆听出老部队有推卸责任的意思了，但老部队话说得滴水不漏，句句在理，还有什么可说的呢？如果动手，老部队饭桌上搁着杀猪刀呢。

天上黑影，马大陆蹲在门口一根接一根地抽烟，一张瘦削的脸，像隐在云雾里的骷髅。

马大陆回屋搜索一番，他以为李芹芹藏在被橱里或床底下。马大陆不仅没找到李芹芹，连她几套新衣服也下落不明。马根从床底下掏出一双鞋递给马大陆，指指脚，又指指门外，意思是说李芹芹怎么能光着脚出门。马大陆一个耳光过去。马大陆后来跟人说，李芹芹跟他玩的是金蝉脱壳。

次日早上，马大陆把老部队堵在马鞍棚里。马大陆说，老部队，我受你坑了，李芹芹那个婊子跑了，连衣服也跟跑了。马根结这个婚，给那婊子六千，买衣服打家具什么的花两千，前后拢共花八千。她跟马根满打满算过十天，平均一天八百。我他妈牙缝里挤下来的钱，全叫那个婊子骗跑了，还不算欠下的一屁股两肋巴的账。

老部队说，你跟我算这个账有什么用？你爷儿俩一对窝囊，连个女人也守不住。又拍着心坎说，马大陆我说这话搁着，我要是从中使一分钱，我活不到明天。

马大陆噗噗地喘了一会儿气，忽然似有所悟，眼里放着光，手一挥说，这两个肯定是一伙的，是他妈放鹰的。

受了启发，老部队心软了，给马大陆一根烟，点上火，说你以前就吃过放鹰的亏，这次怎么就没多长个心眼儿呢。听口音，他们都是不远人，早晚能碰到，万一失手让公安抓了，说不定能把这档事给供出来，骗去的钱兴许能追回来。

马大陆照常上集操起剃头的营生。只是，马大陆的重重心事在剪子或剃刀上露了马脚。往常，一个老者过来，坐上躺椅，瞑目候着。马大陆在热水盆里浸湿毛巾，拧干，往对方头上一焐，捏住剃刀，抬起胳膊，翘起兰花指，哧哧哧，刀光掠影，如走龙蛇，顷刻，一个光头青光闪烁。临走，那老者拍拍马大陆的肩，说这个头来世还是你的。言毕，满意地去了。现在，马大陆有些反常，剪子不听使唤，剪子走得深一脚浅一脚的。有一回，给一老顾客刮胡子，刀锋走偏了，对方感觉不对劲，伸手一摸，一手红。老顾客眼一翻，嘴里射出一口痰说，我说，马大陆，你今天心里有事？马大陆忙抬起袖子揩去对方脸上的血迹，一个劲地赔不是。

纸里包不住火。马大陆家鸡飞蛋打的事让人知道了。

瞧瞧，好容易娶一房儿媳，家底都赔进去了，竟没落住人。

马大陆娶儿媳走的不是正道，你想想，哪家说亲娶亲不是经过定亲、下彩礼、择日子、瞧客、回门这些关口？这是老规矩，按老规矩办，婚姻才牢靠些。马大陆倒好，和哑巴媳妇娘家人面都没照一个，也不知人家底细，一把手就给人家六千。事省了，钱倒没省一个。

听说是老部队牵的线。

那就找老部队去……

人们这样谈论，话里有同情，也有抱怨。

马大陆像过筛子一样把事情的前前后后过了一遍，一些疑点终被证实。李芹芹第一次上门时，马大陆就把话说开了，说马根是个哑巴，心眼正，手脚勤快。李芹芹说我离过婚，没孩子。马大陆问李芹芹家住哪儿，家里都有什么人。李芹芹说娘家有个兄弟，还有一个娘，跟兄弟过，爸早就不在了。马大陆说办喜事按老路走。李芹芹说不用。至少去乡里登个记。李芹芹说身份证没在身上，结完婚再说。马大陆还想问点什么，李芹芹出去了。

有人提醒马大陆多察听察听，摸摸底，别是好是歹都往嘴里刨。

钱交到李芹芹手上，马大陆几夜没合眼。

看着李芹芹上下一新地从院门进进出出，孤注一掷的马大陆心里松了一些。

冯莺莺拿出一沓钱交给秦月娥，秦月娥又一阵干咳，眼泪都下来了。冯莺莺抬手在秦月娥背部轻轻捶了几下，另一只手在秦月娥胸口来回揉搓。咳嗽平息了，秦月娥说，哪来这么些钱，莺莺？你平时攒的钱不都寄回来了吗？冯莺莺说，妈，你听我说，那次电话里听到你咳得要命，知道你病了，跟朋友借几千块钱给你看病，不能再拖了。秦月娥说，莺莺啊，钱赶紧还给人家，妈的病不碍事，死不了。

秦月娥一口痰吓坏了冯莺莺，她看到秦月娥的痰里裹着血丝。冯莺莺扯一块卫生纸把痰包了，扔出门。出门打工这些年，冯莺莺先后到过服装厂、地毯厂，碰到的都是半死不活的企业，工资低，除了房租、水电费和日常开销，手里基本不剩什么钱。

冯莺莺又去了超市，推销过化妆品，还是不行，最后到一家酒吧。这是位于邻县县城繁华街区的一个酒吧，有吃有喝，薪水也可以。冯莺莺像只迁徙的鸟，总算找到暂时落脚的枝梢。只是，酒吧这地方，必须站稳脚，把住自己。每当擎起酒杯或陪客人在舞池里旋转的时候，恍惚间，冯莺莺看到母亲秦月娥的一双眼，那双眼里有阅尽世事的从容，有触目惊心的哀愁，有对异乡子女的牵挂，甚至，还有一种莫名的隐忧。多少次，在觥筹交错间，在流淌的舞曲中，在食客们的讪笑里，冯莺莺险些找不到自己，觉得自己就是一个幽灵，在城市暧昧的夜色里漂泊。唯有独处时，冯莺莺才找回自己。她想起了母亲，想得泪水涟涟。

当那个男人摔锅掼碗，弄得鸡飞狗跳的时候，刚满四岁的冯莺莺才知道那个男人不是自己的父亲。

嫁给我的时候，你就怀了这个野种，算算时间就不对。我真是瞎了眼！男人指着冯莺莺说。

都给我滚！男人一脚踢翻了板凳。

孩子不是你的咱就离，我不信天下男人死光了。

离就离！

冯莺莺扑在母亲怀里，像躲避一场灾难。

第二个男人冯兵没像第一个男人那样粗声大气地和秦月娥说话，但冯兵拿酒折腾着秦月娥。这是一个有苦闷在心里的男人。村人把冯兵从河里捞上来，看着肿胀的尸体，秦月娥没有哭，十六岁的冯莺莺也没有哭。

母亲秦月娥心里一定藏着秘密。

有次，秦月娥在灯下纳鞋底，冯莺莺问谁是自己的亲爸。秦月娥抬起眼，针锥在头发上走两下，说，莺莺，你亲爸……你亲爸不知跑哪儿去了……

冯莺莺一脸茫然。

秦月娥把线绳绕在鞋底上，看着冯莺莺，凄然地笑了，心里说，像他，真的像他。

早饭后，马大陆收拾好剃头挑子，因为集市还没上人，就倚在门边抽烟。狗在马大陆脚边绕来绕去，有催促马大陆赶紧上集的意思。心里窝着火，马大陆上去一脚把狗踢翻了。马根拾掇完饭桌，又去拌猪食，屋里一趟，屋外一趟。这种活儿本该由女人来做，马根就能腾出来到外面做点事，虽说不会讲话，做个体力活，比如跟人做瓦匠活完全可以。或许是祖坟埋错地儿了，这个家留不住女人。马根屋里屋外忙着的时候，马大陆的目光追光灯一样跟着他，心里不由得一阵酸。马大陆觉得对不住马根，上天骂马根看不住女人更对不住马根。自己不也是看不住女人吗？

二十多年前，在公社宣传队，马大陆和一个姑娘好过。那时，马大陆的爹担着剃头挑走乡串户，到处吆喝，涉嫌搞资本主义，被砸了挑子，挂了牌子，游过街，挨过斗。一把祖传剃刀从此尘封。那个能歌善舞的姑娘让家里许给了别人，姑娘的爹说嫁给剃头匠的儿子能有什么好，况且老子还是个专政对象。马大陆没有缠着人家，只是觉得有点对不住那姑娘，因为在玉米地里他让姑娘失了身。

几年后，不搞运动了，爹也老了，马大陆从爹的手里接过剃头挑，操起了爹的营生。三十露头了，马大陆还是个单身。一次，村里来了几个四川女人，说是寻婆家来的，只要男方正干（方言，踏实肯干），给三千块彩礼钱就成。这个价在当时能造一座房子。马大陆的爹觉得这是个千载难逢的机会，就动了心，七拼八凑弄了三千块给儿子娶了一个女人。女人看上去老实本分，看不出传说中所讲的放鹰迹象。放鹰是民间说法，是女人结伙骗人的一个伎俩。往往是，选好一户老实人家，由富有经验的媒人出面，谈好价钱，也不用举行任何仪式，女方就在男家过上了。开始，女的伪装得滴水不漏，举手投足都像过日子的行家里手，待时机成熟，就逃之夭夭。

马大陆的爹“文革”时挨过斗，时代变了，只说时来运转，想碰碰运气，拿出三千块和四川人做了一锤子买卖。第二年马家添了个男孩，马大陆的爹喜得嘴咧成了裤腰。马大陆和他的爹做梦也想不到，马根两岁的时候，女人跑了，还顺手拿走了家里的一只香炉。马大陆的爹从此魂不守舍。马大陆几次看到爹趴在娘的坟上哭得天昏地暗。

女人走了，好在给马家留下一条根，续了香火。马根四岁那年春，马大陆在门前的菜园里种瓜，马根在旁边玩一条蚯蚓。天刚擦黑，马大陆回屋时，看到一只黄鼠狼拖着一只鸡仓皇而逃。马大陆抡起铁锨砸过去，一锨砸中腰部，黄鼠狼身子一收，一个弹跳，顺着院墙脚的排污洞口溜了。没几天，马根发了一次高烧，只是哭，不说话。医生说孩子被高热蒸得不行了，送医院又不够及时，多数会出些问题。

马根病是治好了，却哑着嗓子呜呜哇哇说不出一个字。村里人说这孩子完了，是个哑巴。

马大陆头往门上撞，撞得鼻青脸肿。邻居守着马大陆，怕马家再有闪失。

造孽哩，要是女人不走，孩子咋能落下这个残疾。一个老人拐杖戳着地说。

有人说马大陆惹了黄鼠狼，黄鼠狼报复来了。说不烧香祷告，家里还会招灾。

月下，马大陆在鸡圈处置一张板凳，凳上搁一只碗，碗里盛了米，米里插一炷香，旁边放两只苹果。直了身，对那炷香双手合十，俯首作揖，心里说，黄先生，告罪，告罪。

冯莺莺熬了一罐中药端给秦月娥。冯莺莺本来想带秦月娥到县医院住一段时间，秦月娥不愿意，说妈不就是有点咳嗽吗，没什么大病，种地人不会得大病，执意要冯莺莺把钱还给人家。冯莺莺到镇医院说明母亲病情，医生说结核病是慢性病，没有立竿见影的疗法，坚持喝几服中药，效果会好些。冯莺莺买了十几服中药，每天熬一罐，秦月娥早晚喝一次。喝了几天中药，秦月娥的病情出现明显好转，白天基本不再咳嗽。看着闺女每天端来汤药或者蛋汤，秦月娥心里涌起一股热流。人家说闺女是娘的贴身小棉袄，这话不假。有闺女在，秦月娥就不再牵挂什么了。

只是，秦月娥发现，冯莺莺回家这阵子气色有些不对，时常站在院子里，两眼直愣愣地看着苦楝树，一句话不说。明明在洗碗，洗着洗着就走了神，好像魂儿让什么摘去了。有个夜里，冯莺莺忽然撩开被子坐起来，说有个人提着棍子追她，身后还跟着一群狗。秦月娥说莺莺你那是在做梦，伸手摸摸她的背心，差不多湿透了。

当妈的大抵猜出了点什么。吃早饭时，秦月娥搁下碗说，莺莺，你心里有事，瞒不住我。妈跟你说，这些天，你脸色看上去不大好，动不动发愣卖呆儿，看上去跟没魂儿似的。夜里老是做噩梦。跟妈说，是不是遇上啥事啦？冯莺莺眉梢动了一下，笑笑说，妈，你就瞎想，我能有什么事。你不是病了嘛，感觉有点愁人。回来多少天了，城里那家工厂不知还要不要我。秦月娥说，那赶紧去呗，丢了工作可不是小事。

这些日子里，自从做下那件事，冯莺莺的心像被什么抓着，越抓越紧，潜意识里，她预感到大难临头了。是呀，要是母亲秦月娥知道了，能饶了自己吗？要是让那家人抓着了，不光名声保不住，还得蹲监狱。让冯莺莺放不下的，是那双眼睛。长那双眼睛的人不说话，但那双眼睛里装着一种花花世界里未曾有过的情意，干净而又明澈。冯莺莺差一点被这情意俘获。晚上，上床前，冯莺莺要洗脚，他老鼠一样蹿出去，端来一盆温水。冯莺莺嘴里嗑着瓜子，两脚插进水，他轻轻地揉搓，冯莺莺感觉像足疗。床上，他腼腆地笑着，眼里泛着柔和的光；他的脸有些红，鼻息也是那么温热，像一股暖风，抚摸着冯莺莺的眼睛、鼻子和嘴巴。他结实的身体贴着冯莺莺，动作轻缓而有节奏，生怕弄疼了她。冯莺莺闭了眼，如在云里飘。那一刻，冯莺莺真想一辈子跟了他，但冯莺莺被这个想法吓了一跳。这怎么行呢？和他在一起，不过是同床异梦，算不上缘分。冯莺莺不想坏了计划。

冯莺莺第一次恨自己，恨完自己又恨那个叫虎头的男人，是他把自己拉下了水。刚到酒吧时，有双眼鹰一样盯上了她。冯莺莺躲不过那双眼。那双眼里闪着凛冽的光，凛冽里潜伏着暧昧。冯莺莺后来知道他叫虎头，是酒吧里的常客，有时还帮酒吧平息一些事端。虎头说跟着他，在酒吧就能站住脚。

有次，虎头在酒吧里用一瓶红酒和冯莺莺谈一件事。虎头说有桩只赚不赔的买卖干不干，冯莺莺说不干。虎头说不是贩毒，也不是卖身。冯莺莺说天底下没这样的买卖。虎头说出了那桩买卖。还说只要两人配合好，准成。冯莺莺说找你姐去。虎头脱去上衣，从腰里拔出水果刀剔牙。冯莺莺看到，一条青蛇自虎头的胸部经过左肋，绕到左肩，模样阴森。是文身。

冯莺莺电话里听到母亲秦月娥咳嗽后，和虎头喝了一夜酒。虎头说冯莺莺你妈治病需要钱。

这天是个逢集日，马大陆不上集了，他打算去桃园村摸清一件事。这件事对他来说非同小可，他甚至觉得有可能会碰上自己要找的人，那六千块钱就能追回来。桃园村距离马庄七八里地，马大陆常去那里给人剃头。马大陆心情格外好，好像盼望已久的人在等着他。心情一好，脚下就走得轻盈，一路跟着风。挑子在肩上十分柔顺，微微颤悠中，马大陆听到扁担两端盆架和躺椅发出的微妙乐音。

马大陆在桃园村外一棵柳树下搁下挑子。生意来了。一个五十多岁的汉子收拾得很体面，笑笑地走过来，往躺椅上一坐，说马师傅，今天剪这个头要上点心。这个人马大陆面熟，却叫不上名字。马大陆说，剪平头还是分头？那人说，剪分头。马大陆说，听说有女人来这里寻婆家。那人说嗯哪，来了三个，我相中一个，花了钱的。马大陆说，女方多大？那人说三十六。哪里的？安徽的。马大陆心里凉了半截，年龄和住址都不对，不是李芹芹。

剪完头，那人付了钱要走，马大陆拉住他，说，老弟，现在出来放鹰的不少，都他妈骗钱的，可要留个心眼儿。我就吃过这个亏。

没几天，马大陆在集上又遇上那个人，他骂骂咧咧一番，末了，对马大陆千恩万谢地说，马师傅，亏你提醒我，那个女人根本没真心跟我过日子，跑几次都让我逮着了，我就打，她跪着说家里有个孩子，还有卧床不起的男人。看她怪可怜的，我给她五百块钱，放她走了。我就是打光棍的命。

马大陆说，要找就找个本地人，离婚死男人的都成，不要图便宜。

冯莺莺一到那家酒吧就吓青了脸，酒吧里的人说虎头伙同他人诈骗让公安抓了。冯莺莺两手抱住胸口，生怕心从胸腔里跑出来。冯莺莺很快稳住自己，没让对方看出异常。天哪，该死的虎头会不会把自己给咬出来。冯莺莺说了几句话，转身就走。

秦月娥看到冯莺莺提着包进了院门，就问，莺莺你咋回来了？冯莺莺说，我那个位子让人给占了，过几天再重找事做。秦月娥说，妈的病也不见好，你就在家陪我一些时吧。

饭桌上，秦月娥审视着冯莺莺的脸，她发现闺女瘦了不少，精神大不如以前。可怜的孩子，托生在没本事的人家哪能有个好命，连亲爸都没看过一眼。秦月娥想。让秦月娥操心的是冯莺莺的亲事。秦月娥搁下碗，说，莺莺啊，不是说男大当婚，女大当嫁嘛，你都二十六的人了，该找个人家了。现在时兴自谈，你在外这么些年，就没看上一个？

冯莺莺说，外边的男人花花肠子多，嘴巴甜，心眼坏，不敢找。

秦月娥说，过些时，找个媒人给你介绍吧，知根知底，不会出岔子。

冯莺莺惦记的不是这个，她惦记的是那双眼睛，惦记在洗脚盆里给自己搓脚的那双手，惦记那个像父亲一样疼爱自己的手艺人。

冯莺莺决定冒一次险，如果能减轻一分罪孽，就是出现闪失也没什么好怕的。

月黑风高的夜，冯莺莺骑着自行车来到那个村庄，她轻车熟路地找到那户人家。狗警示似的叫几声，见没什么动静就停息了。冯莺莺看到，黑漆漆的庄子里，那个窗口还亮着灯，像一只眼睛在等着什么。这是她熟悉的窗口。她曾坐在窗前，对着镜子涂过口红，或编着辫子。那个人像摄像师一样端详着她的背影。冯莺莺的心被一股热流撞了一下。她蹑手蹑脚地，像一个实施爆炸的特务，从一棵树后绕到草垛边，把一包什么东西藏在草垛里。明天扯草，他就能看到了，不会落到别人手里。冯莺莺如释重负地舒了一口气。月亮从云层里探出脸，监视着冯莺莺的一举一动。一丝凉意在冯莺莺身上蔓延。这是一个多么熟悉的夜，多么熟悉的似有若无的月光。也是在这样的夜，冯莺莺携带着喜悦与沉重，离开了村庄。

抬脚要走，脚被什么绊了一下，扑通一声，冯莺莺面朝地摔倒了，疼痛让她尖叫一声。狗闻声而动，狂吠不止，满庄的狗迅即回应，冯莺莺淹没在磅礴的犬吠声里。

哪个？门哐当一声开了，马大陆冲出来，哑巴儿子紧随其后。

冯莺莺木橛子一样跪在马大陆面前。

马大陆别过脸。

哑巴儿子满眼潮湿的愤怒。

马大陆问冯莺莺父母叫什么，冯莺莺报出母亲秦月娥的名字。

马大陆脑袋里像滚过一阵响雷。

怎么是她的闺女呀，天下哪来这么巧的事呀！

马大陆身子一软，跌坐在地。

秦月娥家。马大陆穿戴整齐地坐在堂屋正中，秦月娥坐在对面，枯瘦的手托着腮。

大陆，我的脸都让这死丫头丢尽啦，我哪辈子造的孽呀……

马大陆把事情一挑明，秦月娥这么说，像自己做了亏心事。

看着自己这个二十多年前的女人，如今变得两鬓苍白，眼窝深陷，面色蜡黄，马大陆心里一阵绞痛。那时，在公社宣传队，秦月娥手执花纸扇，腰勒红绸带，手里的扇子挥一下，脚后跟就踮一下，嘴里唱“八月葵花向太阳”。拉二胡伴奏的马大陆看直了眼，手里的弓子就停下了。后来在玉米地，秦月娥就提过这个茬。两人兴奋过后，秦月娥就捏着马大陆的鼻子说，当初看人家眼都看直了，连手里的弓子都不走了。二十多年里，马大陆一直记着秦月娥那句话，几回，梦里摇曳着秦月娥柳条样的腰肢。后来秦月娥嫁到了哪里，马大陆没打听，也没和秦月娥碰过面。马大陆知道，担着剃头挑子的人家，娶不了秦月娥这样的女人。

我知道……你恨我，也恨我爹。秦月娥声音黯然。

不恨。那是命。马大陆看着嘴里跑出的烟圈说。

丫头不知事，你多担待。拿你的钱一个不少给你。

……月娥，芹芹跟我说了，她是受人指使，也想抓钱给你治病。

她不叫芹芹，叫莺莺。

哦，做这事的人都知道改名换姓。

秦月娥告诉马大陆一个重要信息。秦月娥说，大陆，你看莺莺像谁？马大陆一头雾水。秦月娥说，莺莺是你的孩子，就因怀了她，我后来就离了婚，又嫁个男人，也死了。我现在这病怕是不能好，估计活不长了……

马大陆抿住嘴，拼命控制着，眼泪还是下来了。

冯莺莺怀孕了。秦月娥不让生这个孩子，冯莺莺说孩子有主，生下来有人认。

秦月娥扇了冯莺莺一个耳光，指着天说，死丫头，不是妈不给生，是老天不容这个孩子呀……

一绺血，在冯莺莺嘴角蜿蜒。

孩子两岁那年冬，秦月娥在纷飞的雪花里离开了人世。马大陆参与了秦月娥的葬礼，把秦月娥安葬在村外对着河的一面坡上，给秦月娥立了一块碑。

马大陆把冯莺莺和她的孩子接回家，冯莺莺和孩子住东屋，马大陆和马根住西屋。

冯莺莺让马大陆给孩子起个名，马大陆脱口而出，叫马蛋。

马蛋六岁了，还不会讲话，也不认人，嘴唇上垂着鼻涕，成天呵呵呵地傻笑。喜欢狗，跟狗玩起来，倒是没完没了。

村人背后说，马大陆家又添了个脑子不全乎的。

马大陆问过阴阳先生，先生说事出有因，祖坟不对。马大陆花了一笔钱迁了祖坟，老部队替马大陆杀了一口猪。

马大陆跪在爹的坟上，给爹点上烟，洒了酒，烧了纸钱，猛磕四个响头，喃喃自语：爹呀，您老在那边待着清静，我在阳间还遭着罪哩。爹，您在那边保佑保佑马家吧，儿子给您磕头啦，爹……

深冬里，太阳像个骗局，扑朔迷离。在小村的集市上，马大陆手捏剃刀在头上忙碌。身旁两个人，一大一小，大的叫马根，小的叫马蛋。

（原发《翠苑》2013 年 3 期）

放映员

一

张红旗从县里的工人电影院取回片子，蹬着自行车往乡里赶。自行车在古运河边的砂石路上吱吱呀呀地跑，呼呼的风声跟着满脸是汗的张红旗。风像一只手，为放映员张红旗擦拭汗水。

正是暮春时节，古运河边桃红柳绿，野花晃眼，一派醉人春光。河水倒映着蓝天白云，和燕子一样在蓝天白云里飞翔的张红旗。

张红旗脚下使着劲儿，嘴里吹着口哨，那哨声唤着路人的目光，人们一下子看到了吹哨人自行车后座架上绑着的铁皮箱。没人不认识这铁皮箱，人们知道箱子里装着影片。这一发现，让路人的眼里都放着光，精神稍稍振作了一下，心里腾起一阵喜悦，对这位白的确良褂子湿了半截的放映员生出几分好感。

路人像看新娘子那样，追着张红旗，目光一刻不离地盯着铁皮箱，生怕稍不留神，放映员和他的铁皮箱会消失得无影无踪。

张红旗用眼角的余光捕捉到这一信息。这一信息再次印证了放映员在人们心中的地位和分量。今天，让张红旗兴奋的，并不是作为一名放映员被路人的目光热烈地追随，而是有一件重要的事——在张红旗放映生涯中具有里程碑意义的事——油菜乡电影院落成了。游走村落，一直在围着草垛的社场上放映的放映员，终于有了和县里的放映员一样的电影院。今天取来的片子就要在电影院首映呢。所以，放映员张红旗情不自禁地笑了一下，又吹了一阵口哨，大概是电影《甜蜜的事业》里的主题曲。伴着口哨，张红旗用力地蹬着自行车的脚踏板，向着二十里外的油菜乡放映队飞奔。

进了放映队的院子，刚卸下铁皮箱，放映队的顾黄河匆匆赶来，扶着自行车把说，红旗呀，还是你办事效率高，工人电影院给你面子，片子到底弄来了。张红旗说，不是给我面子，是给刘副乡长面子。你知道的，县城几家电影院的片子放完了，只要乡里领导出面协调，我们就可以拿到村里放映，放完再还给人家。顾黄河告诉张红旗，刘副乡长正等着召开放映队的会议呢。

会议是在电影院旁边的一个偏房里召开的。电影院刚落成不久，还没放一场电影，分管文教卫的副乡长刘云鹤就院里院外地视察了几次，那副深谋远虑的表情让人有理由相信，刘副乡长一定要在电影院运作上大做文章。

张红旗几乎是小跑着进入这间临时会议室。他眼睛快速扫了一圈，算上他本人，参加会议的拢共五个人。会议室没有正规的格局，连主席台都没有。刘云鹤坐在靠墙的一把椅子上，其他人在他对面坐着。今天的会议除了刘云鹤和报道员，剩下的三个都是放映队的放映员。

刘云鹤抬起左手腕，看了下手表说，时间不早了，开会。刘云鹤说，今天把你们放映队的同志请来，主要是研究一下电影放映工作面临的新形势、新任务和新挑战。同志们都知道，十一届三中全会以后，国家实行了改革开放政策，农村也进入了包产到户新阶段。过去，按照上级政策要求，每个公社都成立了电影放映队，负责到各个大队为群众放电影，不仅宣传了党和国家的方针政策，也让群众观看到优秀的影片，既丰富了精神文化生活，又受到了教育。现在，情况有所不同。有什么不同呢？刘云鹤站起来，目光从每一个人脸上走过。张红旗坐直身子，用探究的眼神迎接刘云鹤的目光——他很想从刘云鹤的嘴里知道情况有什么不同。

刘云鹤说，以往县财政都会下拨专项经费用于放映电影，放映员除了每月领到十几块钱的工资，生产队还给记上工分。现在，农村土地承包了，没有工分了，县上也不再拨给我们放映经费。这就是说，我们放映队在经费上将面临一定的困难。当然了，乡财政可以拿出一点，但靠这一点资金来养活一个放映队是远远不够的。刘云鹤的话像蛇行一样弯弯曲曲，让人找不着方向。

听到这里，张红旗心里有些紧张，屏声静气地看着刘云鹤的嘴，他担心这张嘴里会不会说出对放映队不利的话，比如解散放映队，让放映员卷铺盖走人。张红旗瞟了身边的顾黄河一眼，另一位放映员汪运昌也向他们看过来，三个人的目光几乎指向同一个问题，泄露出同一种心理。只有报道员全神贯注地听着，规规矩矩地在本子上记着。

正这么担忧着，刘云鹤话锋一转，尽管形势有所变化，困难不容忽视，但电影还要照常放，放映的场次不但不能少，而且还要有所提高。这是上面的精神，我们必须执行到位。

张红旗长嘘一口气。他又向顾黄河瞟了一眼，顾黄河给他一个会心的笑容。

刘云鹤简单分析了当前的形势和面临的困境后，话题水到渠成地转到了电影院上。在谈到电影院在发挥文化宣传和经济效益等方面的作用时，刘云鹤语调激昂，字字句句饱含激情。他说，乡电影院从规划设计、破土动工到全面落成，仅用了不到八个月的时间，速度和效率是值得肯定的，在电影院规划建设上，我们走在全县的前列。电影院顺利落成，离不开在座各位的大力支持和辛勤付出，我代表乡党委政府，向放映队的同志表示衷心的感谢。刘云鹤站起身，兴致盎然地带头鼓掌，座位上响起了热烈的掌声。刘云鹤抬起两手，把掌声压了下去，接着说，电影院的落成，改写了油菜乡无固定放映场所的历史，对加快油菜乡文化建设进程，将产生积极的作用。今后，你们放映队除了按照计划轮流进村放映电影，还要充分利用好电影院进行售票放映，提高文化场地设施的社会效益和经济效益。

会议结束后，张红旗准备把到县城取片子的事向刘云鹤汇报一下。他还没张口，刘云鹤笑着问，片子拿来啦？张红旗说，拿来了，刘乡长。

刘云鹤说，好。

张红旗说，刘乡长，没别的事我先回去准备一下，新买的放映机需要调试，今晚我们就在电影院进行首映。

刘云鹤拍拍张红旗的肩膀说，好。又语重心长地说，红旗同志，你是放映队业务素质最强的放映员，往后不仅要把村里的电影放好，还要把电影院充分利用起来，在如何盘活文化市场，用好文化资源上多动脑筋。

二

得知乡里要建电影院，张红旗兴奋得有点失眠。这不是好事吗？有了电影院，放映员们放电影的场地和时间不再局限于村里的露天地和夜晚，电影院将为他们提供新的放映场所。当然，在电影院放映并非纯粹的文化服务，观众需购票观看，当属市场经营范畴的文化产业了。

乡里没建电影院的时候，张红旗都会借到县城拿影片之机，到几家电影院考察一番。豪华气派的放映室，宽大洁白的银幕，环绕立体音响系统，整齐崭新的座椅，让张红旗羡慕得不行。

真他妈的气派。在村里招待宴上，张红旗酒喝得差不多了，竖起手对村干部说。张红旗勾着头，脑子里全是县城豪华电影院的画面。村干部受到张红旗情绪的感染，替乡下的放映员说话了。村干部说，乡下的放映员苦哇，回回都是用自行车驮着放映设备，跑那么远的路去放电影，一放就是大半夜，遇上刮风下雨，连躲的地儿都没有。县城的放映员哪里用得着吃这些苦，他们是在电影院放电影呢，天天坐在放映室里，风不打头，雨不打脸，成天吃香喝辣的，拿的工资让人眼红。

槌槌擂在鼓心上。张红旗像遇到了知心人，和村干部握一把手，又干了一杯酒。

不过，你要认为张红旗不满于自己的职业现状，或者说，对城乡放映员待遇之差耿耿于怀，那就看错了人。

虽然每次从电影院出来，张红旗甚为沮丧，同样是电影放映工作者，城乡之差让他颇为惆怅，但这丝毫没有消减他对放映工作的热情。每当驮着放映设备进入放映场地，银幕扯起来了，喇叭挂起来了，发电机响起来了……村民们扶老携幼，从四面八方朝圣一般赶来，张红旗心里就升腾起一种神圣感和自豪感。他知道，这份职业给他带来莫大的荣耀和欣慰。人们在艰苦的劳作之余，热切祈盼村小学校的操场上能放一场电影。社员们精神饥渴的时候，放映员像天使一样莅临人间，他们用电影驱赶土地上的劳顿，慰藉日月重压下的灵魂。

夏收时节，毒辣的日头下，人们挥汗如雨地割麦子，腰酸了，腿疼了，手麻了，劳累与汗水裹挟着他们在麦田里蜗牛一样地行进。队长嘴里含着哨子来了，在催促社员加快速度的同时，把一个喜讯捎给了他们——晚上队部放电影。人们大喜过望，手脚像加大了马力，一阵风似的吹倒了辽阔的麦子。

一抹晚霞挂在西天，张红旗骑着自行车出现在村外的砂石路上。孩子们蜂拥而至，追着张红旗的自行车狂奔。稻田里拔草的女人们抬头张望，眼里是那个朝思暮想的人。晚归的耕牛无心寻找路边的青草，在赶牛人的吆喝下，迈出轻盈的脚步。

张红旗在安装输片盘或者调试镜头的时候，放映机前挤满了人。扎着辫子的姑娘头伸过来，扑闪着眼睛看那双从没碰过庄稼的手，在放映机上变戏法似的表演。张红旗的眼睛不在姑娘们身上，他要快速精准地调试好机器，他不允许放映机在工作中出现任何差错。事实也的确如此。不像有的放映员，在放映时，故事情节进入高潮了，机器突然出现故障，银幕一片漆黑，电影场上一阵喧嚣，甚至有人骂爹骂娘。

张红旗不是这样。张红旗天生就是放电影的一把好手。人们都这么说。

现在，我们的放映员张红旗全神贯注地调试机器，姑娘们不时把花露水或雪花膏的香味送进张红旗的鼻孔。张红旗翕动着鼻翼，不用看，搽雪花膏或喷花露水的人，一定拿着一双媚眼偷瞧着他。不知基于何种考虑，有人从菜园里拔出最大的萝卜送给张红旗，有人热得脖子流汗，偏偏举着蒲扇为张红旗扇风。举扇子的是女人，怀里十分饱满的女人。张红旗也不客气，连一句感谢的话也没有。他认为这是放映员应有的待遇。

为张红旗扇风还远远不够，女人们还要和张红旗说说话。

张师傅，你家嫂子喜欢看电影吗？

一个姑娘咬着辫梢说。

张红旗觉得这不是个问题，笑笑。

赶明儿玲子结婚了，张师傅你给她放一场电影吧，她会记你一辈子的好。

一个姑娘扯着叫玲子的胳膊说。叫玲子的姑娘不让了，抡起拳头捶着对方的肩头，骂道，滚一边去。我才不要放电影呢，我等着八抬大轿。放映机前笑得地动山摇。

尽管村里的男女老少像盼过年那样盼着张红旗和他的队友能给他们放一场电影，哪怕是不够精彩的影片也行，但张红旗对观众的热情似乎不太关注。其实，他早就有一个想法，这个想法让他激动，让他兴奋，让他迷恋。张红旗把这想法说给顾黄河的时候，顾黄河没把张红旗的想法当回事，顾黄河也不能把它当回事。乡里哪来钱建电影院呢？顾黄河对汪运昌这么说。

张红旗说顾黄河安于现状，没有追求，估计只能一辈子在露天地放电影了。顾黄河说只要能把影像投到银幕上去，让观众看到就成，管它什么露天不露天了。为了说服张红旗，顾黄河还举了例子。顾黄河说，红旗你忘记没，那年夏季，光前大队西边民便河上修桥，为了奖励修桥的民工，公社安排我们到河边工地上放电影。工地上条件差呀，连张桌子都没有，放映机没法放，后来我想出个办法，找来柳条筐，翻过来扣在地上，放映机放在筐底上，不是照样放映吗？听说河边放电影，周边村庄的群众差不多都来了，连过路人也忘了赶路，河边工地上挤满了人，比庙会还热闹。记得那晚工程队招待我们吃螃蟹，那螃蟹可不是买来的，是河里抓来的。那时螃蟹可多了，河里沟里到处都是。提着马灯或拿着手电筒一照，螃蟹顺着水流爬过来，要不了多少工夫就能抓一篓子。工程队不仅用味道鲜美的螃蟹招待我们，还送我们一网兜呢。

张红旗说，那是大集体的时候，条件再艰苦，有那么多观众跑来看电影，我们再苦再累也不去抱怨。时代不同了，我们放映队也要有像样的放映场所，比如建个电影院就非常必要。

乡文化站站长刘云鹤走上副乡长的岗位后，张红旗向刘云鹤提出了建电影院的建议。刘云鹤十分赞成这个建议，并强调说电影院是乡里最重要的文化阵地，需要请文化界的专家好好论证一下，拿出可行性报告提交乡党委会研究。

为迅速实施建设电影院的计划，张红旗多次进城，向几家电影院的负责人咨询电影院设计与造价等问题。又提两盒茶叶去了县文化馆。文化馆吴馆长很受感动，主动联系一家建筑设计院帮油菜乡设计出电影院的图纸。

此后很长一段时间没有动静。张红旗问刘云鹤电影院什么时候动工。刘云鹤深深地吸一口烟，慢慢地吐着烟圈说，红旗呀，这事我比你还急，乡财政暂时拿不出钱，这事先放一放。

张红旗照常和顾黄河、汪运昌一起到各村放映。这天晚上，轮到在光前村放电影，太阳还没偏西，村里就安排人用平板车把放映设备拖到村小学校操场上。那晚放的是《洪湖赤卫队》，电影刚放一半，天就下起了雨。开始是淅淅沥沥地下，后来雨势越来越凶，观众跑得差不多了，操场上看电影的人寥寥无几。村主任说，收了吧，人都快跑光了。放映机在大雨中不辞劳苦地转动着。张红旗担心放映机被淋坏了，脱下褂子披上去。收了吧。村主任又说。张红旗说不能收，电影队有制度，只要天没塌下来，就得把电影放完。村主任湿淋淋地守在放映机旁。张红旗的背心湿透了，紧紧地贴着身子，几乎与肌肤连为一体；头发贴着脑门，雨水顺着发梢流淌。

饭桌上，村主任问张红旗，听说乡里打算建电影院，有眉目没。张红旗说，乡里一时半会儿拿不出建设资金，建电影院的事还在那儿搁着呢。村主任调侃说，今晚怎么放映《洪湖赤卫队》呢？你看，电影里唱“洪湖水浪打浪”，把咱村唱得到处都是水，连鱼塘里的鱼都唱出来了。

张红旗说，我冒雨为你们放电影还不落好，要是感冒了，你村主任可得花钱给我治病。

来，我敬你一杯酒。村主任端着半碗酒站起来，扯起脖子，咕噜一声那酒就下去了。

一场雨没有阻挡人们看电影的热情。隔了一个月，张红旗又到光前村放电影了。小学校操场上照样人头攒动，就是天边劈出一道闪电，或滚过一阵雷声，也未引起任何骚动。放映前，一个妇女挤到张红旗身旁说，张师傅哇，今晚可不能再下雨了，上次那场暴雨凶得像要吃人，天黑得伸手不见五指，俺可是摸着黑回家的。一个汉子说，听说有人闯进了人家的猪圈，有人钻进了队里的粪池。旁边有人接话说，别提那场倒霉雨了，害得我丢了一只解放鞋。

三

放映队解散多年了，张红旗无法抹去一种记忆，当年在油菜乡电影院首映的场景成了放映队解散那天，张红旗失声痛哭的根源。

在电影院放映的首场电影就是张红旗从工人电影院拿来的彩色宽银幕武打影片《少林寺》。此前，有人在工人电影院看过这部电影，回来这么一说，那人迅即被一群人包围。人们的眼里闪耀着惊奇，对那个看过《少林寺》的人上下打量，左右端详。在人们艳羡的目光里，此人仿佛成了江湖上的传奇。

张红旗怦然心动了。一个乡下放映员能亲手放映《少林寺》多好哇，能把震撼人心的画面带给观众，无疑是一个乡下放映员最大的光荣。

机会成全了他。

在这部热映的影片风靡县城的时候，油菜乡电影院建成了。刘云鹤早就琢磨着弄一部向电影院开业献礼的首映大片了。刘云鹤选定了曾让县城万人空巷的影片《少林寺》。

那天会后，离放映还有两个钟头，为保证放映不出差错，张红旗进入放映室进行放映前的准备工作。调试完放映机，安装好输片盘，张红旗来到观看大厅，选中间一个观众席坐了。宽大的银幕点亮了张红旗的眼睛。他起身把暗紫色的窗帘全部合上，又回到座位上，闭上眼，模拟着在电影院看电影的感觉。

电影院大门前挤满了人。人们像参加某种集会，拥挤着，叫嚷着，怒骂着。检票口两个把门人显然对付不了拥挤的人群，他们像阻拦一场洪水的堤坝，在强大力量的冲击下，岌岌可危。有人高举着电影票，东倒西歪地挤进门。没票的紧随其后，让守门人死死拦住。拳头抡起来了，脚踹出去了，争执与撕扯迅速升温成鼻青脸肿的殴斗。有女人尖叫着脚让人踩着了，骂肇事者瞎了眼。一度失控的局面，惊动了派出所和联防队，他们不得不介入以维持秩序。

张红旗从窗帘的缝隙里看到这一罕见的画面，他并不认为这些观众如此鲁莽和缺乏教养，他甚至打心眼里喜欢他们，他希望观众们能用拥挤、推搡甚至谩骂来争取时间和位置，来表达对电影那份热烈的永恒的赤诚。

张红旗笑了一下，而且笑出了声。

观众大厅座无虚席。连走道上也站满了人。影院里人声鼎沸。人们有一种无法安抚的狂躁。

开始放映了。如果喧哗像一只亮着的灯泡，张红旗手里的放映机一转动，那灯泡瞬间就熄灭了。这一神奇的效果让张红旗几十年来回味无穷。

不时有人进来，虾着背，蹑手蹑脚地寻个角落站着；前面的人挡住了视线，被挡的人就尽力地睁大眼，目光穿过有限的空间，直直地射向银幕。

电影连放五场，场场爆满，几乎人满为患。一部《少林寺》让油菜乡电影院成功地打响了第一枪。枪手是放映员张红旗。张红旗走在大街上，腰板笔挺，步履铿锵，意气风发，像凯旋的英雄，连平头上的根根寸发都显得精神十足。人们争着和张红旗打招呼，张红旗用眼角回应一下，根本腾不出嘴说话。张红旗的嘴里吹着口哨。

有老者拄着拐杖过来，挡在张红旗面前，拐杖夹在胳肢窝里，伸出手与张红旗握了一把。老者说，现在好了，咱乡里有电影院了，老百姓花几毛钱，想啥时候看电影就啥时候看，不像以前，眼都盼红了，一年也盼不来几场电影。张红旗说，老人家说的是。全公社十几个大队，放映队拢共三个人，各管一片，各大队轮流放映，一个月下来，每个大队能放一场就不错了。老者说，有一年轮到俺大队放电影，太阳还有人把高，电影幕就挂起来了，社员早早吃了饭跑社场上等着。你猜怎么着？嗬，天都黑透了，电影也没放。放映师傅在喇叭里说，跑片人拿片去了，马上来。社员就信了，睁大眼睛等，有人都睡醒一觉了，月亮偏西了，跑片人也没来。后来社员几乎走光了，真是猫含猪尿泡空欢喜呀。听说有人一头戳进稻草垛睡到天亮，也没看着电影幕上半个人影。

张红旗想笑却没笑出来，是他的失误让观众白等了大半夜的时间，让一些人骂放映队是骗子。他一直觉得对不住那些在田间地头辛勤劳作的人。现在，老者的话让他想起了至今让他心有余悸的一幕。

那个跑片人就是他。那晚，他和顾黄河按照放映计划安排，要到油菜乡最北边的黄庄大队放映，恰好当晚青蛙大队也轮到放映，放映员是汪运昌。汪运昌和张红旗商量好，一部叫《追鱼》的影片汪运昌放完后，张红旗再拿到黄庄大队放映。一部影片一个地方放完后再拿到另一个地方放映，放映队的行话叫跑片。顾黄河早早来到黄庄大队，在生产队的社场上埋下桩子，挂上银幕，架起机器，一切准备就绪，就等着张红旗把影片跑回来。

临近子夜，张红旗拿回影片，骑着自行车兴冲冲往回赶，从砂石路转到一条土路时，遇到一个斜坡。张红旗急于赶路，没把斜坡当回事，没捏车把上的手刹，快速下坡，车轮下被什么硬物一硌，车身失去平衡，张红旗连人带车钻进了路边的水沟。有过路的拉着板车的买卖人把张红旗拉上来。浑身像散了架，左腿钻心地疼。买卖人说，你受伤了，赶紧去医院吧。张红旗说还有几百口人等着看电影呢。买卖人说，看什么电影，还有比治伤更要紧的事吗？买卖人用平板车把张红旗和他的前轮变了形的自行车送到乡卫生院。血染红了张红旗一条裤脚。张红旗的左腿让什么东西划开一拃长的伤口，医生缝了九针。伤口缝上了，女医生笑着对张红旗说，这次就不收你钱了，赶明儿来医院给我们放一场电影。

一场电影让你搞砸了。社员都骂放映队是骗子。顾黄河得知情况后，提着二斤馓子去看望张红旗时这样说。

差一点命都搭上去了。老婆秋水心疼地摩挲着张红旗的伤口一回又一回，每回都没忘记数落。

上千元的票房收入让刘云鹤激动得不能自持。

刘云鹤双手攥着张红旗的手说，红旗呀，还是你有远见，不是你整天跟乡里唠叨建电影院的事，电影院怕还是画在图纸上。

张红旗从刘云鹤的手里抽出手，谦虚说，我一个放电影的能有几斤几两，刘乡长你能不知道吗？还是领导高瞻远瞩，下了大本钱把电影院给建起来了。

刘云鹤抖着一条腿说，话可不能这么说。你看，上天放映一部武打片，电影院都要被挤炸了。看来我们这步棋走对了，将来在电影院经营上大有可为。

实际上，张红旗岂止只是向乡里提提建议，在资金筹集、施工监督和材料看护上，他都操碎了心，人瘦了一圈，老婆秋水没少数落他。

县文化馆吴馆长有次打电话过来问油菜乡电影院动工没有。张红旗说一时还拿不出建设资金，但党委政府会上经常提起这事。吴馆长说不要光打雷不下雨，为群众办件好事怎么这么难。后来进城办事遇到吴馆长，张红旗像遇到讨债人一样躲着。张红旗觉得比欠吴馆长的钱还难受。

很快，张红旗从周边乡镇的放映员那里听到风声，他们要筹建电影院了。

张红旗再次找到了刘云鹤。刘云鹤苦着脸说，要是抢银行不犯法我就去抢银行了。张红旗说可以找一家社办企业出面贷款，另外，像缫丝厂、砖瓦厂、建筑站这些企业也可以借一些，它们都是油菜乡的肉头户。刘云鹤觉得言之有理，安排张红旗先去砖瓦厂蹚蹚水。

张红旗进了厂长办公室，孔厂长伸着两手迎上来，像要给张红旗一个货真价实的拥抱。张红旗说了请砖瓦厂出面做贷款建电影院的事。孔厂长说这事不好办，因为砖瓦厂有笔贷款还没还。张红旗说，这样吧，我和你一起去趟信用社。

电影院正式放映后，张红旗每月都要送给信用社张文主任十多张电影票。放映《少林寺》那天，张红旗特意去信用社给张文送去五张票，五张票的座位是张红旗精心挑选的，他认为只有张主任一家人才配坐上这样的席位。一次在饭桌上，张文贴着张红旗的耳朵说，老弟，不瞒你说，别说孔厂长从我这里做不出贷款，就是乡党委政府头号人物来，我照样不给面子。张红旗说，我不就是个放电影的吗？张文说，就是因为你是放电影的，我才打心里敬重你，我不是好这一口吗？张红旗明白，张文好的这一口指的是看电影。

建电影院那段日子里，张红旗忙得像只陀螺，他像一只山雀一样，敏捷地出现在建筑现场的每一个角落。建筑站长说，张师傅，看你这样上心，人还以为是你自家建的电影院呢。张红旗不以为然，公家的事就不上心吗？

四

秋水对张红旗忍无可忍。

秋水掐指算了一下，张红旗足足有半个月没回家了。连秋水身上的味儿张红旗也差不多忘了。

回家当晚，早早熄了灯，张红旗宽衣解带爬上床，爪子慢慢伸到秋水胸部。秋水猛地侧过身说，你找错地儿了。

张红旗没明白秋水的意思，讪讪地说，我不用眼都能摸到，怎么能错。

秋水又羞又怒，你想哪去儿了，我是说你家都找不到了，干脆跟电影院过吧。

秋水的话是有道理的。

那天回家，张红旗东张西望，像一个外来者闯进陌生的村庄。有个放牛老人证实，张红旗站在村口抻着脖子望了很长时间，样子十分可疑。最近庄子里不断有人家不是丢了鸡就是少了羊。放牛老人以为贼人踩点来了，丢下牛绳，气喘吁吁地跑到张红旗跟前大声呵斥。张红旗一眼认出了此人是本家的五爷，咧嘴笑了，我是红旗呀，五爷。五爷说，有段时间不见，你这孩子咋瘦成这样？都说放电影的吃的比乡干部还好，看你这样子，好像有阵子没碰油水了。这不是赶上乡里建电影院嘛，刘乡长说电影院是为放映队建的，非要我负责。五爷说你不赶紧回家，站在村口望什么，是认不出家啦？张红旗尴尬地挠挠头说，还真让五爷看出来了。

张红旗在被窝里不停地给秋水赔礼道歉，并承诺以后不会半个月不回家了，还哄秋水说，乡里电影院建好后，我带你去看最好看的电影，保证让你坐最好的位置。见秋水没什么反应，张红旗伸手去扳秋水的肩，秋水像一条凶猛的鱼，狠狠地甩了一下。张红旗的手沮丧地举在那里。

要我给你磕头吗？穿着花裤衩的张红旗几乎给秋水跪着了。秋水被张红旗这个样子弄得差点笑出了声。现在轮到秋水出场了。秋水抿着嘴，不让张红旗看到她的笑容，一把提着他的胳膊塞进了被窝。秋水说，红旗，你没在家这段时间，家里丢了好几只鸡。也不知是黄鼠狼叼去了，还是让贼人偷去了。你再不回来，早晚我也让人偷了去。秋水下颌抵着张红旗的胸脯，身子紧紧贴上去。

待秋水睡去，张红旗欠起身端详着秋水的脸。这是一张经受过无数次风吹日晒的脸。第一次在集市上相亲时，张红旗就认准了它——饱满，瓷实，像一粒麦子，携带着一股乡野的气息。在课本上和电影里看到过无数让人遐想的女子，张红旗曾有瞬间的心动，并形成了一种审美标准。在熙熙攘攘的集市上，张红旗看到了与心里的审美标准完全吻合的人。那天，张红旗花了八角钱请媒人和秋水吃了一碗凉粉。

只是，秋水个头小，怕是挣不了几个工分。

又不要她拉大车，个头小怕啥。母亲胸有成竹地说。

秋水果然没让人看笑话，成了庄稼地里一把好手。插秧割麦，摘棉花挖红薯，让那些大个子女人自叹弗如。张红旗长年累月在放映队，白天要到县城拿片，晚上为社员放露天电影。轮到在自己大队放电影了，秋水和本村的女人们天没黑就到了电影场。秋水看到张红旗正在指挥人挂银幕。秋水坐在张红旗的板凳上。

秋水，再往张师傅身边靠靠嘛；要是困了，你就倚在张师傅的怀里。旁边的女人存心想逗逗秋水，也有取悦放映员张红旗的意思。

张红旗很节制地笑了一下。

秋水伸出手捣了那女人一拳，再说我撕烂你的嘴。

有人替秋水说话了，她对那个女人说，人家是两口子，想怎么着就怎么着，要是看着眼红，秋水你起来，位子让给她。

一群女人笑成了一团。

秋水抬手揉着眼角，张红旗知道那是秋水笑出了眼泪。

幸亏我把持住自己。张红旗对自己说。

张红旗知道，那个叫春妹的姑娘已经在一年前，坐着渡船，嫁到运河那边的村庄了。电影场上，除了秋水，春妹也坐过这条板凳。

那次在胜利大队放电影，张红旗正在调试放映机镜头，头顶上挑着的白炽灯泡照得张红旗有些眼花。他专注地调试镜头、整理胶片，灵巧的动作，娴熟的技术，包括那张颇为标致的脸，让一个姑娘看到了。姑娘俯着身子，两只胳膊支在大桌上，双手托腮，扑闪着长长的睫毛，看着张红旗的每个动作。一阵雪花膏的味道，让张红旗意识到有双眼睛看着自己。张红旗抬起头，对姑娘笑笑。那姑娘一脸羞赧，目光慌乱起来。

坐板凳上吧。张红旗说。

姑娘犹豫一下，终于没有客气，坐上去了。

动作真熟练，在哪儿学的呀？

在县里培训时，跟县城电影院的放映师傅学的。

二人声音压得很低。周围那么多观众，人多嘴杂，张红旗和异性说话，尤其是小姑娘，必须适可而止。

第二次交谈的时候，张红旗知道那个姑娘叫春妹，十九岁，家里很穷，有三个弟弟，最小的八岁。春妹在人们的眼睛盯着银幕上最精彩的段落时，悄悄地把用手绢包着的煎饼递给了张红旗。张红旗低着头，在暗处吃完了煎饼，还打了几个饱嗝。借着放映机上的灯光，张红旗看到洁白的手绢上，一朵绽放的百合花。张红旗把手绢还给了春妹。

那年一个暮春的晚上，张红旗在运河边的陆塘河大队放电影。春妹正是陆塘河大队的人。埋上木桩，挂上银幕，天还没黑，张红旗到附近的麦田埂上散步去了。晚风像一只温柔的手，撩着张红旗的头发，还捎来了一股麦苗的清香。张红旗张开鼻翼，贪婪地吸了一下，心里充盈着舒畅与甜蜜。西天的红日镶嵌在晚霞里，为麦田间的张红旗设置了一个浪漫的布景。

心里有一种莫名的冲动，张红旗很想和人说说话。这个时节，这个地方，张红旗觉得一个人独步麦田，默默无声，就是对这个时节，这个地方的辜负。

回到放映机前，张红旗看到了春妹。在放映机的沙沙声掩护下，春妹说，你人好，技术好，我心里老是想着你。

张红旗说，我是有家庭的人，可不能那么想。

春妹说，家里给我介绍婆家了，在运河那边。

张红旗说，这是好事。

春妹咬了下嘴唇不说话。

灯光下，张红旗看到春妹的眼里闪着晶莹的东西。

张红旗看着坐在身边的秋水，眼前有些恍惚。

张红旗很快从幻觉中跳出来。

以后，和秋水在被窝里交流，或吩咐秋水照顾好老人和孩子的时候，张红旗显得底气十足。

家里家外都指望我一个人，你要是再不对我好，心里装着别人，我饶不了你。秋水头枕着张红旗的胳膊，捻着他的耳垂说。

五

一部《少林寺》引领了油菜乡崇尚武术的潮流。大街上，不时有穿着灯笼裤，裸着上身的年轻人在人群中穿梭。有人模仿电影里的武打道具，自制了九节鞭、少林棍，对着空气猛抽，抽出尖锐的呼啸声。路人无不望而生畏，纷纷避让，恐遭不测。赶上逢集，一些痴迷少林武功的年轻人在酒馆里喝得面红耳赤了，一身劲凝成了疙瘩，手脚痒痒，就去了集市。那里人多，是显身手的好地方。平日里有了仇人，或在功夫上受到蔑视者，往往会吹着口哨，在集市上会合，与对手打得天昏地暗，说书场上的听众被惊心动魄的打斗吸引过去，那嗓音沙哑的说书人黑着脸，手里的鼓槌落寞地敲在鼓面上。一场斗殴下来，有人掉了一颗牙，有人肿了一只眼。

社会治安的混乱引起派出所所长的愤怒。刘云鹤对张红旗说，红旗呀，派出所李所长找到我，说电影院不能再放武打影片了，再这么放下去，非出人命不中。张红旗冷笑着说，好心好意为群众放电影，最后还成了罪人。刘云鹤说，你可不能有情绪呀，你看，满大街都是无所事事的年轻人，他们读不成书，找不到正经事做，就跟电影里学打打杀杀，这还得了？以后多放一些有教育意义的影片。

张红旗嘴上虽有不满，但仔细一想，刘云鹤的话不无道理。即使社会上的聚众斗殴现象，不能完全归咎于武打影片的误导，刘云鹤的话也要听，毕竟他是分管文化工作的副乡长，况且在建设电影院上，刘云鹤帮他实现了心愿。

一件事让张红旗受到很大触动。

一次回家，张红旗看到村里一位老人坐在汪塘边哭。张红旗意识到老人一定遇到什么伤心事，想过去问问情况，安慰一下老人。张红旗走到老人身边，挨着老人坐下来。张红旗问老人遇到什么事。老人收住哭声，擤一把鼻涕说，我上辈子造孽啦，娶了个不孝顺的儿媳妇。从老人呜呜咽咽的诉说中，张红旗了解到，老人的儿媳妇从没让他吃过一顿饱饭，他放羊还没回来，儿媳妇就把男人和孩子叫过来，热热乎乎地吃完，剩下的菜端到抽屉里收着，老人回来只能吃剩饭啃咸菜疙瘩。

儿子管不了她？张红旗眼里冒火。

他是个没本事的人。老人恨铁不成钢。

张红旗把老人领回了家，端来温水，让老人洗了脸。秋水手脚麻利地做了两碗手擀面，老人吃完面条，抹着嘴说，红旗呀，到底你是识文断字的人，在外见多识广，做人做事懂规矩。秋水这孩子人好心也好，俺那儿媳妇连秋水一半都不如。秋水说，大爷，嫂子要是哪点做不到，你做长辈的也别忍气吞声的，该说就说。老人的儿媳妇秋水认得，平日里见了都喊她嫂子。张红旗说，尊老爱幼是我们的传统美德，哪能欺负老人。

事后没几天，张红旗进城跑了几家电影院，终于从人民电影院看到一部他想要的影片。片子到手后，张红旗喜出望外，他要用这部影片教育一下那些背离社会文明风尚的人，让尊老爱幼之风回归乡村。

电影院连续几场放了片名叫《喜盈门》的电影，电影院里虽没当年放映《少林寺》的观众多，但反响很大。这是一部家庭伦理片，喜剧式的结尾为引领乡村精神文明建设树立了正确的导向。在电影院放映这部电影远远不够。张红旗和顾黄河、汪运昌他们商量，哪个村轮到放电影了，就放《喜盈门》。

这天晚上，张红旗在自己的村子里放电影。放映前，张红旗像领导做报告那样，手持话筒，对观众说，观众朋友们晚上好，今天晚上为大家放映的影片是彩色故事片《喜盈门》。这部影片是我几天前专程去县城，向一家电影院借来的。影片讲的是农村一个家庭的故事。一个老人辛辛苦苦把孩子拉扯大，把苦日子熬出了头，却不能和晚辈们一起吃上热乎乎的饺子。这是为什么？是老人的长孙媳妇心胸狭窄，容不得老人。后来发生的事情让这个不孝敬老人的女人思想受到了教育，认识了错误，改掉了毛病，一家老少终于和和美美地坐在一张桌子上吃饭。我之所以选这部影片放映给大家看，是因为当前，在我们乡村，仍有一些不良风气，不少家庭不够团结，不能和睦相处，甚至有的老人被赶出家门，住进了草棚，有的老人端着白饭碗，连下饭的菜都没有。是因为穷吗？不是，是家风出了问题，是某些人的思想出了毛病。我们放映《喜盈门》这样的影片，就是要借助文化力量，狠刹不正之风，让尊老爱幼的传统美德在广大乡村，再次生根开花。

张红旗用流利的普通话把这段话讲完，电影场上掌声雷动，有人大声欢呼，有人吹起了口哨。

那段时间，张红旗的良苦用心没有白费。秋水告诉他，上次在家里吃面条的那个老人找到门上来，进门就攥住我的手不放，我都被攥得不好意思了。张红旗说，不用你说，他准是来感谢咱的。秋水说，可不是嘛，他儿媳妇对他可好了，饭桌上，主动把菜往他碗里夹哩。

怎么样，不用电影教育教育不行。张红旗得意地说。

就你有本事。秋水别了张红旗一眼。

六

电影院一枝独秀的时光像运河里的水一样流逝了。

县城的大街小巷冒出了录像厅。录像厅门前放着音箱，音箱里传出刺耳的拳打脚踢声。那声音很有诱惑力，花上几角钱，钻进黑乎乎的房间，就可以看到一部香港武打片。

县城的录像热很快传到了乡下。油菜乡街道上陆续出现了放录像的门店。一些男女青年几乎与录像厅形影不离。街道上，张红旗常常碰到一些影迷，裸着上身，褂子扛在肩上。以往，他们会主动和张红旗打声招呼，脸上现出极度讨好的笑容。晚上放什么片子？他们这么问。张红旗故弄玄虚地说，晚上不就知道了？

现在，我们的放映员张红旗没有听到任何一声招呼，也没看到任何一个笑容。有人和他擦肩而过，嘴上故意说，曹家录像厅昨天刚进的片子，刺激着呢。说这话的人，过去逃票看电影受到了张红旗的阻拦，心里存着怨。如此这么一说，张红旗自然知道其弦外之音。

到电影院看电影的人持续下降，放映队心急如焚。张红旗到县城几家电影院精心挑选影片，一部片子要支付一笔租金，在文化市场日趋繁荣的年代，乡镇电影院花钱租片子是情理之中的事了。乡里每次召开文化工作会议，刘云鹤一再强调文化市场要放开、搞活，要求放映队放开手脚，大胆探索，只要能在推动油菜乡文化建设的前提下，增加财政创收，不管想什么办法都行。

每次租来一部影片，张红旗都和其他两位放映员围绕如何做好宣传，增加票房收入，反复磋商，精心谋划。张红旗请文化站的人制作海报，用彩色毛笔写上醒目的片名，配上画图。三人不顾烈日当空，分头在街区交通道口和人流量大的地方张贴海报。除了街区，全乡各个村部院墙上也都贴上了电影海报。张红旗还简单写了广告词，交给乡广播站的播音员播报。

电影还没放映，张红旗已累得腰酸腿疼。他想不到遍地开花的录像厅，对一向为人们看重的电影，会带来如此巨大的冲击。以前到下面放电影，别说没有提前宣传，就连在哪个村放映也没人透露，结果呢，电影还没放映，四面八方的人都来了，社场上人头挨人头，挤得连一丝风也过不去。这才几年，电影就成了半老徐娘。

张红旗不知道售票处售出多少票，他不便询问。但将近三分之二空着的座位让张红旗愤怒得想骂人。他多么希望重回放映《少林寺》的日子，他希望影院门前像集市一样拥挤、喧哗，他甚至希望看到，电影院里出现观众为争夺一个座位而怒目相向或大打出手。他觉得这是电影的魅力，也是放映员的荣耀。

电影院经营上首次出现了亏损。不但乡财政交不上一分钱，放映队也入不敷出。张红旗硬着头皮从秋水那里拿点钱应付日常开销。秋水说，不少手头宽绰的人家都买了电视机，蹲在家里就能看上电视剧和电影了，谁还大老远花钱跑电影院看电影。张红旗认真琢磨着秋水的话，他像一个奔跑的运动员，向着一个目标猛冲时脚下突然失去了力量。秋水让他干脆回来，和自己种几亩责任田，养几头猪，不愁吃不愁穿就行。

乡里决定不再为放映队提供任何经费。刘云鹤说，放映队可以承包电影院，你们自负盈亏吧。刘云鹤说这么一句就走了。看着刘云鹤肥大的背影，张红旗鼻子发酸，他有哭的冲动。

几年后，张红旗在千鸟园广场上，用数字放映机，义务为观众放电影的时候，有个中年汉子对他说，张师傅，你这辈子和电影离不开了。张红旗认出了他，笑着说，你不是当年在农民歌咏大赛上得过头等奖的吴大志吗？那个叫吴大志的说，你还认得我呀，张师傅。那次比赛是在电影院举办的，当时观众比看电影的还多。张红旗说，那时也是没办法呀，放电影没人看，咱就弄点新花样。

乡财政停止供养放映队以后，放映队只好在电影院的经营上绞尽脑汁。问题是进入二十世纪九十年代后，随着改革开放不断推进，文化娱乐方式日益丰富，录像、VCD、DVD、电视竞相绽放，电影已成明日黄花。

几十万建起来的电影院不能这么空着。张红旗去了县文化馆找吴馆长出主意。从县城回来，张红旗风尘仆仆地去找顾黄河和汪运昌。看到张红旗一脸亢奋，顾黄河问碰上啥好事了。汪运昌说张红旗一定是路上捡到宝贝了。张红旗说，都别贫嘴了，咱们说正经事。我不是去文化馆找吴馆长了吗，我把电影市场不景气跟吴馆长一说，吴馆长说任何事物都有它的兴衰过程，电影鼎盛时期算是过去了。

吴馆长还说什么？顾黄河问。

张红旗端起一茶缸开水喝了一大口，抹一把嘴说，吴馆长跟市歌舞团团长是老朋友，他愿意牵线，让市歌舞团到我们这里来演出，地点就在电影院。灯光、音响配合下，如花似玉的女演员一出场，那可是真人哪，保准能吸引一大把眼珠子。

顾黄河、汪运昌都说好。

海报贴出去没几天，市歌舞团在油菜乡电影院的演出就开幕了。电影院里人山人海，走道上也坐满了人。舞台上，旋转的灯光扑朔迷离，华丽的服饰让人眼花缭乱。霹雳舞者在闪电般的灯光下如黑色的幽灵，舞出青春的放纵和生命的张力。体态婀娜的女演员表演一种被称为“柔姿舞”的舞蹈。她们扭动着柔软的腰肢，像一条立起的菜花蛇。

一场演出拯救了电影院。那场演出的收入几乎是几个月放映电影收入的总和。张红旗对电影院再现生机是这样描述的：电影院就像一盏行将熄灭的油灯，轻轻挑一下灯花，就兴高采烈地亮了。

歌舞团演出的机会毕竟有限，张红旗又策划出新的方案，在电影院举办农民歌咏大赛。

刘云鹤已从副乡长的位子上卸任。出于尊重，张红旗拿着方案征求刘云鹤的意见。

刘云鹤留张红旗喝了一顿酒，送他出门时说，这个农民歌咏大赛一定好好搞，农民兜里有钱了，也想走上舞台露露脸。

在全县甚至苏北，张红旗成了组织农民歌咏比赛的先行者。多年后，电视上出现了农民参与的各类比赛，张红旗只是在心里笑笑。首次举行的农民歌咏大赛中，年龄最大的六十二岁，他西装革履地往舞台上那么一站，用不太专业的唱腔演唱京剧《智取威虎山》的唱段，观众席上一片哗然。那个叫吴大志的青年农民以一首《在那桃花盛开的地方》将大赛推向了高潮，夺得了歌咏大赛一等奖。

油菜乡电影院举行的农民歌咏大赛像长了翅膀，飞到了方圆几十里的地方，周边乡镇电影院纷纷效仿。一时，农民歌咏大赛备受关注，成了农民文化生活中的一道风景。县里的报纸、广电等媒体采访过张红旗。

我就是想让农民朋友在生活中找到自己的舞台，用唱歌充实自己的文化生活，用歌声表达对美好生活的向往。张红旗这样对媒体说。

七

放映队解散了。

当乡里分管文化的领导宣布这一决定时，张红旗两条腿像被抽去了力量，软软地坐在那里。顾黄河似乎提前料到放映队解散的事迟早要来，有了心理准备，对放映队解散的决定就不那么在乎了。顾黄河邀请张红旗和汪运昌到集镇上一家小酒馆喝酒。后来顾黄河对张红旗说，红旗你那天怎么控制不住自己呀，怎么就呜呜哭起来啦。多大个事呀，我不信不放电影就活不成人吗？张红旗说，那天我喝多了。我真的哭啦？丢人哩。顾黄河说，你是舍不得放映机。张红旗说，放几十年电影了，突然让你下岗，这眼前一片黑，心里头哇，有说不出的滋味呢。

放映队的仓库里有两台长江牌老式放映机，有一堆生锈的铁盘，那是存着电影胶片的输片盘。张红旗轻轻地擦拭着放映机上的灰尘，像面对着即将离去的战友，心里充满别离的伤感。张红旗耳边依稀响起沙沙声，一幕幕银幕上的画面在脑海里闪现。

放映队都散了，留它做什么，当废铁卖了吧。顾黄河说。

张红旗抬起头看了顾黄河一眼，这东西我带回去收藏，没事的时候看看它，心里舒服。

顾黄河进城打工去了，汪运昌在家养甲鱼。

农忙时，顾黄河回来找到张红旗说，跟我出去吧，一年挣几万块钱没问题。张红旗说，秋水身体不好，离不开我。

张红旗另有想法。这个想法他不想告诉顾黄河，他不认为顾黄河在这个事情上会支持他。

在公园、健身广场或村部大院，人们会看到一个年近花甲的男人从电动三轮车上卸下放映设备，一番安装调试后，银幕上就出现精彩的画面。上了年纪的观众都认识他，他们是看着他的电影度过一段清贫而难忘的岁月。

他就是张红旗。

张红旗用的是数字放映机，架起支架，放上放映机就可以了，很多时候支架也不用，放映机直接放在三轮车上。在广场上，张红旗考虑到看电影的多是上了年纪的人，站着太累，就为他们提供几十把塑料椅子。你不要以为这些椅子是公家的，这可是张红旗自己掏钱买的，那台放映机也有他一半的钱。

对张红旗义务为居民放电影，秋水一肚子意见，甚至为此赌气去了娘家。女儿小青抱怨说，爸，你一不图当官，二不图发财，都离开放映队好些年了，怎么还要去放电影，何况一分钱拿不到。张红旗知道小青说得在理，但他从没为自己做出的选择后悔过。

我能出尔反尔吗？我能半途而废吗？不能。我可是对文化站站长下了保证的。张红旗没有把这些话说出来，秋水和小青都认为他脑子出了毛病，只有文化站站长懂得他的心思。

顾黄河提出一起出去打工时，张红旗已经有自己的想法了，他决定去找乡里的文化站站长，他打算请文化站站长出面协调，买一台数字放映机，继续操起老行当，为观众放电影。

你可要想好了，没人给你发工资。文化站站长提醒他。

要是为了工资，我这个年纪还去放电影？张红旗的话里带着几分豪爽。

这工作适合你，文化惠民嘛，政府会支持你的，老百姓更会欢迎你。

我没想过那么多，只要能为老百姓放电影，我心里就踏实。

说到就得做到哇。文化站站长说。

你还信不过我？张红旗说。

乡财政拨给的钱不够，张红旗谎称朋友急用钱，向秋水借了三千元，买了一台数字放映机。后来张红旗从上面下拨的文化下乡补贴资金里拿出三千元还给秋水。购置完放映设备，张红旗制定了放映计划，开着电动三轮车，到油菜乡各个地方巡回放映，每年放映几十场，据说有些人就是冲着张红旗来的，他们说只要是张红旗放的电影，再忙再累也去看，一分钱不花不说，还能学到知识技术呢。有人补充说，还能找到当年看露天电影的感觉呢。

张红旗一路好话地把秋水接回家。看着两鬓斑白的张红旗，秋水知道他老了，一时心疼，不忍再数落他。

小青去年定的亲，也到了出嫁的年龄。秋水和张红旗商量说，咱就一个闺女，婚事办敞亮点，给孩子买辆车做嫁妆吧，做老的脸上也好看。张红旗神色紧张起来。秋水说，你怎么啦，红旗？咱家拿得出这笔钱，这些年你工资家里一分没动过，都是你存起来的，该花就得花，反正早晚都是孩子的。张红旗垂着头，搓着手，秋水的话让他措手不及，他从没想过要花这么一笔钱。张红旗说，就怕钱不够，到时再说吧。

张红旗在花钱上是十分克制的，没有抽烟的嗜好，更无赌博的恶习。在放映队的时候，每次到村里放映，都是村里留的饭。每次招待，村干部都非常讲究，天寒地冻了，村干部差人砸开冰面抓几条鱼，或杀一头猪慰劳放映员。公社来人我们也舍不得杀一头猪呢。村干部说。充足的油水把放映员们养得容光焕发。离开放映队，生活水准降下了一截。除了每月千把块的工资，家里的每一分钱都是秋水辛辛苦苦挣来的，张红旗从没在吃喝穿戴上由着自己。

但有个人让张红旗一笔一笔地动了自己的积蓄。当然，这一切都是背着秋水做的，张红旗做得很谨慎，可以说滴水不漏。但一看到秋水，张红旗就陷入深重的自责。

解散前两年，放映队为了创收，除了在电影院放映电影或举办演出，谁家孩子考上大学了，或结婚办喜事了，放映队就去放一场电影，主家会给一二百元的红包。

陆塘河村有个孩子考上了省城某所大学。张红旗去放的电影。得知孩子的情况，张红旗没拿一分钱。张红旗还知道，孩子家里拿不出学费，一家人都笼罩在忧愁中。

张红旗动了自己的积蓄，让孩子走进了大学校园，还亲自到学校看望他。

此后的每月初，张红旗都会准时出现在邮局。邮局的人都晓得张红旗向一所大学汇款，汇款单上收款人和张红旗不是同一个姓氏，他们知道那不是张红旗的孩子。也可能是张红旗家的亲戚呢。邮局的人都这么认为。

小青结婚头几天，张红旗拿出的钱让秋水大发雷霆，恨不得冲上去咬他一口。这么些年，你攒的钱呢？成天吃我的喝我的，自个儿攒的工资钱却找不到下家了。今天你给我说清楚，不说清楚这日子就没法过了。秋水眼里冒着火，愤愤地说。

张红旗目光躲闪地说，汪运昌养甲鱼，本钱不够，我借给他了。借多少？两万多。小青这嫁妆怎么办？让她空手去人家吗？张红旗说，这次就买几件家用电器吧。我去跟她说，车子我一定买给她。

汪运昌家离张红旗家只有几里地。张红旗长了个心眼，担心秋水找汪运昌对证，就跟汪运昌说了实情。

一定帮我这个忙，一锅摸勺子几十年，别说漏了嘴。张红旗跨出门，扭头对汪运昌说这么一句。

乡文化站站长打来电话让张红旗去一趟。

从文化站回来，张红旗把收藏的两台放映机从纸箱里提出来放在桌子上，拿出毛巾蘸了水，小心翼翼地擦去灰尘，又后退两步，仔细端详一番。我舍不得把你送出去呀，伙计。张红旗对面前的机器说。那是个大地方呢，是你真正的归宿。张红旗继续念叨。

放映机要去的地方是县里新落成的电影博物馆。这里分为几个展区，用文字图片和实物展示了新中国成立以来电影发展历程，包括放映设备的换代更新和电影文化的发展变迁。

张红旗拿到一张收藏证书。博物馆馆长把证书交到他手上时，语重心长地说，你是放映队伍中的老同志了，正因为有你们和你们辛勤的付出，新中国电影放映事业才拥有如此辉煌的历史。

把放映机献给电影博物馆，供后人参观，让人们永远铭记在加强和推动社会主义文化建设中，电影做出的业绩。离开乡文化站时，文化站站长说。

一年后，秋水感到浑身疼痛，几乎连路也不能走了。张红旗带秋水到县医院检查。检查报告让张红旗如雷轰顶。早怎么不来查呢？医生惋惜地质问张红旗。张红旗无言以对，受审似的垂着头。

秋水说，红旗呀，你不说我也知道，我这病怕是不行了。送我回家吧。

张红旗忍着眼泪，凄然地说，就是有一口气，我也要给你治，砸锅卖铁也给你治。

一个秋风萧瑟的黄昏，秋水回到了生活了四十年的家。

秋水躺在从卧室移到堂屋的床上。张红旗坐在床边，斜过身子，脸几乎贴着秋水的脸，默默看着这个与自己相濡以沫的女人。

秋水微微睁开眼，蠕动着嘴唇想说什么。

张红旗在秋水的枕头上垫块浴巾，让秋水的头稍稍抬高一些。

张红旗说，有件事得跟你说，不能再瞒着你了。

秋水眼里亮了一下。伸出手，摩挲着张红旗的脸。

张红旗说，秋水呀，小青结婚时你打算给她买辆车，你知道我手里有钱，可我当时拿不出那么多，你问我钱哪里去了。我说借给汪运昌了。

秋水静静地看着他，仿佛等着一个真相浮出水面。

其实我是骗你的，汪运昌没跟我借过钱。

秋水的眉毛闪了一下。

上几年，我在帮助一个学生啊。他考上大学那年，我为他放一场电影。他家里穷，根本拿不出学费。在那节骨眼儿上，如果没人帮一把，大学里就少了一个大学生，那孩子也就没个好前程。后来那孩子的姐姐找过我，说她弟弟借我的钱一定还。为了让孩子能正常读书，每月我都给他汇去五百元的生活费。

秋水用细弱的声音问，他姐姐叫啥？

春妹。

秋水的眼合上了，那手慢慢地往下滑，无力地垂在被褥上。

张红旗泣不成声。

悲恸摇撼着这张积淀着四十年恩爱的床铺。

（原发《山东文学》2021 年 11 期）

根　系

一

刘一筋几乎是小跑着出了王快刀的深宅大院。刚出院门，壮硕的狼狗狠狠地瞪了他两眼，刘一筋腿一软，弓着身子，溜了。

一路上，刘一筋一边撩起褂角擦额上的汗，一边在心里骂，你仗着手里有几个钱，就串通村里想动我的林地，村里能听你的？

刘一筋顾不上跟王快刀怄气，一心想着那片林子。正是初春时节，责任田里的麦苗开始返青，杨树的枝条上陆续鼓出叶芽。麦田可以放着，但杨树林不能，几百棵杨树需要修剪，就是剪去多余的斜枝。修剪必须抢在开春，错过时机，就伤了杨树的元气。这是一项不小的工程，修剪完几百棵杨树，起码需要二十天，刘一筋算过。刘一筋不光每年开春要给每棵杨树修枝剪杈，在树干底处抹上尺把高的石灰水，防治虫害，还在林子旁盖了两间小砖房，里间铺一张床，外间支一口锅，吃住在砖房里，日夜看护这块林子。在村里人眼里，刘一筋女人水芹走后，一个单身汉就和林子过日子。这片林子像刘一筋养着的女人，开始是其貌不扬的小丫头，十几年下来，就长成让人眼馋的女人了。

光棍李斜眼有事没事会跑到刘一筋那里，弄到一根烟，边吸边直着眼看那林子，咂着嘴说，老刘哇，你这十几年心思没白费，苦吃到地方了。看看这杨树长的，棵棵顺溜。

刘一筋嘿嘿笑了，一双眼挤进了褶皱里。

卖两棵给我。李斜眼把那只眼斜向刘一筋。

你买树干啥，莫不是给自己做一副棺材？刘一筋说着笑话。

李斜眼说，十年八年死不了我，我要做几件家具。

不卖。刘一筋说。

又不是买你女人，这么心疼。

比女人还心疼。

李斜眼把刘一筋这句话传了出去。路上碰到刘一筋了，村里的女人们就七嘴八舌地奚落他：刘一筋，快去看你女人吧，别让人给拐走了。刘一筋红着脸，扬起结满老茧的手，做出要打人的姿态。女人们腰一闪，笑成了一团。

刘一筋走近护林屋，一窝鸡扑着翅，斜着身子围过来，像一群饥肠辘辘的乞儿。刘一筋毫不理会，从裤带上解下一串钥匙，开了门，捧出一把稻谷撒在门前。一窝鸡旋即形成一个圆，咯咯咯地啄食。黑狗从树林里蹿出来，把鸡群冲得四分五裂，一跃进了房门，十分温情地在刘一筋的腿上摩来擦去。黑狗是刘一筋的伙伴，也是护林战友，刘一筋管它叫老黑。每当夜间树林里有动静，刘一筋一努嘴，老黑就会箭一样射出去。刘一筋抄起鱼叉，端着手电，随后跟上。日久天长，老黑和刘一筋配合默契，同仇敌忾，这么一来，几乎没人敢打这片林子的主意，哪怕是一根枝，一片叶，老黑也当仁不让。除了应对意外情况，老黑也能帮刘一筋做些零活，比如，刘一筋坐在澡盆里洗澡，够不着肥皂了，就指着桌上的肥皂说，老黑，肥皂递过来。黑狗就把肥皂叼给他；刘一筋要帽子了，黑狗就跳上床，从蚊帐钩上把帽子衔到刘一筋的手里。黑狗的不俗表现，让刘一筋很满意。

刘一筋洗把脸，坐在板凳上，点根烟，脑子里晃动着王快刀阴笑的面孔。

头天晚上，王快刀从县城办事回来，家都没回，就把车开到杨树林边。当时刘一筋正在磨锯齿，准备修剪杨树，见包工头王快刀的车过来了，忙迎上来，说土财主视察来了？王快刀知道刘一筋说话酸，但也无恶意，就笑着说，我这个土财主，能视什么察呀。你明天上午到我家来，有个事想和你商量。王快刀话说得很客气，让刘一筋嚼出了土财主和穷光蛋平起平坐的味道。王快刀钻进车，车刚启动还没走，头从车窗里伸出来，添了一句：明天一早就来。别忘了。

刘一筋几乎一夜都在想着王快刀要和自己商量什么事。这几年，凭着那片林子，刘一筋像守着一个金矿，身价一天天看涨，成了村里让人眼红的人。他可不是十年前的穷光蛋刘一筋，他是抱着一笔财富过日月的刘一筋，他是参加过县里植树造林表彰会的刘一筋，他是和镇里领导碰过盅的刘一筋。人们都这么说。刘一筋不理这些，也从没和村里人炫耀过自己这段风光史。村里人知道这些，还不是消息灵通的王快刀说的。他心里装的是他的杨树林，他要把林子伺候好，看护好。

一向和当官的坐在一张酒桌上的王快刀，到底要和自己商量啥呢？为什么不在自己屋里说，非要到他家去说呢？那一定是大事。刘一筋头想得昏昏沉沉的，末了，又去想杨树修剪的事，儿子泡桐在外念书的事，然后就起了鼾声，沉沉睡去。

早上，王快刀要商量的事让刘一筋吓了一跳。王快刀让刘一筋坐在沙发上，递上一支苏烟，又沏杯茶放在茶几上，有招待领导的规格了。刘一筋有点不习惯这种规格，僵着身子，等王快刀说话。

老刘哇，王快刀喷出一口烟说，村主任找到我，说有个养殖大户，要在村里发展养殖产业，这正符合土地流转政策，是件好事。我是做工程的，养殖场由我负责建设。只是……王快刀停下来，又摸出一根烟扔给刘一筋，自己点了一根，喷出一口烟说，只是愁没地方建这个养殖场。

刘一筋说，没地方建养殖场，跟我有啥关系？

王快刀起身走到刘一筋面前，拍着他的肩膀说，有。我也不是村干部，按理我不该和你说这事，可村主任托我跟你商量一下，能不能把你那块林地转让给村里，绝对不让你吃亏。

刘一筋一怔，愣了半天，说，那块地暂时还不是村里的，是我承包的，还差八年才到期，我有合同的。

王快刀不悦了，没吱声。

刘一筋看着杯子里的茶叶起起落落，像跳舞。

王快刀理了理思路，用很平缓的语气说，我知道你和村里签过合同，树少说也能卖十来万，村里一分不要，全归你，地得退出来。王快刀知道刘一筋的脾气，语气不能硬。

刘一筋说，按合同办事，没到期谁也不能动这块地，何况杨树都快成材了。

王快刀说，我这不是和你商量着吗，你不给我面子，也得给村主任面子，咱们都是村民，村里发展养殖业，咱们也得支持不是？不瞒你说，我跟村主任表过态了，如果地能拿下来，建养殖场我只拿本钱，一分钱不多拿。村集体经济搞上去了，老百姓是受益者。

王快刀像一名说客，滔滔不绝地开导着刘一筋。

刘一筋绝不相信王快刀的鬼话。这几年他投机钻营，发了不少横财。他前几年承建村里一条水泥路，偷工减料，狠赚了一笔。据说上面派人来验收，对工程质量问题没提出什么异议。个中原因，鬼都知道。

刘一筋说，合同不到期，这地，天王老子都不能动。

王快刀手一挥，你去吧，刘一筋，犟下去看谁吃亏。

二

历史上，王快刀家族颇有势力，其祖父的遭遇一直成为王氏家族史上无法抹去的耻辱。旧社会时祖父在地方做过保长，因为到别人屋里讨便宜，睡了人家女人，后来不明不白地死在芦苇荡里。有人说是被掐死的，也有说是被勒死的，案子最终不了了之。让保长女人发愁的倒不是死了男人日子怎么过，而是觉得好端端一个宅子出了晦气事，很不吉利，就找先生看风水。风水先生进行一番勘察，给出的结论是：风水不错，今日遭遇凶险，他日必有大吉，这个宅上将来还会出现能人。

王快刀父亲当过兵，退伍回乡后，因为没什么文化，就当了生产队长，一把哨子指挥一个村庄。土地承包后，王快刀父亲队长不干了，和村民一块下田耕种。王快刀那时三十出头，在集镇上开个肉铺，经营几年，手头日渐宽绰。那时他不叫王快刀，叫王一鸣，有一鸣惊人的意思。一次，一个买肉的汉子挑肥拣瘦的惹火了王一鸣，王一鸣手起刀落，生生剁下那人半个手指头，因此有了王快刀这个绰号。王快刀因故意伤害罪被判刑半年，刑满后不卖肉了，做了泥瓦匠，帮村里人家砌墙头盖猪圈，练出手艺后，领一帮人到镇上建楼房，没几年腰里就殷实了，不仅在老宅上建起两层楼房，还买了轿车，成了远近闻名的暴发户。别说村民，就是镇上的一些干部见了王快刀，说话都要思忖再三，以防惹出事端。那个血淋淋的手指头可是晃在人们的脑子里的。不服不行，那名字就是一把锋利的刀呢。

拈花惹草这秉性也有遗传。王快刀不光刀下得快，砍得准，和女人黏糊的功夫比他祖父王保长更胜一筹。村里明里暗里和他往来的女人一大把，比如村里的寡妇喜鹊就公开和他好，有时当着人的面对王快刀说，王老板，学校又催毛毛交学费了，你跟校长说说。毛毛是喜鹊的儿子。王快刀乐了，用很有成就感的目光对在场的人扫了一圈。

王快刀挨了撞，待刘一筋走后，就一根接一根地吸烟。在里屋看电视的女人翠柳被烟呛了出来，劈头盖脸地数落男人，吸病啦你？脸都吸成火纸了，还拼命吸！

翠柳的话稀里哗啦地砸过来，王快刀大为恼火，霍地跳起来，瞪着眼，嘴角抽搐了几下，又把回击翠柳的话咽了下去。而后，用力把半截烟拧在烟灰缸里，那劲头好像不是在拧烟头，是在拧刘一筋。

翠柳心软了，语气柔软地说，刘一筋是个犟种，你不是不知道，你看他买过哪个账？再说了，那块林子是他承包的，没到期，地能说收就收吗？村里要用地应该让村干部出面，你出什么风头，你又不是村主任。

王快刀说，合同算个屁呀？这么多年来，我对他刘一筋也不薄，我表弟在县化肥厂做技术员那几年，我主动帮他买过低价化肥，他家泡桐考上大学，也是我找村里帮他开证明，从教育局做助学贷款的……

翠柳嘴一撇，你主动帮他办事说不定想打人家什么主意呢，跟你过这些年，你什么人我能不知道？再说了，那杨树林就是刘一筋的命根子，他十几年的心血都花在那上面了，杨树眼看长成气候了，要给伐了，那就是伤天害理呀。

王快刀觉得女人的话羞辱了自己，很不服气地说，我就不信。又想，这刘一筋不给面子，莫不是心里还记着什么仇？

王快刀和刘一筋都在一个村里住着，历史上两家有过一些恩怨，那是上辈人结下的。到了王快刀和刘一筋这辈，那恩怨就跟烟囱里的烟一样，飘远了，走淡了。

改革开放初期，村风纯正，吃喝嫖赌、坑蒙拐骗这类歪风邪气早已荡然无存。村民们除了辛辛苦苦地劳作，就是规规矩矩地过日子。男女之间更是清清朗朗，就是一块儿出工干活，日久生出情分，也只能揣在心里，甚至要揣上一辈子。不然，就是犯了大忌，名声就会臭一个庄子。

刘一筋的父亲刘守财就不行了，他喜欢上一个女人，他遏制不住那份情，就让情从心里冒出来。刘守财虽是庄稼人，言谈举止像唱戏那样吸引女人。那女人受了他的熏陶，忘了禁忌，和刘守财好上了。

一个风清月白的夜，刘守财蹑手蹑脚地去了那女人家的猪圈旁，女人看到了，眼里有了心领神会的意思，就和刘守财一前一后摸到村外的苕子地里表白心迹去了。

邻村一个放猪晚归的老家伙路过苕子地，听到动静，也认出了刘守财。民间有个说法，说碰到男女偷情不太吉利，要吐口唾液方能逢凶化吉。老家伙直了脖子吐口唾液，扛着鞭子撵着猪，进村去了。

第二天早上，刘守财被人架着跪在村外的河堤上。村里男女老少看戏一样围着刘守财指指点点。王快刀父亲王队长一手叉腰，一手敲着刘守财脑壳骂道，你也知道尝鲜哩。

刘守财的名声臭了。有时两口子吵嘴，女人就揭刘守财的短，你尝鲜去吧，守财。

日子似乎冲淡了人们对刘守财丑事的记忆，刘守财父子俩对王快刀父亲以及那个告密的老家伙的仇恨也日渐消减，就像地上的一泡尿，风吹日晒下说干就干了。

一晃近二十年，王快刀和刘一筋都快长成父辈的年纪了，四十开外了，王快刀和刘一筋心里有数，但从不提那事。王快刀卖肉那阵，刘一筋隔三岔五地过去帮个忙，有时还能弄副猪肠回来。

土地承包没几年，刘一筋承包村里那块地，植下杨树，王快刀还经常到林子里看看，嘱咐刘一筋好好看护，临走还说，你走时运了，刘一筋，一块肥肉叼你嘴上了。

王快刀思来想去，拿不准刘一筋心里是不是还记着旧仇新怨，但心里窝着火，觉得遇到刘一筋算是碰了磕绊。他嘬了一口茶，跟翠柳说去镇里办事。

三

刘一筋起得很早。麦地上浮着一层薄雾，雾下罩着一片绿。露水挂在麦苗的叶梢，在晨风里晶莹透亮，摇摇欲坠。刘一筋走在田埂上，脚下踩着刚露头的野花嫩草。偶有一两只鸟被惊着了，呼的一声冲上天，把雾碰得惊恐万状。

麦地北面是杨树林，有十多亩，几百棵杨树纵横成行地长在地里，树干挺拔、壮实，树皮光滑、鲜润，枝上的叶芽状如豌豆，在晨曦里泛着青光。

刘一筋走在林子里，摸摸这棵，踢踢那棵，见到粗壮些的，就伸出双臂，两手相扣，把树搂在怀里，眯了眼，像在倾听杨树的呼吸声。地面是潮湿的，头夜下了露水，生着毛茸茸的小草，走上去十分软和。在刘一筋眼里，这一棵棵杨树，分明就是一个个壮小子，风调雨顺里不声不响地长着身体。这茁壮的阵容，让刘一筋活得踏实多了。

今天开始修剪杨树了，所以刘一筋起得这么早。往年，他都请一两个帮手一起修剪，都是关系不错的人，人家不要钱，管几顿饭就行了，顺带给人几盒烟。

刘一筋决定自己干，不再找人帮忙。刘一筋回到砖房，搬来梯子，拿来钢锯。梯子靠在树干上，爬上梯子，一手搂住树干，一手紧握锯柄，一根一根地锯掉树冠底层新生的枝条。这么一修剪，就跟给树理发一样，杨树就精神多了。当然，刘一筋是不忍心锯掉那些旁逸斜出的枝条的，他觉得那些枝条虽然对杨树生长没什么好处，而且还会消耗不少树身的营养，妨碍杨树生长。但枝条毕竟是从杨树身上长出来的，是杨树身上的一块肉，锯一下，树疼，他也疼。锯齿深入枝条的皮肉，来回走几遭，树枝咔嚓一声就断了，有的落到地上，有的砸在刘一筋的头上或肩上。

栽树护林和种庄稼一样，既要技术，也要工夫。这是父亲刘守财亲口对刘一筋说的。当时父亲正在老宅的房前屋后挖坑栽树，刘一筋帮着浇水、施肥、培土。几年后，树蹿过了屋顶，枝繁叶茂，遮天蔽日的。刘一筋又跟着父亲给树剪枝、喷药。父亲说，种地人不能让地空了，家前屋后空地不能种庄稼，就栽树。树栽下去不能撂手，要用心管养，就跟养儿子一样，不上心就不成大器。父亲工夫没白费，栽下的树都直直爽爽的，又高又粗。临终那年，父亲嘱咐刘一筋把最粗的树伐了，给自己打口好棺材。

刘一筋按父亲说的，对这块林子的每棵杨树都上心，除了给杨树修剪枝条，还要给每棵树刨坑施肥，背上喷药机为树喷药治虫，年年如是。

修剪了二十多棵，刘一筋又渴又累，脖子和手腕又酸又疼，就回到砖房喝一瓢水，坐到一棵杨树下吸烟。看着十几亩的林子和林子里棵棵碗口粗的杨树，刘一筋既兴奋又酸楚，眼角竟莫名其妙地湿了。

大集体时候，这块地地势低洼，土质贫瘠，据说曾是华姓家族的老宅，盘过窑，烧过砖，土质受到破坏，是村里出了名的低产田，庄稼长得稀稀拉拉，跑只兔子都能看清公母。又靠近陆塘河，河与地之间隔着一道堆。每年夏季汛期，连天暴雨，陆塘河水暴涨，河水从堆上漫过来，地成了汪洋大海。那时生产队排涝设备跟不上，这块地几乎一个夏季都浸在水里。每年春秋种下的小麦、大豆一类的旱作物，到了夏季，无一幸免地葬身于洪水。社员们瞅着辛辛苦苦种下的庄稼泡在水里，流过泪，骂过天。大队干部跟公社反映过，说陆塘河边那块地年年受灾，颗粒无收，能不能把那块地的公粮任务给免了。公社干部说免不了，粮食是交给国家的，公社做不了主。大队干部蹲在河堤上，看着汪在水里的这块地，把一根铜烟锅吸得滚烫。

种也不收，不如不种。队里决定放弃对这块地的种植。这块地就成了废地，一直荒着。春夏时节，地里荒草丛生，野兔出没。发水前，老人孩子就把猪羊赶到地里吃草，像进了牧场；汛期一到，陆塘河水汹涌澎湃，直灌而来，这块地又成了大人孩子捞鱼摸虾的去处。

刘一筋提着一串鱼，兴冲冲奔回家，想给父母尝口鲜。母亲小跑着上前把鱼串接在手里，父亲斜了鱼串一眼，瓮声瓮气地说，十几亩地就长一串小鱼呀，我看天要灭人哩，该败哩。女人回了句，你就乌鸦嘴，不就十几亩地给淹了吗？天就灭了你啦？我看你也没少吃一口。

刘一筋一身泥站在那儿，那串鱼变成了一串沮丧。

土地承包了，这块荒地不能再搁在那里，得分给农户。可是谁要呢？谁也不想把一个烂桃往自己筐里捡。村主任召集村民开会，讨论怎么处理这块地。有人说抓阄儿，谁抓着了谁就认命。立即有人反对，想坑人不成？

也有人说，地是集体的，村里可以出钱找人挖成鱼塘。村主任认为不妥，说村里没那钱，挖出鱼塘养鱼，找不到闲人看管，恐怕连鱼种也落不住。

会从早上八点开到十点，荒地如何处置还是悬而未决。一向说一不二的三角眼李会计沉不住气了，冷笑一声，说这也不行那也不行就算啦？我看这地不如按各户人头数硬分，好歹家家有份，看谁还有话说。

会场骚动起来，村主任扯着嗓子制止。

李会计，这不是大集体的时候了，你那盘珠算不中用了。一个尖嗓子说。

就是的，大集体时社员听你的，包产到户了你得听社员的。一个妇女一边附和，一边举着根树枝在空中比画。

李会计的脸拉成了一把镰刀，头勾下去，几乎挨着了裤裆。

刘一筋当时也在会场。他知道那块地是村主任的心病，一时半会儿也拿不出合适的药除这块心病。他还晓得地是庄稼人安身立命之本，庄稼人靠地养家糊口，传宗接代，没了地等于庄稼没了根。

天快上黑影了，刘一筋去了村主任家。村主任正往猪槽里添食，见刘一筋站在一旁，问刘一筋有什么事。刘一筋说，主任，早上开了几个钟头的会也没个结果，那块地还能再让它荒下去吗？

村主任拿铁勺敲了敲猪槽，一脸无奈地说，现在社员都精着呢，谁也不想要。我正愁呢。

刘一筋往村主任跟前凑了一步说，这块地不如承包给我，我在上面栽树。树命硬，不像庄稼那样娇，有点水也淹不死。

村主任上上下下地把刘一筋审视一番，像看着一个陌生人。村主任的眼神很明确地告诉刘一筋，你个小学还没毕业的庄稼汉，有能耐承包那么大的一块田吗？

刘一筋说，主任你可能瞧不上我，但我是说话算数的，我可以跟村里签个合同，照合同办事，每年承包费我按时交给村里，不会差一分。

村主任当场承诺刘一筋，村里会尽快跟镇里联系，秋后安排挖机给陆塘河捞浅清淤，再在靠近那块荒地的河堆上建个排涝房，架上水泵，只要汛期地里上水，就及时车水排涝。刘一筋咧嘴一笑，忙给村主任点了支烟。

刘一筋拿了十八年期限的承包合同，脚下生风地回到家，对妻子水芹说，俺要做大事哩。水芹说，你一个种地的泥腿子能做什么大事。水芹不识字，刘一筋就把合同书念给水芹听。水芹脸一冷，那是块鸟不拉屎的废地，年年受水灾，你承包下来准备种什么？光每年的承包费就是上千块，你想卖你的肉给村里吗？刘一筋说，我什么不种，我栽树，栽杨树，杨树肯长，十几年后就能卖出好价钱。这是个银行呢。说这话时，刘一筋好像沉醉在一种憧憬里，把喜悦挑到眉梢上。

进了农历二月，风还像冬天那么冷，那么锋利，吹得人耳鼻发僵脸发麻。地还没有完全解冻。刘一筋拉着板车，车上放着铁锨、铁叉、铁桶、石灰、绳子，和女人水芹、儿子泡桐一块儿去那块地里挖树坑。刘一筋和水芹先扯开细绳测出等量的行距、株距，在每行的等株距处撒上石灰，做上标记，然后按着标记一个个地挖坑。挖了十多个，刘一筋累了，身上汗涔涔的，怀里向外冒着热气。脱去棉袄，吐口唾沫在手上，搓了搓，接着挖。水芹是刘一筋娶来的四川女人，脸长得白净端正，也可以说达到俊秀的级别了。几小时下来，水芹的脸红了，鼻尖上挂着清冽的鼻涕，手心磨了泡，腰也直不起。泡桐青着嘴，裹紧刘一筋脱下的棉袄，缩在对面的干沟里。

水芹抱怨说，非要包这块倒霉地，你受累就罢了，我和泡桐也跟着受！

刘一筋抬手揩了一把汗，没说话。

水芹又夸张地说，这么大的一块地，得挖几百个树坑，还不知挖到驴年马月！

刘一筋倒是很自信：不愁，不出二月就能挖完。清明前树全部栽下，都能活棵。

前前后后挖了大半个月，几百个树坑挖完了，刘一筋几乎脱了一层皮。

春分前，苏北各地大批树苗已经上市了，多是杨树苗。杨树是苏北一带栽植的常见树种。村庄里、田畴边、道路旁，是清一色的杨树，除了绿化环境、净化空气，杨树也是农家积蓄的一笔财富。刘一筋看准这个，所以承包荒地栽杨树。刘一筋从信用社做了一笔小额贷款，自家又七拼八凑了千把块钱，一连几天都到附近的几个集镇上物色上等的杨树苗。

刘一筋请来了李斜眼等几个壮劳力帮着栽树，每人一天付给五块钱，供一顿午饭。刘一筋忙得像孝子一样，心里揣着一种苦在当前、利在长远的盘算。有时，刘一筋腰弯疼了、酸了，索性跪在地上，用手把泥土填进坑里。李斜眼笑了，说一筋哪，你亲爹下地那阵也没看你这么跪着。李斜眼是说刘一筋父亲下葬时，刘一筋只是捧着哭丧棒站着而没有下跪，有悖风俗了。其实那天正下雨，墓坑处全是泥水，没法跪。刘一筋白了李斜眼一眼，让李斜眼少说话，把树苗扶正了。

水芹把饭送到地里，一瓦罐面条，一卷煎饼，七八个咸鸭蛋。几个汉子很快把一瓦罐面条汤汤水水地吃完，又摊开煎饼，卷上鸭蛋，有滋有味地吃。刘一筋对水芹说，再搁几天杨树苗就栽完了，多亏这几个兄弟帮忙。李斜眼说，都是一个庄的，抬头不见低头见的，帮个忙算什么。一个汉子趁机说，将来树长大了，砍两棵给我盖屋。水芹说，哪棵好你砍哪棵。汉子夸水芹心眼好。李斜眼咂咂嘴说，我要是摊上水芹这么个媳妇，睡着也能笑醒了。

四

几声鸡啼，把王快刀从睡梦中拎了出来。春日里，人们还在沉睡中天就亮了，春眠不觉晓哇。窗棂上两只麻雀蹦来蹦去，欢叫不止。鬼东西，都让你们给看到了。王快刀翘起头，对着麻雀吹了个口哨，幸福地嗔怒了。

喜鹊睡得沉实，一条光溜的胳膊搭在王快刀肥厚的肚皮上。王快刀侧过脸，看着身边这个女人。喜鹊的温存和放纵，让王快刀觉得很受用，心里充满豪饮一场烈酒的酣畅。王快刀轻轻把放在肚皮上的那只胳膊拿过去，像提着一根面，生怕一用力那根面就断了似的。正蹑手蹑脚地下床，喜鹊醒了，揉揉惺忪的眼，嘟着嘴说，还早呢，再睡会儿。王快刀说，天亮了，走晚就让人看见了。看见就看见，我俩在一起又没瞒过谁。喜鹊一副毫不在乎的样子让王快刀有点怕了，连哄带劝地对喜鹊说，孬好我是个包工头，出头露面的人，做这些事也不能太明目张胆，别叫人戳脊梁。再说了，昨天我跟翠柳说去镇里办事，一夜没回家，她会不会……

喜鹊不买账了，说，男人要做这档子事，就不要前怕狼后怕虎的，怕这怕那就不要出来偷嘴。

昨天，刘一筋走后，王快刀憋着一肚子闷气，本想去村主任家转达刘一筋的意思，想想不妥，就来到喜鹊家。

喜鹊本名春桃，娘家在洋槐村，十八岁嫁到王庄村，也就是刘一筋这个村的木匠刘长生。刘长生是祖传手艺，木工活做得有口皆碑，给村里村外人家做木工活，每天都是油汤辣水的。媒人上门提亲，听说是刘长生，春桃的父亲当着媒人的面对春桃说，刘长生有手艺，跟他不受穷，吃喝不愁。天有不测风云，结婚不到三年，一次出门办事的路上，刘长生被一辆驴车撞成内出血，拉到医院硬是没抢救过来。说是拉车的驴受了惊，赶车人控制不住，连驴带车扑向刘长生，让刘长生成了刘短生。春桃抱着两岁的儿子在她父亲跟前哭得泪雨滂沱。父亲悲切地说，是我看走了眼，坑了闺女。

在人撮合下，春桃匆忙嫁了一个死了女人的男人，没过几月，实在容忍不了男人的狐臭，又回来孤儿寡母过日子。村里的光棍们隔三岔五上门献殷勤，帮春桃秋收夏种。有了一帮光棍做后盾，春桃一改寡妇的忧郁，成天叽叽喳喳的，喜鹊一样。有时村里几个妇女盘坐在柳树底下纳鞋底，见春桃叽叽喳喳地来了，几乎异口同声地说，这个喜鹊！

王快刀轻车熟路地进了喜鹊的家门，喜鹊只是笑笑，没怎么客气，王快刀是她家的常客了。王快刀一屁股坐在板凳上，拿出烟来抽。喜鹊坐在王快刀对面，温存地看着他。

王快刀把上午找刘一筋商量林地的事说给喜鹊。他刘一筋比我横了，腰粗了，不把我王快刀放眼里了，还不是有那片杨树林？他为什么那样硬？是他怀里揣着一份合同，白纸黑字的，盖着村里的印章。

喜鹊说，刘一筋包地栽杨树占大便宜了。你看，那块地虽说过去年年受淹，也长不出好庄稼，可刘一筋包下那块十六七亩地栽树，每年才给村里几个钱？不等于白送他吗？再说陆塘河也扒深了，村里在堆上又安了水泵，自从刘一筋栽上杨树，地没挨淹过一回。

王快刀更加愤然，说老村主任是个糊涂蛋，认为那块地是废地，群众不愿要，就信了刘一筋的鬼话，三文不值二文地包给他。合同一签就是十八年，想收都收不回。

那你以前干吗还帮刘一筋买低价肥料，还帮他儿子泡桐办什么助学贷款。你对他好也不中用。

喜鹊的话戳到了王快刀的痛处，他为这么多年来的盘算落空而羞恼。

刘一筋的杨树林长得枝繁叶茂、郁郁葱葱的时候，一派绿意涌动的生机取代了昔日的荒凉，成了人们目光所向的景观。那年，桃园县大张旗鼓地发动全县人民植树造林，创造绿色县城，打造生态乡村，上下联动、全力以赴推动杨树产业大发展。

刘一筋的杨树林成了村里的一面旗帜，一块招牌。镇里的报道员脖子上挂着照相机，又是对杨树林拍照，又是对刘一筋专访。报道一出来，刘一筋成了县里树起的植树造林的一个典型，用报纸上的话说，刘一筋“珍惜土地，重视植树，勇于探索，敢于实践，为全县植树造林的深入推进做出了积极的贡献”。于是，刘一筋成了新闻人物，杨树林成了观摩亮点。植树造林指挥部的来了，林业局的来了，政府办的来了，报社的来了，一拨一拨，接踵而至。此间，王快刀看到刘一筋成了红人，知名度一度飙升，村干部似乎看重的是刘一筋，而不是白手起家的包工头王快刀。王快刀大为失落，且妒火中烧，他甚至盼望掀起一阵台风，彻底毁掉刘一筋苦心经营的杨树林。但事与愿违，刘一筋的杨树一天天挺拔粗壮，眼看就到数票子的时候了。

颇有心机的王快刀决定改变策略，主动接近刘一筋，全力以赴帮刘一筋办事。于是主动帮刘一筋购买价格优惠的杨树专用肥。刘一筋的儿子泡桐考上省城林业大学，却交不起六千多块的学费。刘一筋打听到可以到教育局办助学贷款，村里出份贫困证明就行。刘一筋和王快刀说到助学贷款的事，王快刀立即找到村主任，让村里给了个证明，说这是村里第一个大学生，是全村人的光荣。王快刀还亲自和刘一筋一起，去县教育局助学办找熟人把助学贷款手续给办了。刘一筋买了两条烟，外加一篮子鸡蛋送去，王快刀居然没收。王快刀热情得有些反常，刘一筋以为是他和王快刀之间当年兄弟旧情的回归，心里自是感激不尽。

那阵子，刘一筋成了红人，由村主任陪着到县里参加植树造林表彰会，和镇领导推杯碰盏。据说县林业局的领导还建议把刘一筋选到村委会的班子里负责植树指导工作，刘一筋很客气地回绝了。

在全县大力推进杨树产业的形势下，精明过人的包工头王快刀看到了刘一筋那片杨树林的潜在价值。他觉得为刘一筋办了几件事，向他开口的时候到了。王快刀想花钱买下杨树林，刘一筋不肯。王快刀说出钱算他一个股份，刘一筋说不管。

不久，王快刀又向刘一筋提出出钱入股的事，刘一筋还是没同意。

王快刀一杯接一杯地喝茶，也不看喜鹊，近乎喃喃自语：村里打算办养殖场，发展养殖业，村主任说我和刘一筋关系不错，能说上话，哪知刘一筋不给面子……

王快刀颓丧的样子让喜鹊心疼了，就搂着王快刀的脖子，脸几乎贴着王快刀的额，善解人意地说，你叫村主任亲自找刘一筋谈，你也不是没跟他说，他不同意在林地办场，你能咋办？再说为这点事上火也不值得。

喜鹊这么一说，王快刀像喉咙里有根刺被喜鹊拔出来，清了清嗓子，激动地把喜鹊揽进怀说，到底是我女人，知道疼我。喜鹊噘起嘴，往王快刀的脸上吹口气，娇嗔道，谁是你女人，我又抵不了翠柳的窝。

王快刀觉得有股热流在撞击着自己，那个地方有点发胀，就动手去解喜鹊的纽扣。喜鹊抓住他的手说，晚上来，毛毛去我妈那儿了，家里就我一人。

临走，王快刀说了一句，要能把刘一筋的合同弄到手就好了。

五

刘一筋大把的时间都花在杨树林上，每天一起床，就到林子里走走，看看，身上装着卷尺，看到哪棵杨树长粗了，掏出卷尺测量一下，看粗了几寸。这块林子是他的家业，是他的寄托，是他的希望，也是他的疼痛。黑狗跟着他，似乎明白他的一些心事。

树刚栽进地里还没扎根那段时间，他白天做责任田里的农活，夜里就拿着手电到树林里巡查，因为有人会在夜里拔树苗，一棵树苗好几块呢。有次睡得沉，第二天发现树苗被人拔去十多棵，刘一筋脸气得铁青，不得已又到集市上买来树苗补栽。打那以后，水芹就催他早点睡，夜里多去林子里看看，别让树苗再被人拔了。

清明过后，树苗长出铜钱大的叶，嫩生生的。地上的草钻出来，吐着清香。有人把羊赶到林子里，说是吃草，其实是吃树苗上的嫩叶。刘一筋不让了，让放羊人把羊群赶到别处去，说羊把树皮啃了，杨树能不疼吗？放羊人和他的羊群走了，刘一筋就拿来塑料薄膜纸，把杨树伤口包上，用稻草或细麻绳缠紧。

刘一筋没什么爱好，不喜欢串门，不爱好打牌，对喝酒聊天也不感兴趣。不过，刘一筋倒挺喜欢看电视，对电视播出的当地新闻也特别在意。新闻里说，县城加快老城改造，乡镇推进小城镇建设，实行城乡一体化。新闻说的是事实。的确，不少乡镇拿出大块农田，建小型楼房，说是农民集中居住区，农民都可以在那里住。那些过去砌墙头盖猪圈的瓦刀手，摇身一变，成了农民集中居住区的建设者，成了腰缠万贯的包工头。王快刀不就是先行一步了吗，往后到处建楼房，王快刀准是肥得流油。

这几年，政府有了惠民政策，不仅取消农业税，种地还给补贴。庄户人把地看得越来越重，除了种好自己的责任田，还把河边道旁的荒地开垦了，种上小麦、油菜、大豆等旱作物，夏秋都有不少收成，算是庄户人的“外快”。有了土地，庄户人就有了靠山，日子过得如同走路，一步一个脚印，平平稳稳，踏踏实实。而城乡建设的潮涌下，一向被城里人瞧不起的乡村土地成了香饽饽，那些钱袋饱满的老板盯上了乡村农田，蠢蠢欲动，办厂的，盖钢架大棚的，搞多种养殖的，什么都有。土地的失守，庄稼的退出，让庄户人有些无所适从。

一次，刘一筋从集市上回来，看到一位老汉脖子上挂着毛巾在路边挖地，就凑过去搭讪。老汉说，这块地我都种三年了，儿女不让种，说我老了，该歇着了。我哪能听他们的，闲着不是死得更快？我烟钱、油钱、盐钱都靠它。

刘一筋说，现在不管什么地都剩不下，人都抢着种，差一点种到屋顶去了。

老汉像捡了个笑话，笑得浑身哆嗦，说，一点不假。

刘一筋又说，现在地越来越少了，不少地方的农田都盖上了厂子、楼房，俺种地人靠种地吃饭，又不会到厂里做工，也不稀罕那楼房。

老汉说，俺村有块地，一百多亩，被南方人买去了，说是要办电子加工厂呢。地没了，将来要喝西北风了。说完，仰起头，茫然地望着远处。

这世道，像人的脾性，说变就变了，有点不认理了，有点让人琢磨不透了。刘一筋想。

刘一筋觉得老汉厚道，就向老汉掏了心窝里的话，特别是那块林子，都上十年了，苦吃不少，几乎天天守着。

老汉羡慕地说，兄弟你发了，将来能卖个好价钱。

刘一筋眼里泛着忧郁，还不知能不能保住呢。

吃完晌饭，刘一筋正在砖房前把剪下的枝条堆成垛，李斜眼来了。

刘一筋让李斜眼屋里坐，李斜眼说不了，就在屋外坐。刘一筋给他一根烟。李斜眼看看堆着的树枝，又望望那边的林子，问，杨树修剪完了没有？刘一筋说没有。怎么不吭一声。李斜眼的意思是刘一筋往年都是找他帮忙，今年却自己修剪了。

刘一筋问李斜眼是不是有事，李斜眼在他肩上拍了一掌，沉下脸说，来你这非要有事吗？我又不偷你的树，要偷也在夜里偷。刘一筋知道李斜眼跟他开玩笑，不无忧戚地说，村主任托王快刀找我，要我把这块地让出来给人办养殖场。

你同意了？

哪能呢。

李斜眼提高嗓门说，这块林子你花了多少心血，还把水芹的命搭上去了，说什么都不能答应。合同攥在你手里，他们还硬抢不成！对了，我看到王快刀去喜鹊家了，估计没什么好事。

刘一筋一脸鄙夷，说他离开女人跟小孩断奶一样。

李斜眼说到林子搭上水芹一条命，刘一筋心里咯噔一下。

五年前，刘一筋和水芹在林子里搭了一个护林棚，两口子夜里住在棚子里看树。那个夏夜起了一场暴风雨，先是雷声在天边轰响，闪电在云里蹿腾，随后雨就铺天盖地砸下来。刘一筋和水芹被惊醒了，坐在床上，听屋外骇人的风雨声。水芹胆小，怕听雷声，两手捂住耳朵。刘一筋说，我出去看看。说完就披衣下床，刚打开门，风雨扑进来，刘一筋一个趔趄，差点被撞倒。杨树在风雨里剧烈地摇晃，顽强地对付着身边的暴力。刘一筋关上门，对水芹说，手电拿给我。水芹在床头摸到手电递给他。刘一筋披上雨衣，出去了。

雨啪啪地砸在他的脸上，风几乎要把他摁倒。他赶紧搂住杨树，拿手电往树林里照，有几段树梢被刮断了，挂在那里。正要回棚里，听到咔嚓一声，一棵杨树断了，重重地砸在棚顶上。棚里发出一声尖叫，那是水芹的叫声……

刘一筋疯了似的冲进垮塌的棚子，拽着水芹的胳膊，声嘶力竭地喊：水芹……水芹哪……

水芹被连夜送到镇医院，又转到县医院，检查出多处骨折，脾脏破裂死在医院。

刘一筋崩溃了！

刘一筋扯着头发哭得悲切，边哭边重复着一句话，天哪，你怎么不把我收去，把水芹留下……她还要带泡桐啊……

旁边的人也跟着哭了，背过脸，不忍看这场面。有人劝刘一筋，人死了不能复生，让泡桐妈安心地去吧，你还要过日子呢，还有泡桐呢。

泡桐奶奶抹着眼泪数落儿子，你个砍头鬼，让泡桐妈跟你看什么树哇，幸亏那晚泡桐跟我住，要不也把命贴进去了……

刘一筋三十岁才从四川娶了水芹这么个女人，是村里老槐叔的四川儿媳妇给牵的线。头一次见面，刘一筋说，家里穷。水芹说，穷不怕，日子是人过出来的，勤快就行。婚后十几年，刘一筋和水芹虽然日子过得紧紧巴巴，但夫妻恩爱，无论刘一筋想做什么，水芹都依他。

水芹葬在杨树林对面的陆塘河堤坡上，刘一筋说这样水芹就能天天陪他看树了。每年清明，刘一筋领着泡桐给水芹添坟，再烧把纸，让泡桐给妈磕头。刘一筋一边烧纸一边对坟里的水芹说，水芹哪，不是那场暴雨，你还和我一起看树呢。现在，树长大了，泡桐也长大了，念高中了。说着说着，眼里就汪着泪，鼻涕也出来了。又接着说，水芹你放心，你在那边等我，我把泡桐养成人了，成家立业了，就去找你，啊？像安慰又像承诺。

春暖花开时节，刘一筋在树林里走，走着走着就走到水芹坟上去了。一片小花开在坟上，几只蝴蝶绕着花盈盈起舞。刘一筋看那蝴蝶，想到小时候看的电影《梁山伯与祝英台》，祝英台变成一只蝴蝶从墓里飞出来，这坟上的蝴蝶是不是水芹呢？刘一筋摇摇头，笑了。

李斜眼问刘一筋，你和村里签的是几年合同？刘一筋说，十八年，今年正好十年，还有八年到期，要不了八年树就能卖了。李斜眼说，合同一定收好，那是凭证。王快刀很猾，只要凭合同说话，他也要不回你这块地。

刘一筋把李斜眼留下来吃饭，李斜眼也没客气。刘一筋简单炒了两个菜，拿出一瓶酒，一人倒一碗，对着喝。刘一筋说，老弟，我跟你相处多少年了，我知道你为人实诚，脾气直，眼里揉不进沙子。李斜眼说，你性格跟我差不多，我和你像一娘生的。大集体那会儿，我去偷队里的黄瓜，看瓜的刘二麻向队长告状，我家被罚了一个工分。晚上，我窜进刘二麻家的园地，把园子里的辣椒、黄瓜一扫精光。又一口酒下去，喉咙咕噜一声，李斜眼抹抹嘴，把碗伸到刘一筋脸前，说我都喝了，你也喝。

刘一筋喝了一口，咧咧嘴说，说句心里话，我承包这块地栽树，不是为发一笔财，我是看这地荒着可惜了，除了栽树，什么庄稼都不能种是吧。种地人把地撂了就不像话了。这十年，守着这块林子，我哪里也不能去，泡桐在外念书，我想去看看，就是走不开。还有，为了这林子，水芹命都搭进去了，要知道撵上这个灾，我就不包这块地了……这都是命，得认。

李斜眼说，一筋哥你吃不少苦，也老了不少，就是出去打工，也能挣回这片林子。我知道这块地荒着你心疼，老主任当初把地包给你算是没看错人。

两人把酒喝到太阳偏西，李斜眼才敞着怀，打着饱嗝儿，东倒西歪地去了。

六

快进五月，天说热就热了。中午，太阳很白地挂在天上，几朵云安详地卧着。阳光照在麦田里、杨树上；风从麦田上吹过，进了树林，树枝轻摇，叶子沙沙地响，似滑过山石的泉声。

刘一筋裸着黝黑的上身，瘦骨嶙峋地给裸露的树根培土，给疯长的草挪窝。林地的土潮乎乎的，刘一筋抓一把，攥在手心，轻轻地搓，摊开手掌，那泥土又软又滑。

刘大哥哎——你在吗？

刘一筋听到一个女人的声音在寻他，一转脸，看到喜鹊站在门口。黑狗子弹一样射向喜鹊。

喜鹊吓得缩成一团，尖叫着，狗，狗……

老黑，回来！黑狗很懂事地回到刘一筋跟前。刘一筋两手泥地走到砖房下，朝喜鹊看两眼，说找我呀？就进屋拿盆洗手。喜鹊笑笑地抿着嘴，转着眼珠子跟进屋里。

屋里的潮气和霉味很重，喜鹊像是被熏着了，捏着鼻子这里看看，那里瞧瞧。一个女人，况且是花枝一样喜欢伸向男人的女人，进了自己的屋子，这样的情况很少。刘一筋有点不好意思了，抖着手擦火柴点烟，却怎么也擦不着。

喜鹊穿着蓝布白花褂子，虽然洗过多少水了，旧了，但穿在喜鹊肉乎乎的身上就惹眼了。喜鹊的眼睛扑闪闪地看着刘一筋，刘一筋受审一样一言不发。

刘大哥，你的杨树长得真好。喜鹊说。

刘一筋说，地不壮，树长得还不行。

秋里我来林子搂树叶。喜鹊两手托腮，朝刘一筋挤挤眼。

刘一筋说，秋里你来搂，不搂就烂在地里。

喜鹊一抬眼，看到刘一筋的耳根上粘着一根草，说你耳根上粘根草，就过去帮刘一筋捏。刘一筋头一偏，喜鹊按住他的肩，嗔道，我能吃你呀？真是。喜鹊取下草，鼓起腮吹了一下，那口气凉凉的，如一阵微风，吹得刘一筋心里酥痒。

刘一筋站起来，问喜鹊是不是有事。喜鹊说没有事，说是到堤坡看麦，顺便过来走走。

堤坡上是有七八分麦地，那块地原是荒地，刘一筋开垦种了几年，村里说集体地私人不能随便种，就收回了，后来莫名其妙地到了喜鹊的手里。刘一筋知道喜鹊背后有人，就把气憋在心里。

喜鹊问，刘大哥，你的承包合同呢？

你找合同做什么？

随便问问，搁哪儿了？

在床头箱子里。

刘一筋觉着不对劲，可话已经从嘴边溜出了。

临走，喜鹊抱了一捆杨树枝，扭着腰，去了堤坡。

刘一筋掀开那只油漆斑驳的旧木箱，从箱底取出合同，就着从窗户上透进来的光亮一页页看，老村主任和自己的签名字迹模糊不清，印戳也没当初的红艳了。看完又放回了原处。锁上门，去村口的商店买烟。

开店的刘老蒲是刘一筋的本家，刘一筋称他三叔。三叔说，一筋哪，我正要找你呢，泡桐来信了，昨天邮差递来的。刘一筋高兴得不行，把信接了，谢过三叔赶回砖房。

泡桐是在县城念的高中，大前年考上省城的林业大学，今年开始实习了。泡桐考上大学那阵，村里有人见到刘一筋就说，老刘，你家祖坟上冒青烟了，出棵好苗。刘一筋直点头，见人就给烟。泡桐上大学头天晚上，刘一筋领着泡桐到他妈坟上烧了纸，磕了头。刘一筋对水芹说，水芹哪，儿子考上大学了，出息了，你不用惦记了……

读书期间，泡桐有事就写信回来，从来不打电话，家里也没安电话，泡桐知道。在村里，刘一筋靠的是儿子泡桐和那块杨树林撑起了腰杆，刘一筋觉得，虽然早早死了女人，平时孑然一身，孤单寂寞，但有泡桐在，有林子在，这辈子活得值了。高考填志愿时，泡桐征求过父亲意见，说省城有所林业大学，是一本，刘一筋听到校名里有个“林”字，说这学校好，将来管树的，就填这个。

泡桐在信里说，今年要到外地实习了，没时间回来，也很想他。让他带点钱到省城去，父子好好拉拉呱……

刘一筋选了几棵大杨树，卖了两千多块钱，准备了几件换洗衣服，第二天去省城。临行前，他找到李斜眼说，泡桐来信，让我去一趟，估计需要三两天才能回来，你替我看几天杨树，钥匙也给你，晚上你在我屋里住。李斜眼说行。

七

这天，王快刀来到李会计家，向李会计诉苦说，村里打算引进一个养殖项目，基本谈妥了，投资人看中了村西边那块林地，可那是刘一筋承包的。村主任让我跟刘一筋说说，能不能把林地让出来。可刘一筋这东西死活不愿意，说合同没到期。我跟村主任说了，村主任说我办事不行。

李会计喉咙里响着痰声，抖着一脸的老年斑说，我早就不干会计了，这事按理我不该插嘴的……

您老说吧，我听您的。王快刀笑容可掬地把耳朵伸过来。

村里和刘一筋订合同时我在场，合同没到期想把地收回来也难。

李会计干咳了两声，又说，对刘一筋这号人，只能巧取，不能强夺，明白这个理吗？听说刘一筋去省城了，你打算等他回来再动手？

经李会计一点拨，王快刀豁然开朗了，心想，到底姜是老的辣。

李斜眼正和人在刘一筋的砖房前下泥棋，听到黑狗在狂叫，一抬头，看到一帮人提着绳子，打着手电锯往这边走来。李斜眼问，你们这是干什么？一个平头说，王快刀找我买这块林子的杨树，我过来伐树的。李斜眼扑哧笑了，说，你不是白天说梦话吗？这是刘一筋的林子，不是王快刀的，要买跟刘一筋说去。

黑狗扑上扑下地叫，那帮人在黑狗的进逼下，舞动绳子连连后退。

平头手一挥，走，找王快刀去。

李斜眼把来人伐树的事和刘老蒲说了，刘老蒲恨恨地说，一筋的树看谁敢动，动就是犯法，当心公安局的法绳！

第二天早上，李斜眼看到黑狗躺在砖房前的柴垛跟，用手一摸，死了。狗嘴里淌着白沫，近处有一块没吃完的猪肉。李斜眼马上判断黑狗夜里被人毒死了。鼻子一酸，耷拉着脑袋蹲在那里。

平头领着一帮人直入林地，拉开伐树架势。李斜眼奔过去阻拦，平头说，你看看谁来了。

一辆黑色轿车开过来，车停在李斜眼跟前。王快刀梳着分头，油光闪烁地下了车，对李斜眼说，这树村里买下了，按市场价算，一分不少。你替刘一筋看树的吧？钱交给你，刘一筋回来再转交给他。

李斜眼说，我做不了主。

王快刀说，那谁能做主？

李斜眼说，刘老蒲能。

刘老蒲踉跄着来了，手举着，说哪个动一根树枝给我看看！王快刀让人把刘老蒲塞进车，开向村里。

电锯声连片响起，尖厉刺耳，如一阵风暴压向树林。一棵棵杨树相继倒下，十余亩的苍林被夷为平地。阳光扑进来，照着横七竖八躺着的杨树，照着这块留下刘一筋无数脚印的土地。

村里议论纷纷，有的说，刘一筋的根给刨了，有的说，刘一筋不可能在村里待了，也有的说，刘一筋不会饶了王快刀……

刘一筋打开箱子，合同不翼而飞了！问李斜眼离开砖房时有没有忘记锁门。李斜眼说有一次他到陆塘河边看人捕鱼，门忘锁了，也没发觉有人进来过。刘一筋一拍大腿，咬着牙说，李斜眼呀李斜眼，我才走几天，你就给我惹这么大纰漏，狗给毒了！树给伐了！合同给偷了！没有合同，我怎么去告这个状啊……

……头天来，被狗吓回去了，没想到这帮杂种把狗毒死了。李斜眼喃喃地说。

刘一筋一屁股坐在地上，手扯着蓬乱的头发，呜呜地哭了，泪，一滴一滴地落在地上。

刘一筋来到商店。三叔摇着扇子没精打采地坐着。三叔说，一筋你万万不该离开林子，王快刀就是土匪、恶霸，胡作非为，老天迟早收了他。

那伙人伐树，你怎么不阻止呀，三叔。刘一筋有点抱怨了。

我咋没去？去了，可王快刀把我塞进车里，直接带到村部看着我，不让我动步。刘老蒲沉在怨愤里，声音压得很低。

刘一筋早早地赶到镇政府，没到上班时间，政府院里空落落的，没有一个人影。刘一筋靠着墙蹲在那里等。门卫过来问他，你等谁的？刘一筋说，等镇长。又问，你是村干部？刘一筋说不是。门卫撇嘴了，不是来谈工作的，你找镇长做什么？出去。

刘一筋就到门外等。抬头看天，太阳在晃动，晃得刘一筋的头一阵晕眩。阳光一闪一闪的，像锋利的剑，刺着他。泡桐说回来一定看看林子，看看杨树长高了没有。这是泡桐送他上车时跟他说的。想到这里，刘一筋的泪就出来了，砸在手背上，砸在腿上。

快下班的时候，刘一筋终于把镇长给等来了。镇长很肥硕，坐在转椅上满满的一团肉。镇长说，刘一筋，其实我们早就认识，你出席过县里植树造林表彰会，我们还一起吃过饭呢。

刘一筋不想绕圈子，说，镇长，王快刀趁我不在家，带人把我的杨树给伐了，你看怎么办？

哦？……嗯……这个……树是你的，卖树款一分不少都给你，你放心。

那块地我承包十八年，还没到期，凭什么伐我的树？

你有合同吗？

合同被人偷了。

凭嘴说不行，我们要按合同办事，你说十八年，有什么凭据？老刘，你过去也是个模范，觉悟要高一点，脾气要改一点，要响应号召，顾全大局……

后来，刘一筋又到了县政府，政府办的人把情况反映给分管副县长，副县长又报给县长。

县里专门派人到王庄村就此事做了调查，形成一份报告，报告里在叙述上访人家庭情况时有这么一句：刘一筋中年丧偶，儿子在省林业大学读书。报告呈给县长，县长认真地做了批示。

几天后，村主任被撤了职，理由是唆使他人强行砍伐林木，侵犯群众利益。

王快刀指使情妇喜鹊盗窃刘一筋土地承包合同，擅自砍伐他人树木，被公安机关立案调查，目前已被刑事拘留。

村里按市场价付给刘一筋十二万余元杨树款。

刘一筋拿了钱离开了王庄村。

村里人琢磨着，刘一筋可能去找儿子泡桐了。

这年秋天，村里接到镇里电话通知，说县教育局转交过来一笔八万元捐款，捐款人指定这笔钱用于扩建王庄村小学。新上任的村主任拿电话的手哆嗦了，心里升腾起一股热浪。修建村小学校舍这件早就摆上议事日程的事，因为缺乏资金一直搁着，现在终于可以了却一桩心事了。村主任问谁捐的款，对方说，不清楚。

又一年清明，刘一筋跪在水芹的坟前，苍老了，憔悴了，泪眼婆娑地看着那块摇曳着荒草的土地，那块留下自己无数脚印，洒下自己无数汗水，孕育着自己美好梦想，又夺去自己恩爱妻子的土地。然后，他蹒跚地往村小方向走去……

（原发《大地文学》2012 年 10 期）

墓碑上的红灯笼

锔锅匠吴良自端了数十年的饭碗搁下了。

挤进锔锅的行当，成了手艺人，庄户人对吴良自熟悉得不能再熟悉，包括他下颌那颗痣上一撮发白的胡须。掐算好日子，吴良自该来了，女人们端出裂了缝的面盆或漏了底的铁锅候着；狗鼻子尖，闻到味儿了，赶在主人前头把吴良自迎进院子。几个时辰，吴良自收拾挑子，女人抚摸着面盆铁锅锔过的部位，像抚摸自己痊愈的伤口。吴良自的手艺感动着女人，女人用柔软的目光表达着这份感动。

下回再来呀？女人用这句话送走了吴良自。吴良自没有再去。他不知道有多少受伤的锅碗瓢盆在等着他。左等右等不见吴良自的踪影，让吴良自锔过锅碗瓢盆的女人嗔怒了，这该死的吴锔锅，这么不守信用。吴锔锅莫非出啥事了？女人和自家男人在被窝里揣测着，甚至有更坏的联想……

子夜时分，夜猫子的叫声钻进窝棚，吴良自诈尸一样坐起来，支棱着耳朵。夜猫子不是吉祥之物，叫声也不是那么好听，乡里人往往把夜猫子的叫声与某种不祥的征兆联系起来——夜猫子看到鬼魂了，鬼魂引出了它的叫声，抑或它的叫声牵出了鬼魂。这是乡里人一致的说法。吴良自根本没把夜猫子的叫声当回事。锔锅的人家眼巴巴地等着他呢，他倒好，现成的手艺活儿不干，跑这里来看坟。看坟就是守墓，说是墓地，其实就一座坟，坟里埋的是个小女孩，房梁砸死的，凶死鬼。小韩庄的人都说吴良自怕是鬼魂附体，中邪了。

……你看看，吴锔锅现成钱不挣，非要给八竿子打不着的韩家守坟，不知中哪门子邪了。这是李嫦娥在河边的青石板上搓衣服时说的，她的话得到一些人的认可。

一阵冷风携带着草木气息，从门缝里挤进来。双腿还插在被窝里的吴良自披上衣服，歪过身子，摸到火柴，点亮床头的煤油灯。吴良自在昏暗的弥漫着煤油味儿的灯光里枯坐着。刚才他做了梦，在他惊恐得快要喘不过气的时候，夜猫子的叫声把他从梦里扯出来。在梦里，一堵墙倒了，一股血像凶恶的舌头舔过来，他听到咔嚓一声，那声音来自骨头。吴良自闻到了死亡坚硬的气息。这气息像狂暴的风，卷走了一条命。

吴良自是那场灾难的目击者。

1983 年一场暴雨制造的废墟，像一把锋利的刀扎进吴良自的心里，几乎伴随他的一生。如果雷暴雨是个人，吴良自一定剐了它。

韩余敏下葬两天后，吴良自来到村主任韩万喜的门上，开始也没说找韩万喜做什么，只是叹着气。韩万喜大概知道吴良自叹气的内容，也跟着叹口气予以回应。吴良自抖着手说，黄泉路上无老少哇，十二岁，还没长成人呢，老天造多大的孽哟。韩万喜说，孩子是你抱去卫生院抢救的，没救活是她的命，你尽了心了。韩万喜的话像是安慰，吴良自不需要这个，他认为有件事有必要跟村主任说清楚。他是现场目击者，是证人，说出实情，村里当家的能给个说法，也对得起这个十二岁的丫头。吴良自说，韩主任，出事那晚，余敏她妈哭哭啼啼地跑来找我，说社场边上的仓库让暴雨淋塌了，余敏和傅大娘住在里面，怕是遭难了。到那儿一看，我的天哪，一根檩条压在余敏身上，傅大娘蜷在墙根发抖。现在，傅大娘保了一条命，余敏这孩子咱再也见不着了。韩万喜说，你的意思是……吴良自说，主任你还没懂我意思？当时房顶要塌下来的时候，余敏和傅大娘都听到了动静，傅大娘刚下床，水泥檩条断了，余敏见情况不妙，就手把傅大娘推到墙根，头顶上方的檩条就拍下来了。是不是这情况，问问傅大娘就是了。

韩万喜在村干部会上说，仓库倒塌，死了一个孩子，不能简单认定为一个天灾。韩余敏是救傅大娘死的，不然躺在坟里的就是傅大娘。村里得出面向上头报一报韩余敏的事迹。韩余敏她爹韩宏福是个残疾军人，当年跟着陈毅在山东打过仗，丢了三根手指。现在闺女死了，要是不把韩余敏的事迹报上去，争取一笔补偿，就对不住人家。与会者没什么异议。

村里出钱给韩余敏修了一座墓，也就是找几个瓦工在原先的土坟上蒙上一层水泥，看上去更光滑更饱满些。墓前立一块碑。墓地栽几棵矮松，减少了一个十二岁少年的孤独。

吴良自决定为韩余敏守墓。

吴良自把这个想法告诉韩万喜时，韩万喜颇感意外，他没有立即表态，他估计这是吴良自偶尔冒出的想法——一个走村串户的锔锅匠，靠手艺谋生的单身汉，怎么能轻易丢掉饭碗，没日没夜地守墓？

我不是开玩笑，主任。韩万喜的反应让吴良自有点不悦。韩万喜说，老吴你有手艺的，有手艺到哪儿都有碗饭吃，你真打算放下手艺？吴良自说，余敏命都放下了，我一个锔锅的有什么放不下的，我孤身一人，无儿无女，不去锔锅锔盆，也饿不死，不是还有公家吗？

墓地原是村里一块无人问津的荒地，吴良自花了几天时间又是刨又是挖的，像一个蓬头垢面的女人让吴良自收拾出模样来了，栽了几行白杨树，几年下来，小树林渐成气候。医院宣布韩余敏死亡后，她的母亲哭得死去活来，红着眼说要跟闺女一块去。父亲韩宏福抡起残手猛击脑门，说当年怎么没让一枪打死，活在世上遭罪。吴良自一句话镇住了两位老人的悲伤：哭死了，老天也不会把闺女还给你。还是赶紧让孩子入土为安吧，不要耽误她托生的时辰。两位老人都为一件事犯愁：孩子年纪小，不能进祖坟，一时找不到合适的地儿。吴良自说，就埋在我那块林地吧。韩宏福两口子就要给吴良自跪下，吴良自后退两步，没让他们跪。

扔死婴的人，身上免不了沾染晦气，人们就不大愿意接近吴良自了，孩子更不让接近，若是碰见吴良自逗自家孩子说话玩儿，做母亲的疾步上前，朝吴良自象征性地笑笑，一把扯住孩子胳膊扭头走了，边走边敲着孩子的脑壳骂道，要死啦，你知道他是干啥的？扔死小孩子的。有时也会拿吴良自震慑调皮的孩子，再调皮，我让吴锅锅把你扔到乱坟岗去。

吴良自背着手，站在墓前，阳光照在坟包上，像照着一座房子，一座水泥房，这就牢固了，再大的暴雨也塌不了，房子里的丫头该安心了。这要感谢村主任，村主任接受了吴良自的主张，不仅在土坟上加筑一层水泥，让坟墓变得又高又大又结实，还要做一件更大的事，这事让吴良自的心愿有了新的指向。这一指向像只手，赶走了吴良自盘在心里的哀伤。吴良自蹲下身，抚摸着墓碑，目光落在“韩余敏之墓”几个字上，像读着一篇深奥的文章。吴良自嘴角抽动着，眼里汪着泪。这名字可不是写在奖状上，墓碑要是奖状就好了，扎着羊角辫子的韩余敏会歪着头，指着奖状上的名字念给他听。

那年，村小学刚放寒假，学生们像从笼子里放出来的鸟，呼啦啦飞得到处都是，冰封的河面成了他们的乐园。成绩好的女生提着板凳揣着奖状往家跑，她们打算让父母在第一时间见证她们的收获。那天，吴良自正要出门，看到韩余敏打门口经过，手里拿着花花绿绿一张纸，吴良自知道那是学校奖给韩余敏的奖状，心里一高兴，故意逗一逗这孩子。吴良自笑着问，余敏你手里的奖状是谁的？韩余敏不知道这个走村串户的锔锅匠在逗她，就说奖状是学校奖给自己的。吴良自说，我不信，给我看看。韩余敏调皮地吐着舌头，看就看，这上面不是写着我名字吗？吴良自不认字，让韩余敏念给他听。韩余敏伸出手指，一个字一个字地指着念：韩、余、敏。吴良自摸摸韩余敏的头，满眼热望地看着韩余敏说，叔知道你是用功的孩子，你爸你妈没白疼你。以后念成书了，上大学，做城里人，咱全村人都跟着沾光呢。不承想，这个让吴良自格外疼爱的名字却刻在冷冰冰的墓碑上。

吴良自单膝跪地，伸出食指，顺着每个字的笔画，抹去里面的灰尘。指头粗，抹不尽，后来吴良自改用毛笔，蘸上水清洗，像在书写韩余敏的名字。路人看到吴良自单膝跪在墓碑前写着什么，以为吴良自在刻写碑文，好奇地过来围观。围观者问，吴师傅你在练字吗？吴良自知道这个问题不太友好，头也不抬，说我把碑上的名字给洗一洗。围观者算是开了眼界了，头一回看到有人这样对待逝者。吴良自这么做，就是让韩余敏的名字干干净净地留在阳间，名字干净了，在阴间就过得顺畅。吴良自相信韩余敏在阴间会过得顺畅，阎王小鬼不会为难她，将来自己到了阴间，一定跟阎王爷说一说，韩余敏是个好孩子，她把阳寿让给了别人。现在，面对着一座坟墓，吴良自不那么伤心了，他想，人这辈子像条河，能流多长，走多远，经过多少弯路，遇到多少磕绊，神仙也算不准。这也没什么，关键是人死了，能给活着的人留点念想就行。人过留名，雁过留声嘛。这么一想，坟墓里躺着的人，在吴良自心里就有了分量。

韩万喜来到吴良自的窝棚，后面跟着一个年轻人，手里提着公文包。韩万喜介绍说，这位是乡里的张文书，过来跟你了解一点情况。张文书手伸过来和吴良自握了一下手说，吴师傅，听韩主任说你是当地有名的锔锅匠，现在不干老本行，主动为韩余敏守墓，精神可嘉呀。吴良自憨笑着，当着领导的面他得谦虚一下。他说，张文书，千万不要宣传我，你是在政府办事的人，多宣传韩余敏吧，这孩子本不该死呀。韩万喜插嘴说，老吴你误会了，人家哪是要宣传你，韩余敏的事迹我已经跟乡领导汇报过了，今天张文书过来，就是要进一步了解韩余敏的事迹，你把韩余敏的事跟张文书详细说一说。为了强调这次采访的重要性，韩万喜又说，听乡里说，如果韩余敏舍己救人情况属实，事迹逐级上报，县里、市里、省里甚至中央都会知道这事，韩余敏名声就高了，还有可能追认烈士呢，那样的话，公家还会拨款扩建墓地。是这样吧，张文书？张文书说完全有这个可能。

韩万喜有事先走了。吴良自提起一条板凳，用袖子来回擦一擦，放到饭桌跟前，有些歉意地说，俺这儿条件差，委屈你啦。张文书从公文包里掏出笔记本和笔说，吴师傅你太客气了，请你谈谈韩余敏吧。吴良自把出事现场、救治经过详细说了一遍，尤其对檩条落下时，韩余敏把傅大娘推向墙根这个细节，描述得细致入微。我的天哪，那么一根几百斤重的水泥檩条砸在孩子身上，铁打的身子也受不了呀，谁看了不心疼？吴良自说到这个细节时，有点语不成句了，声音是哽咽着的。他看到张文书一脸凝重，手里那支笔不停地发抖，字也写得不那么顺畅——莫非笔受到感染，跟着伤心了？吴良自一直看着那支笔，他知道，韩余敏的事迹能不能走出去，全指望张文书手里这支笔了，它会给九泉之下的韩余敏一个安慰。在吴良自心里，这支笔忽然神圣了光荣了。

几小时工夫，张文书记了十几页纸，拧拧手腕，合上本子说，吴师傅，太感谢你了。韩余敏不仅是她父母的骄傲，也是全村人的光荣，我们将通过媒体进行深度宣传，树起一个时代的典型。吴良自双手抱拳，作揖似的说，那就拜托你了。

吴良自又陪着张文书与韩余敏的父母见了面。

走进三间满面沧桑的土坯房，张文书看到供桌后面的山墙上贴满奖状。韩余敏母亲说，从进学校门到现在，这孩子年年得奖状，教过她的老师没有不夸的。唉，有什么用啊，说没就没了，再也见不着了。韩余敏母亲扯起衣襟擦着眼角。吴良自说，这我知道，那年寒假，余敏还指着奖状上的名字念给我听呢。快两年了，就像昨天发生的事。正说着话，韩余敏父亲韩宏福牵着一只羊进了院子。韩宏福五十开外的年纪，看上去和古稀老人差不多，穿一件旧褂子，敞着怀，根根肋骨历历可数。韩宏福倚着一扇门蹲着，手指插进白发间，也不说什么话。张文书说，韩大爷，听说当年你参加革命负过伤。韩宏福竖起左手，你看看，少了三根。张文书看到那只左手上的确缺了三根手指。张文书说，韩大爷，你作为一个老革命，不仅当年在战场上英勇作战，还教育出一个好孩子。张文书将一对父女联系起来，韩宏福有了悲凉的感慨，你说人这命啊，说硬也硬，说短也短，我打了多少场仗，在枪林弹雨里摸爬滚打，见过成千上万的死人，末了还不是从死人堆里爬出来了。俺家的余敏，才十二岁，说死就死了，这不是要我命吗？吴良自说，老韩哥你要不是为了保护战友，连三根手指也不会丢。

吴良自的话是有道理的，韩宏福和他讲过负伤的事。1947 年孟良崮战役中，韩宏福所在部队围攻张灵甫整编七十四师时，一颗子弹向韩宏福身边的战友飞来，韩宏福眼疾手快，抓住战友的衣领一把扯过来，战友躲过了子弹，韩宏福没来得及收回手，子弹穿指而过，留在战场上的三根断指不知让多少只脚踩踏。战争结束后，战友说韩宏福给他一条命，要向上级反映韩宏福的事迹，韩宏福阻止了他。直到退伍，队伍里没人知道这事，韩宏福只拿到一张残疾军人证书，回乡做了农民。也许，在韩宏福心里，有些荣誉无足轻重。

从韩宏福家出来，张文书问吴良自，吴师傅你说，韩余敏知道父亲的手怎么伤的吗？张文书提出这个问题另有目的，他认为韩余敏救傅大娘的背后，有值得挖掘的东西，找准这个东西，写出的材料也许更有说服力。吴良自突然舒展双眉，怎么不知道？她还做过一篇作文，写的就是父亲救战友的事，听说老师还拿着这篇作文念给全班学生听呢。

那几天，吴良自像个向导，领着张文书走访了韩余敏生前的老师和同学，韩余敏写父亲救人负伤的事得到了印证。那篇作文至今还陈列在韩余敏纪念馆里。

韩余敏去世三个月后，傅大娘在医院病床上走完了她八十三年的人生。

吴良自探望傅大娘时，告诉傅大娘，自己不去遛乡锔锅了，为韩余敏守墓。傅大娘号啕大哭起来，这是一个年迈老人无法承受的事实，它比一根水泥檩条更为残忍：那场暴雨中，傅大娘躲过一灾，那个帮她洗衣做饭，为她洗脚梳头的女孩却去了阴间。

阎王爷呀，你掌管阴曹地府，来阳间拿人怎么不问青红皂白呀……要收就收我这把老骨头……余敏她还是个孩子呀……

病床上，傅大娘披散着白发，干瘦的手拍打着床沿，声泪俱下。吴良自和其他人轮流劝说，说人死不能复生，保重身子要紧。傅大娘平息了一阵，忽然拿头撞墙，吴良自把傅大娘的头抱在怀里。傅大娘喃喃自语：……良自，你别拦我，让我去阴曹地府把余敏给换回来，我有罪，我有罪呀。

傅大娘是村里的五保户，家里两间土坯房年久失修，墙壁倾斜，房顶的稻草让风扯去不少，不能再住人了。吴良自让傅大娘搬过来和他一块儿过，自己有锔锅的手艺，少不了她吃穿。傅大娘不想连累他，后来村里出面，腾出集体旧仓库里的杂物，傅大娘住进了仓库。韩余敏家房子不宽绰，人口多，傅大娘看着这孩子乖巧，手脚勤快，跟她的母亲说，让余敏到仓库住，晚上有个人陪着说话，夜就不长了。

吴良自不忍看着傅大娘伤心，他为韩余敏守墓，也是替傅大娘尽一份心了。

傅大娘不吃不喝，身体像干涸的河床，一派荒凉。干枯的双眼凝望窗外，她仿佛看到，韩余敏挎着书包，踩着云朵，一脸欢笑地向她走来。

吴良自看到微风里摇曳的烛火。

吴良自哽咽着问大娘有什么话要说。傅大娘把吴良自的手攥在手里，良自，你跟大娘办件事，回去包一碗饺子给余敏那丫头送去。我欠那孩子一碗饺子。吴良自答应傅大娘，回去就包饺子。吴良自后来听韩余敏的母亲说，出事那天，韩余敏回家拿了韭菜和粉丝，说是要包顿饺子给奶奶吃。

傅大娘走的时候，天上飘起了雪花。

墓地东南角多出一座坟。

吴良自烧完头七纸，嘴里念叨：大娘，安心走吧，余敏在那边等你呢。

第二年春，吴良自听到一个消息，他抑制不住兴奋，这一消息证实了他的预测。

韩万喜说，老吴哇，上午在乡里开会，乡领导说县里领导明天上午来余敏家看看，报社、电视台的记者也来。到时领导肯定要来墓地看看，你抓紧准备一下，把环境收拾收拾。吴良自问，张文书写的材料递上去了？韩万喜说这还用问吗，不然县里领导怎么会知道？

吴良自像筹备儿女婚事一样，把窝棚里里外外收拾一番，整块墓地也清扫得干干净净，次日一早去集上买条鱼割块肉回来，他还以为领导会在他这里吃饭呢。

一切准备妥当，吴良自站在墓地边的路口等着。两辆黑色轿车裹着尘土开过来了，韩万喜骑着自行车跟在后面。

一群人从车里走出来，一个身高体胖、衣着体面的人走在前头，他的鼻梁上架着眼镜，别的人跟在后面。吴良自看到张文书和两个乡里的领导走在人群中间。

我该怎么跟领导说呢，天哪，可不要讲错了，让人笑话。吴良自思忖着。他没见过这样的场面，领导们走过来的时候，他像女人一样矜持起来。

韩万喜停好自行车，一路小跑站到吴良自身旁。

刘部长，他就是为韩余敏守墓的吴良自，以前是个锔锅匠。韩万喜又对吴良自说，这是县委宣传部的刘部长。刘部长伸出手，吴良自迟疑一下，他忽然感觉自己布满老茧的手出不了正场。那只手伸进刘部长的手里，像握着一把发酵的面团。

刘部长简单的问话引起吴良自深情的追忆。他颤抖的语调引导人们走进那不为人知的现场，尤其对一些细节的描述，让刘部长一行无不动容，甚至有人掏出手绢，擦拭眼角。

随行者陪着刘部长在墓地走了一圈，在墓碑前停下。刘部长说，韩余敏舍己救人的事迹宣传部门会认真组织宣传，民政部门也将按有关程序逐级呈报，韩余敏同志将被追认为烈士。刘部长还说，改革开放刚刚开始，发展经济是我们各项工作的重中之重，但精神文明建设也不容忽视。没有良好的社会风气，没有核心的舆论导向，改革开放和经济建设就不能顺利推进。韩余敏作为军人家庭出身的孩子，受到革命传统的熏陶，在生死攸关时刻，挺身而出，舍生忘死，用金色年华谱写共产主义新曲，用宝贵的生命浇灌时代的花朵。在社会主义精神文明建设进程中，我们要很好地树立这个典型，大力宣传和弘扬余敏精神。

吴良自听得满眼热泪，在领导们离开墓地的时候，吴良自握住张文书的手说，张文书，我实在不知说什么好哇。张文书说，你们村里出现一个少年英雄，确实了不起。韩万喜说，韩余敏的事迹能传到领导的耳朵里，全仗着张文书手里那支笔呀。

韩余敏重新安葬后，墓地格局得到了提升。

墓地新建一块一米多高的水泥平台作为基座，基座大理石贴面，前后设置台阶，两侧安装不锈钢围栏，墓基上的墓茔比村里修建的高了两倍。墓前立一块青石墓碑，墓碑正中自上而下镌刻：英雄少年韩余敏之墓。墓茔对面矗立一座二十余米高的纪念碑，上刻：向少年英雄韩余敏学习。老一辈革命家的手笔。碑顶红色的火炬，在阳光下分外醒目，无数双眼睛，从这只火炬上，获得某种精神昭示。四周建起了围墙，墙顶镶着棕红色琉璃瓦，在阳光下熠熠生辉。

与此同时，县城马陵公园里，巍峨的宿北大战马陵山革命烈士纪念塔背后不远处，一座纪念亭掩映在松柏深处，亭内纪念碑上镌刻着领导人的题词；亭前立着花岗石雕制的韩余敏塑像，韩余敏肩挎书包，手持一朵小花，面向东方，仿佛遥望她眷恋的家乡。

吴良自听说马陵公园建有韩余敏纪念亭和塑像，特意去了那里。站在塑像前，他看到韩余敏安静的面容。伸手摩挲塑像，吴良自似乎触摸到不曾退却的体温。

吴大叔，你看，这是学校奖给我的奖状。恍惚中，吴良自听到这样的声音，回过神来，只有一阵风从他身边走过。吴良自鼻子一酸，眼泪又要下来了。有两个女学生走过来，一个说，碑上是领导人的题词，让我们向少年英雄学习，另一个说，团中央还授予韩余敏“舍己为人小英雄”称号呢，老师说教育部也下文了，让全国学生学习韩余敏。吴良自心里涌起一阵热浪，还有什么更能推动这股热浪的赞美呢？

人们改称墓地为墓园，这一称呼上的变化，让墓地有了更高的身份。我守着的是烈士的坟墓，英雄的故土。我不是锔锅匠，我在为政府办事。吴良自感到未曾有过的神圣。从窝棚走出来，吴良自一抬头就看到高大的纪念碑，上面的火炬点燃了他的眼睛。

陆续有各地报社的记者光顾吴良自的窝棚，《解放日报》的，《新华日报》的，《中国少年报》的，这个用双脚丈量土地的守墓人，从没想过自己的照片，会登在那么多的报纸上。

余敏哪，你现在是烈士了，是英雄了，国家领导都夸你呢，让全国人向你学习呢，你就安心吧。吴良自嚅动着嘴唇，他不知道韩余敏能不能听到，但他相信，风会把这句话捎给长眠地下的人。

清明这天，一队又一队学生举着校旗，来到墓园祭扫。墓园里站满了学生和他们的老师。敬献花圈、鞠躬默哀后，吴良自被请到队前，为学生讲述韩余敏的事迹，他看到，烈日之下，学生们笔直地站着，聆听他略带悲伤的讲述，一张张脸蛋上，汗珠和眼泪抱在一起。学生们有序离开墓园，吴良自看到松树上插着白色的野花，如夜空上闪烁的星辰。以后每年清明，都成了吴良自期盼的时节，他希望看到来自不同地区、不同学校的队伍，浩浩荡荡的队伍走来了，吴良自好像看到了春天的力量。当一支支队伍置身墓园的时候，吴良自才觉得韩余敏也在他们中间。所以，他的目光习惯于在鲜艳夺目的红领巾中寻找。

吴良自精心守护着墓园，他不能容忍一只鸡或一条狗光顾此地。那天出门办事回来，一个意外情况让吴良自和李嫦娥几乎动了手。

李嫦娥居然撵着一群鹅在墓园溜达。

这地方不能放鹅。吴良自说。

哪地方能放？李嫦娥交叉着两手，看着天。

除了墓园哪里都能放。吴良自压着火气。

李嫦娥的火气蹿上来了，她上前几步，身子几乎贴着吴良自。除了墓园，哪里我都不去。

李嫦娥蛮不讲理了，吴良自的声音加大了力度，几十岁的人了不懂规矩，不知道尊重烈士吗？

李嫦娥虚着眼，伸着下唇，一脸鄙夷，烈士？她跟她老子一样扛过枪打过仗吗？家里穷，蹭队里的仓库住，全村人谁不知道？想不到一檩条砸出个烈士！糊弄政府还差不多。

韩余敏定为烈士以后，每年元旦都有上面的领导上门慰问，韩宏福两口子多少都会收到一笔慰问金。村里有人看不下了，就说韩家因祸得福，一条命换了不少好处。共产党的钱难不成是天上掉下来的？韩余敏母亲听到这样的风言风语，就跟吴良自诉苦。吴良自说，嫂子，畜生的话你也听吗？

李嫦娥的话刀一样劈来，吴良自两眼一黑，抡起的拳头在李嫦娥面前虚晃着——这个上过报纸的新闻人物，怎么能轻易动手呢？

李嫦娥用肩头撞向他，前胸一浪一浪地拍击着这个光棍汉。打呀，打呀，敢动我一根指头，我抄你祖坟。李嫦娥锉着牙说。

后来李嫦娥没再去墓园放鹅，李嫦娥害怕韩主任那句话。韩主任说，再到墓园放鹅，我让派出所拘了你。

每年的清明，像守信用的人，如期而至。草绿了，花红了，天蓝了，水清了，鸟像多情的歌手，在林间清唱。但吴良自的心情不大好。清明这天，他依旧起得很早，抱着扫帚把墓园清扫一遍，把砖缝里挤出来的杂草拔了去。他还在心里反复梳理报告的内容，除了过去讲过的东西，另有新的补充。等了一上午，吴良自没有等来扫墓的队伍。

怎么回事呢？吴良自挠着头，难道学校忘了，或者学生们忙着学业抽不出空？

吴良自踟蹰在墓园的甬道上，脑海里浮现出学生们列队行进以及他们笔直而立聆听报告的画面。树梢上并排站着几只鸟，歪头看过来。吴良自有种向鸟做报告的冲动。鸟能听懂吗？吴良自苦笑一下。直到下午，陆续有一些男男女女走进墓园，他们在墓园里谈笑风生，甚至有亲昵的举动。男的弯腰掐一朵野花别在女的头上，女的拧着身子让男的鉴赏，她把墓园当舞台了。

吴良自想把他们赶出墓园，又找不出理由。

吴良自的心情糟透了，蹲在门前，一支接一支地抽烟。在游动的烟雾里，吴良自看到一个女人过来了。女人是村西韩四毛家的，叫齐桂红。齐桂红什么都好，就是手脚不太老实，夏天出门割草，回来从没空过手，篮子里貌似装着青草，草下却埋着玉米棒或者红薯。她来做什么？

吴师傅，今天清明节，怎么没见学生来扫墓？

哪个知道呢，往年四面八方的学生都到这里来扫墓，墓园里人头黑压压的。

吴良自递给齐桂红一条板凳，齐桂红坐下说，现在不是往天了，活人都照顾不过来，谁还有心想着死人？别说这里，就是东边的烈士陵园，清明节也没多少人去祭扫。

吴良自说，你说的是实情？

齐桂红说，俺娘家就那块儿的，我能不知道？

吴良自问齐桂红有什么事。齐桂红拍了下额头说，瞧我这倒霉记性，差点把正事给忘了。吴师傅，你不是一个人吗，快六十了吧？成天守墓，连个说话的人都没有。这么着吧，我娘家那头有个远房嫂子，刚死了男人，抽空你俩见一面？

又是个寡妇！为了一个寡妇，吴良自差点成了废人。

吴良自原是几十里外沂河边上的人，那年来到小韩庄锔锅，钱没挣几个，却收获一个女人。女人对吴良自说，自己刚死了男人，一家几口总得有人领着。半辈子没碰过女人的吴良自乐不可支了，走南闯北终于有个安营扎寨的地方。好戏刚开场就让人给搅了。这个家族里的男人们认为锔锅匠的出现有辱门风，手持棍棒，夜间上门围堵，吴良自听到动静，蹿出被窝，穿着裤衩从窗户跳出去……

不只是恋那女人，更是恋这里的风水，吴良自虽没出现在那个寡妇的门上，却在村外的一块坟地边建个马鞍棚落了脚。

齐桂红见吴良自有些踌躇，大抵猜着他的心思了，就说，吴师傅你怕什么，不会再发生以前那样的事了。吴良自答应先见见再说。

吴良自愤怒地走在村路上，一阵冷风似的从人们身边刮过。

他现在要去向村主任汇报，纪念碑基座上的大理石板让人给撬了。

主任哪，十几年前，全省小学生拾废纸捡破烂捐钱建起的纪念碑，竟让人给糟蹋了。真是无法无天了。吴良自眼里喷着火。当然，我有责任，我那几天不去卫生院挂水就好了。

韩万喜说，有些人的觉悟太差了，不教育教育，以后不知还会发生什么事。我让人在村部喇叭里通知一声，让撬石板的人赶紧给我送去。

喇叭也通知了，吴良自没有等来一块大理石板。他决定挨家挨户地搜查。走进李嫦娥家的院子时，吴良自看到水缸前支着一个石台，台面正是纪念碑基座上的大理石板。吴良自说这是纪念碑上的吧？李嫦娥说，你问问它是不是纪念碑上的。吴良自说撬纪念碑上的大理石板不仅缺德，而且犯法，让李嫦娥抓紧送到墓园去。自知理亏，李嫦娥嘟囔说，又不是我一家。

吴良自查找一上午，共发现十几块大理石板，有的横在猪圈门口，上面搁着猪食盆，有的支在锅灶旁，成了临时饭桌。

齐桂红那门亲事没提成，女方说除非吴良自上门，她不愿和一个男人守着一座坟墓。大理石板被撬的事让吴良自很恼火，齐桂红说的话，他一句也没装进耳朵，就先去墓地了。晚上，吴良自发现鸡窝里少了两只鸡蛋。

韩余敏母亲坐在门前哭，俺又没抱你孩子下油锅，你对俺怎这么狠的呀，刚告俺的状，这又偷了俺的钱，一个子儿也不给俺留着，就不怕烂爪子呀……

吴良自问钱是放在什么地方，啥时候丢的。韩余敏母亲只顾哭，腾不出嘴。韩宏福说，昨天县里领导来看望，给几百块钱，这些年领导给的慰问金俺没舍得花，全放在床头席子底下了，不知啥时候让人照面了。吴良自问最近有什么人来过。韩宏福说，领导上门那天，左邻右舍不少人过来看，领导又不是仙女下凡，有啥好看的？

李嫦娥跟人说，哭啥？哭啥？本来就是外财，他们家掉过一个汗珠子吗？

后来，人们看到李嫦娥添了一身新衣服，齐桂红身下出现一辆金狮牌自行车。

时间紧着脚往前赶，转眼到了年关。家家门上贴着春联，门楣吊着灯笼，烟囱冒着炊烟。鞭炮地上弹跳，烟花满天绽放。岑寂的村庄热闹了一回。

墓园格外冷清，节日不属于它。

吴良自走在墓园里，没人知道他在想着什么。他忽然有了一个想法。吴良自去了一趟县城。墓碑上挂着一只红灯笼，那是黑漆漆的除夕夜，吴良自给墓中人点亮一盏灯，也可能是吴良自给十二岁少年过了一个春节。

正月初三这天早上，墓碑上的红灯笼不翼而飞。让风摘去了吗？这几乎是不可能的事，吴良自不认为是风之所为。在墓园周围寻了一圈，吴良自看到灯笼躺在水沟里，像是让人踩了一脚。

这年初，政府决定将韩余敏母校和中学合并，按照省级实验学校规格和标准，新建一所九年一贯制省级实验学校，教学楼前建起一座韩余敏塑像，左方建有韩余敏纪念馆，玻璃柜里陈列着韩余敏的遗物，人们看到一张张奖状和那篇被时间涂抹得有些模糊的作文。据说这所学校整合了优质教育资源，不少外地名教师主动申请到此任教，当地学生将拥有新的起跑线。

落成那天，学校迎来一批参观者，有领导、学生和当地群众。已近古稀之年的吴良自应邀至现场讲解，他后脑勺上的疤痕引起不少目光的关注。那是多年前，吴良自阻止附近村民强行到墓园取土垫宅基，对方一锹劈下的佐证。

人群中，吴良自看到了李嫦娥。一群学生围着她。李嫦娥神采飞扬地讲述着韩余敏的事迹，李嫦娥说出的细节，和吴良自当年看到的现场如出一辙。吴良自看到，李嫦娥和她的听众们的眼睛，闪着湿漉漉的光泽。

春节那天，吴良自又买了一对红灯笼，他打算给傅大娘的坟头挂一只。这次不能粗心大意了，他吸取了去年的教训。

傍晚，田间沟旁的土坟青烟袅袅的时候，吴良自提着红灯笼走出窝棚，他的眼睛突然一惊，他看到韩余敏的墓碑上，一只很大的灯笼火红地挂着。吴良自像溺水者忽然浮出水面，长长地舒了一口气。

吴良自来到傅大娘的坟前，把一只红灯笼挂上坟头，缓缓地矮下身子，双膝跪在坟前。

大娘啊，那年不是你开门收留我，我怕早就不在这世上了。

吴良自坐在床头，他的眼睛盯着墙上的挂钟，他在等着十二点的钟声。

他知道，钟一响，新的世纪就到了。

（原发《福建文学》2020 年 11 期）

在乡村的额头上眺望（代后记）

我刚离开母腹，乡村就把我托在手中。我眯缝着眼睛打量着这个陌生的世间，和温情脉脉的乡村。她用尘土与芬芳，劳苦与收获，让我认识了她。

我像庄稼一样，在乡村有限的养分中生长着。我的童年，像一只家雀，披着凌乱的羽毛在冷风里张望，饥肠辘辘地在草丛里寻找。我在草垛和烟囱间盘旋，在田野和河汊处奔走。我身上沾满草屑、炊烟和鱼腥。我骨子里盘着野性。父母在劳作和贫困的重压下变得十分暴躁，我在他们面前小心翼翼。我不能不把娇气从骨子里剔除。

时间雕刻着乡村和父辈们的生活。在乡村，我看到了一种破败和伤痕，看到烈日和暴雨下的挣扎和突围。从课本里，我认识了城市，认识了永远不属于乡村的灯光、繁华和安逸。我像眺望云彩一样眺望城市，眺望一个让我躁动不安的童话。麦田、犁铧和耕牛，几乎就是乡村的组合，沉重而原始的组合。我的黝黑、衰老、弯曲的父老乡亲被围困在这一组合中。他们像一头牛一样行走在时光的烟尘中；他们在日月的重压下繁衍后代，繁衍希望，与土地，与村庄，相濡以沫，患难与共。

村庄也是他们的慰藉。隆冬飞雪，厚实的牛屋里，熊熊燃烧的火堆旁，有他们袒胸露乳的群舞，柴火把烈焰与温度化为旋律，流进他们的血液，稀释了生命的痛感。春暖花开，桃红柳绿营造出乡村的诗意，人们唱着乡村情歌穿行于蜂飞蝶舞，冬天收拢的梦境和油菜花一同盛开。菜园，水井，鸡鸣，犬吠，书写乡村与城市不一样的风情。

后来，离开乡村到县城读书。走近城市并不意味着疏离乡村，城市不过是我拾取知识和追逐梦想的地方。我携带着乡村的气息，踟蹰于城市陌生的人群，城市的夜色和灯光，一如城市一样的冷漠。在孤独和惆怅中蓦然回首，我看到了村庄的眼神，一股热流撞击着我，我的眼里盈满泪花。有时，我也不能原谅自己，当别人问及我的家乡，我会含糊其词，或紧张窘迫，我不敢承认自己的真正出身。虚荣让我嫌弃乡村。面对城市的斑驳陆离，我几回回在意念中篡改自己的出生地，自欺欺人地把自己置换成城市人。而当我困难的时候，比如没钱花了，缺衣少食了，父亲就从几百里外的乡村赶来，把层层包裹的零钱打开，递到我手里，还给我带来了家乡的咸菜、零食。父亲给我带来钱物，其实就是把乡村带给我，我尝到了乡村的滋味，也得到了乡村的体恤。只有此时，对乡村的感恩才被唤醒，对乡村的依恋才骤然升腾。

时间只打了一个手势，乡村抖落了疲惫，舒展了皱纹，笑靥如花地沐浴着新世纪的阳光。现在，我的贫困羸弱的乡村，身躯健硕，容光焕发，健步如飞，在日趋繁荣的城市面前，心灵深处盘踞已久的自卑和绝望荡然无存。

像母亲一样忍辱负重的乡村让我牵挂和欣慰。我纵使离开乡村另起炉灶，但我从未停止过对一路跋涉的乡村历史的追溯和前景的眺望。

我站在乡村的额头，用持久的真诚和热烈的情愫眺望。而且，我有责任用文字书写逝去的一切和朝阳一样冉冉升起的新鲜的事物。

乡村是时代的舞者。用文字记录乡村的姿态与表情，是我对乡村最好的表达。

用什么样的文字呢？

我找到了短篇小说这个文体。

于是，我努力从记忆里挖掘所有的关于乡村的幸福与疼痛，用文字将破碎的、即将流失的记忆进行整合和拯救，为我的乡村留下一份文字标本。

所以，这本集子基本上是乡村题材，人、事、物、景俱在。限于对乡村的认知深度和文字水准，对乡村的书写尚有不尽人意之处，这是作者的遗憾，也是读者的遗憾。

2021年11月20日